Johan Heliot

FAERIE HACKERS

ICARES

Une collection grand format pour
les romans événements de l'imaginaire.

Faerie Hackers
est le quatre-vingt quinzième ouvrage
des Éditions Mnémos.

32, bd de Ménilmontant
75020 PARIS
info@mnemos.com
www.mnemos.com
*
ISBN : 2-911618-99-8

Ce roman a été écrit avec le soutien du
Centre National du Livre.
Qu'il en soit ici chaleureusement remercié.

Tous mes remerciements vont également à
ma première lectrice,
pour son enthousiasme jamais démenti
et sa science des accords du participe passé !

(And thanks to Mister Day – qui sait pourquoi.)

johan.heliot@wanadoo.fr

PROLOGUE

LA PEAU DES TÉNÈBRES

Un déchirement assourdissant, comme un drap que l'on rompt d'un coup pour en faire des chiffons, mais démultiplié à l'infini et vite noyé dans le glapissement douloureux d'une bête souffrant mille morts.

L'épouse du Connoisseur Grübel se redressa dans le lit conjugal, arrachée au cocon de plumes où elle se trouvait lovée contre la panse généreuse de son mari. Elle tendit l'oreille, repoussant du plat de la main la toison cendrée qui tombait en volutes de chaque côté d'un visage ovale.

Les ronflements du Connoisseur montaient à l'assaut des baldaquins pour se perdre dans le ciel ténébreux du lit. Quelque part dans le grenier, la charpente craquait, comme si la maison tout entière cherchait à s'ébrouer, au rythme séculaire du chêne sacrifié pour bâtir la demeure. Avait-elle rêvé ? Elle était certaine que non. Aucun rêve n'émet un son aussi triste et malfaisant… Là ! Ce chant lugubre qui sourdait entre les lames du parquet… Comme la plainte d'un supplicié, à la fois terrifiante et envoûtante. Transie de peur, elle secoua l'épaule du Connoisseur, qui se mit à grogner dans son sommeil.

« Grübel, réveille-toi. »

Le Connoisseur émergea peu à peu, la bouche empâtée,

les paupières engluées. « Schlecht ! Magra, qu'est-ce qui te prend ?

— Chut, tais-toi ! »

Maugréant, Grübel s'assit dans le lit. Il cala sa carcasse contre les gros oreillers moelleux et se gratta le sommet du crâne à travers l'étoffe de son bonnet de nuit. De rares touffes grises s'échappaient de sous le couvre-chef, enfoncé jusqu'aux broussailles des sourcils. Le torse du Connoisseur se soulevait au rythme d'une respiration lourde, empesée de sommeil. La peau tendue du ventre, en forme de barrique, emprisonnait encore les restes du dîner. Tordant ses lèvres épaisses, Grübel lâcha un pet, qui s'acheva sur une note basse et sourde.

« Je m'en vais aller chier, Magra. Comme ça, tu ne m'auras pas réveillé pour rien.

— Silence ! Il y a quelqu'un en bas. »

Grübel cessa de grommeler, comme son épouse lui pressait l'épaule, jusqu'à la douleur. Enfouissant un auriculaire de la taille d'une saucisse dans le pavillon de son oreille, il en extirpa un capuchon de cire jaunâtre. Alors il entendit la complainte, à peine perceptible. Un vent sinistre, soufflé des contrées froides et sombres du Nord, était venu mourir dans les fondations de la maison.

Grübel frissonna, malgré la tiédeur diffusée par le poêle. « Schlecht, jura-t-il du bout des lèvres, cette fois. Surtout ne bouge pas d'ici !

— Que vas-tu faire ? demanda Magra, toujours accrochée à son bras.

— Que veux-tu que je fasse ? Il faut que j'aille voir. Lâche-moi donc ! »

Magra obéit à contrecœur. Elle distinguait à peine la silhouette trapue du Connoisseur, qui rejetait l'édredon et s'asseyait sur le rebord du lit, dont le berceau grinça. Elle le vit tâtonner sur le plateau de la table de nuit à la recherche de son briquet. Il dut s'y prendre à plusieurs reprises avant d'enflammer la mèche, faisant chaque fois crisser la pierre. Enfin, une lueur vacillante éclaira la chambre. Grübel s'empara de la lampe à huile, remonta d'un pouce la vrille de chiffon imbibée de liquide gras, l'alluma.

Un halo d'or liquide coula sur les visages inquiets du Connoisseur et de sa femme.

Le chant funèbre semblait à présent suinter des murs, à peine étouffé par la tapisserie. Tremblante, Magra s'enfouit sous l'édredon. Son mari l'entendit prononcer une prière dans la langue de son peuple, un sabir oublié que lui-même ne comprenait qu'à demi. Il enfila une chemise de drap maculée de tâches suspectes et chaussa des sabots fourrés d'un velours patiné par la corne de ses pieds. Puis, il traversa la pièce, la lampe brandie devant lui, maudissant les lattes du parquet qui joignaient leurs gémissements à la lamentation montée des fondations.

Les tapis du corridor étouffèrent ses pas. Grübel descendit ensuite l'escalier marche après marche, sondant la semi-obscurité qui baignait le vestibule. Une lune aussi rousse et ronde que la surface d'une choppe de bière perçait le verre plombé de l'unique fenêtre ouverte à cet endroit de la façade. Le Connoisseur avait l'impression d'évoluer dans le fond d'une bouteille vide et de voir le monde à travers son cul, maculé d'une lie trouble.

Arrivé au bas de l'escalier, il s'arrêta et tendit l'oreille. La plainte lui parvenait toujours, plus étouffée que dans la chambre. Grübel constata que depuis qu'il en avait fait la remarque à Magra, il avait envie de chier.

Schlecht ! C'était bien le moment.

Il fit quelques pas vers le fond du vestibule. Là, une porte ouvrait sur le jardin, où était creusée la fosse d'aisance, protégée par un appentis. Passant à hauteur du panneau de bois refermé sur l'escalier de la cave, Grübel se figea.

La complainte s'élevait avec davantage de vigueur à cet endroit précis.

Le Connoisseur roula un trop plein de salive dans ses bajoues, incapable de déglutir. Il cracha un long jet noir, qui emporta les résidus de sa chique du soir, devant la porte de la cave. La clé était dans la serrure. De sa main libre,

Grübel donna deux tours. Le double cliquetis du pêne jouant dans la gâche résonna comme les coups de cuiller du maître de maison quand il frappait le fond de son assiette. Le râle d'agonie marqua une pause. Le cœur de Grübel s'arrêta lui aussi de battre dans sa cage de chair et de graisse.

Il posa sa paluche sur la poignée, appuya, repoussa le battant sur ses gonds bien huilés. L'haleine givrée du sous-sol fit vaciller la flamme imparfaitement abritée derrière le verre de la lampe. Grübel hésita sur le perron. Finalement, l'ustensile ne le trahit pas. Mais le cercle doré qu'il diffusait à trois pas alentour n'éclairait que les premières marches du vieil escalier de pierre polie, qui s'enfonçait profondément sous la bâtisse, dans un univers de ténèbres absolues.

Rassemblant son courage, Grübel fit un pas en avant. La plainte résonna de nouveau, amplifiée par les voûtes invisibles des grands arcs-boutant taillés à même le roc, qui supportaient le poids de la demeure. Le Connoisseur eut un frisson qui lui passa son envie de chier. Il avait assisté au trépas de nombreuses créatures au cours de sa longue existence, aussi bien en son pays qu'en Surface ; aucun ne lui avait donné pareille poussée de fièvre au moment fatidique.

Il recula dans le vestibule et repoussa la porte, ses gros doigts aux phalanges hérissées d'un poil dru tremblant sur l'arrondi de la clé, qui tressauta dans son logement. Derrière le panneau de bois, un frôlement accompagnait maintenant le chant triste et désespéré, comme le propriétaire du gosier douloureux montait à sa rencontre. Un coup sec ébranla le vantail au moment où il donnait un premier tour de clé. Paniqué, Grübel donna un second tour d'une main tremblante et sauta en arrière, comme si la chose à l'agonie de l'autre côté de la porte pouvait l'atteindre en se faufilant par le trou de la serrure.

Sans attendre son reste, le Connoisseur bondit hors de sa maison. Dehors, tout était tranquille. On n'entendait que les ululements des rapaces en chasse, et le couinement de leurs victimes. La lune rousse peignait la ville aux couleurs de la rouille. Grübel se hâta jusqu'au poste de guet du quartier, sis à l'angle de sa rue, agitant sa lanterne devant lui. Le géant manqua s'étouffer tant il avait du mal à conserver son souffle. Il ne lui vint pas à l'esprit que sa tenue manquait de solennité, sinon de décence – il portait toujours sa chemise de nuit et son bonnet, rien d'autre. D'abord interloqués, les membres du guet ne s'offusquèrent pas d'une pareille négligence. Ils en avaient vu d'autres, et des bien pires.

Grübel fut bientôt de retour chez lui, précédé par deux gardes en arme, casqués et cuirassés. Lui-même marchait au bras d'un capitaine, un dénommé Lartagne. L'homme avait fière allure, grand et distingué. Il portait le cheveu long et la moustache fine, comme la mode l'exigeait chez les jeunes gens appartenant aux meilleures maisons. Il accorda ainsi au Connoisseur toute l'attention requise, puis, quand celui-ci lui eut rapporté les faits, il sut réagir avec promptitude. Cinq minutes plus tard, la petite troupe arrivait en effet sur le seuil de la maison Grübel.

Ils entrèrent à pas prudents. Rien ne bougeait dans le vestibule. Aucun son ne s'échappait plus du sous-sol. Le chant mélancolique avait cessé.

« Restez là. Laissez-moi voir ça de plus près. »

Lartagne s'approcha de la porte de la cave et y colla l'oreille. Puis, sans faire de bruit, il s'empara de la grosse clé, toujours fichée dans la serrure. Grübel se tenait à l'écart, flanqué par les soldats, sur le qui-vive. Les torches brandies par les gardes allumaient un incendie de pacotille sur les murs tendus d'étoffes. Les ombres des quatre hommes semblaient danser une gigue dans l'ondoiement des grandes flammes orange.

Le Connoisseur retint son souffle tandis que Lartagne manœuvrait la serrure d'une main gantée de cuir. Il y eut un déclic. Puis l'arrondi d'une botte repoussa le vantail.

« Holà !, qui que vous soyez, faites-vous connaître ! »

Rien ni personne ne répondit.

« À la fouille, messieurs, ordonna Lartagne. Visitez les moindres recoins. »

Donnant l'exemple, il dégaina la rapière ballottant à son flanc gauche et gagna les ténèbres, qui reculaient peu à peu, effrayées par les torches.

Les ombres évanouies, la cave révéla ses secrets : l'alignement des fûts, emplis de l'excellent ferment des vignes du Connoisseur, séparait la grande salle voûtée en deux parties. Une allée centrale menait à un croisillon. Sur un geste de leur capitaine, les gardes se séparèrent pour explorer chacun un côté du cellier. Éclairé par la lampe du Connoisseur, Lartagne demeura planté au centre de l'intersection, promenant la pointe de sa lame d'une direction à l'autre, telle l'aiguille d'une boussole indécise. Grübel ne le lâchait pas d'un pouce, sa résolution raffermie par la présence des soldats et, surtout, par l'effluve piquant qui émanait des panses de chêne, pleines du bon vin de l'année nouvelle.

« Ici, capitaine, j'ai trouvé quelque chose », appela le garde parti à main gauche. Lartagne et le Connoisseur se précipitèrent. Le soldat se tenait dans le renfoncement d'une niche creusée à même la paroi rocailleuse, coincée entre deux barriques. Il s'écarta pour céder le passage à son supérieur. L'alcôve n'était pas très large. Il fallait baisser la tête pour y pénétrer. Elle s'achevait au bout de quatre pas sur une muraille de briques encadrée de piliers de bois noircis, auxquels s'accrochaient les filaments d'anciennes toiles d'araignées.

Lartagne porta son attention sur la découverte du garde. On aurait dit un vieux sac froissé, oublié sur la terre battue.

« Éclairez-nous », commanda-t-il. Grübel approcha sa lampe du sol, révélant une flaque sombre et poisseuse qui portait l'empreinte pointue de son sabot. « Tripes de moines ! Il ne manquait plus que ça : une fuite dans un tonneau. »

Inquiet pour son vin, le Connoisseur se pencha, à se briser les reins. La mare spongieuse n'exhalait pas le relent caractéristique du raisin fermenté. L'odeur était plus forte, plus enivrante encore. Elle exhalait un parfum nauséeux, qui fit reculer Grübel.

Lartagne se baissa dans un cliquètement de ferraille et ramassa le sac. Son poing se referma sur un tissu épais, solide et visqueux, enduit d'une sorte de poix. Il retira vivement la main, réprimant un cri d'horreur. Sa paume était couverte de sang. Éberlué, le capitaine contemplait son gant souillé.

« Schlecht ! cracha Grübel. Puis, s'adressant au garde : Passez-moi votre épée. » Comme le soldat ne réagissait pas, le Connoisseur tonna : « Votre épée, par les couilles du Grand Bouc !

— Donnez-la lui », fit Lartagne d'une voix blanche.

Muni de l'instrument, Grübel embrocha délicatement le sac sanguinolent, à l'endroit où une avalanche de plis s'était formée. Il sortit de l'alcôve, imité par Lartagne. Le pommeau saisi à deux mains, le Connoisseur leva haut ses bras courtauds, lame tendue à l'horizontale, déployant le trophée comme une pièce de linge mise à sécher.

Un linge peu ragoûtant, à la vérité, mais qui devait manquer à son propriétaire.

La pointe de l'épée perçait la joue d'un masque grimaçant, d'autant plus hideux que chair et muscles n'en soulignaient plus les traits fripés. La flamme de la torche allumait des brasiers dans les béances de la bouche et des orbites, animant la dépouille d'un esprit ardent. Comme si le démon auquel elle avait appartenu fixait toujours les feux mauvais de son regard sur les créatures rassemblées dans la cave.

Le costume de peau barbouillée de sang frais semblait danser au bout de la lame, narguant les soldats, tant le bras du Connoisseur tremblait. N'était la longue déchirure qui incisait le dos jusqu'au sommet du cuir chevelu, ainsi que le revers des membres flasques, l'enveloppe, semée d'un crin épais et noir, paraissait en parfait état. Ce qui ne devait plus être le cas de la chose qui l'avait abandonnée là.

Le deuxième garde arriva aux nouvelles :

« Je n'ai rien vu là-bas. La cave est vide.

— Votre hôte a dû fuir pendant que vous donniez l'alerte, Connoisseur, dit Lartagne. Vous m'avez affirmé avoir donné deux tours de clé ; or je ne me souviens pas en avoir fait autant pour ouvrir la porte. Vous avez dû mal enclencher le pêne, dans la précipitation.

— Parti comme il est venu, pensa tout haut Grübel, laissant retomber le bras et l'épée. Le sac de peau roula en tas informe à ses pieds. À ceci près qu'il a abandonné sa dépouille ici. Vous savez comme moi ce que cela signifie, n'est-ce pas ? »

Le capitaine du guet acquiesça. Puis, la mine assombrie : « Sa dépouille, oui-da. Mais peut-être a-t-il pu gagner la Surface… Connoisseur, étiez-vous seul cette nuit ? »

Grübel ne comprit d'abord pas où l'officier voulait en venir. Puis, réalisant qu'il avait mis dans sa question tout l'espoir permis dans une réponse négative, Grübel sentit un grand froid sec envahir sa carcasse et son âme.

« Magra ! »

Son cri résonna dans toute la maison et fit trembler les meubles. Plus tard, ses larmes ne parurent jamais devoir tarir, comme s'il devait pleurer chaque goutte de son sang avant d'épancher son chagrin.

INTERMÈDE

AUSCHWITZ, HIVER 1943

« *Du, Teufel !*

— *Nein, mein freund... Ich bin mehr gefärlich.* »

La chose parlait un allemand moins hésitant que son interlocuteur, dont ce n'était pas la langue d'origine. L'homme répéta : *Teufel !* et se signa d'une main tremblante. Puis sa voix s'éteignit, flammèche dérisoire soufflée par l'haleine de la peur.

La chose nue et rouge fit un pas en avant, sortant du cercle d'ombre où elle se tapissait. Le réseau de ses veines dessinait la carte d'un territoire de chair torturée, mis en relief par la maigre lueur filtrée par les vitres crasseuses du baraquement. L'homme eut un glapissement, tandis qu'il mouillait ses pantalons de toile rayée. Il s'approcha instinctivement du poêle, comme si la chaleur diffusée par le foyer pouvait lui offrir un refuge où se dissimuler. Une prière en Polonais échappa à ses lèvres sèches. L'apparition repoussa les mots sanctifiés d'un geste désinvolte.

« *Woh bin ich ? Wie eisst diese plazt ?*

— *Was ? Aber... Es ist die KZ !*

— *KZ ?*

— *Konzentration läger...Oswieçim... Auschwitz, verstehen Sie ? Wie sind Sie denn ?* »

La chose s'avança dans le halo doré qui illuminait

cette partie du baraquement, réservée à l'usage du kapo et séparée des châlits pouilleux où les autres prisonniers crevaient à petit feu. Adoptant la langue maternelle de l'homme, elle répondit : « Ne t'occupe pas de qui je suis. Demande-toi plutôt qui tu es, toi. Le moment est venu de faire le bilan de ton existence. »

Il y avait une grande douceur dans la voix de la chose dénudée et sanguinolente. Elle tenait dans une main un paquet fripé, d'où s'échappaient les mèches d'une perruque cendrée. Elle le fourra dans la gueule du poêle, attisant les braises du bout des doigts. Le crépitement du feu dévorant le toupet fit un contrepoint au claquement des dernières dents du kapo terrifié. Des pensées confuses, arrachées à toute une vie, se bousculaient dans son esprit.

Il songeait surtout aux atrocités commises par ceux qui l'avaient désigné chef de chambrée, lui conférant un pouvoir de vie ou de mort sur des dizaines de miséreux réduits à l'état de squelettes ambulants. Il avait amplement abusé de ce pouvoir, pour s'assurer la confiance des maîtres en uniforme vert-de-gris, et récolter en retour de quoi subsister, échapper aux corvées. Maintenant, il lui fallait expier.

Le kapo tomba à genoux. La créature s'avança jusqu'à lui, saisit sa tête entre ses mains. Le contact des paumes écorchées sur ses tempes n'était pas aussi révulsant qu'il y pouvait paraître. La chair à vif diffusait une douce et apaisante chaleur. L'homme cessa de trembler. Des souvenirs anciens et plus récents lui revinrent en mémoire. Le monstre se mit à lui parler de sa vie, à mesure que les images défilaient sous son crâne. Il l'écouta en pleurant, persuadé qu'une certaine forme de justice allait être rendue :

« Tu as de la chance. Tu vas quitter l'Enfer en paix. Pourtant, tu t'es conduit comme un salaud avec les tiens. Tu t'es rangé du côté du Mal en échange d'un peu plus de nourriture et de charbon. Rien n'a vraiment changé en Surface. »

Le kapo ne comprit pas le sens de cette dernière phrase, mais il s'en fichait. La chose lui promettait ce qu'il avait souhaité chaque seconde depuis qu'il était entré dans le camp. Cela seul comptait.

Les mains écorchées accentuèrent leur pression sur ses tempes. L'homme en uniforme de toile rayé pleurait. Soudain le pauvre décor du baraquement chavira.

Il eut envie de sourire – pour la première fois depuis deux ans – quand il entendit craquer ses vertèbres.

Chapitre I

Le Futur tient dans la main

Le moteur se mit à hoqueter quand la vieille Ford Escort attaqua la côte. Habituée aux caprices de son véhicule, Lil se contenta de monter le volume de l'autoradio pour couvrir les râles de la mécanique. Brel chantait Vesoul, soutenu par un accordéon endiablé. La voix du grand Jacques emplissait l'habitacle d'une agréable nuance garance, qui embrasait le revêtement plastique du tableau de bord. Lil avait un faible pour la désespérance du Belge trop tôt disparu. Il était un des rares à avoir su capter la Couleur de la magie encore présente dans le monde des hommes et à l'avoir restituée à son public, même ci ce dernier n'avait pas su en profiter.

Elle rétrograda, arrachant une plainte rauque à la boîte de vitesse, écrasa la pédale de l'accélérateur. La Ford continuait pourtant à ralentir, vaincue par l'inclinaison de la pente.

« Et merde ! »

Lil écrasa le mégot de sa blonde dans le cendrier. Elle mit le clignotant, braqua et déposa la berline sur le bas-côté, en douceur, avant que le moteur, dans un ultime sursaut, ne cale définitivement. Lil coupa le contact, et la chique au grand Jacques par la même occasion. L'incendie déserta les surfaces des instruments de bord, qui retrouvèrent leur matité ordinaire.

La conductrice entrouvrit la portière. Aussitôt la chaleur de ce mois d'août finissant envahit l'habitacle. Lil défit sa ceinture de sécurité, se cala en travers du siège de velours patiné, croisant ses longues jambes entravées par la jupe d'un tailleur. Elle ébroua sa tignasse châtain clair, chassa du bout de l'index la mèche rebelle qui retombait en accroche-cœur sur son front pâle, poussa un soupir résigné.

Elle prit le temps de fumer une autre cigarette en réfléchissant au déroulement de l'entretien qu'elle avait eu, une heure plus tôt, dans le bureau sinistre du proviseur de la cité scolaire Jean Jaurès, où elle allait bientôt effectuer sa rentrée en qualité de professeur vacataire. Le saligaud s'était rincé l'œil sans aucune gêne, espérant peut-être la déstabiliser. Le con ! Lil avait planté son regard émeraude dans le sien, sans ciller, et il avait fini par baisser les paupières, terriblement embarrassé. Elle connaissait l'effet produit par l'éclat chatoyant de ses iris sur les hommes, les pauvres petits hommes…

Lil eut un rire bref. D'une pichenette, elle envoya son second mégot rouler sur le goudron de la départementale. Puis elle actionna l'ouverture du capot et vint constater l'étendue des dégâts.

La Ford avait vécu, plus qu'il n'est raisonnable pour une voiture. Elle avait attaqué un nouveau tour de compteur six mois plus tôt. Un filet de fumée grise s'échappait du bouchon de radiateur. Depuis combien de temps Lil n'avait-elle pas vérifié les niveaux ?

Elle claqua le capot, fit quelques pas dans l'herbe rase du pré qui bordait la route. Une clôture barbelée retenait un maigre troupeau de bovins, alangui sous le soleil estival. Lil dédaigna les odalisques cornues, s'intéressant plutôt au bosquet épanoui sur la crête de la butte. Particulièrement au gros chêne solitaire planté à l'écart de ses plus modestes congénères.

Un halo flavescent nimbait la ramure du géant plusieurs fois centenaire. Ses racines devaient plonger loin dans la mémoire de la terre, qui était aussi celle des hommes, bien qu'ils l'eussent oublié. À sa manière, l'arbre était l'Histoire, plus solide et moins ostentatoire qu'un monument élevé par la main de l'homme. La Couleur emmêlée dans ses branches ne laissait aucun doute à ce sujet.

Lil observa les alentours, à la recherche de témoins éventuels. Heureusement, ce petit coin de verdure n'était guère fréquenté. Rassurée, elle pointa un index finement manucuré, terminé par l'ovale parfait d'un ongle vernissé, en direction du chêne. L'auréole dorée perdit instantanément son intensité, à mesure que la source de cette luminosité se tarissait. Lil se tourna ensuite vers la Ford. Elle eut un geste vif, à peine perceptible. Un trait de Couleur jaillit et s'insinua sous le capot.

Le fourmillement de la magie en action fit se dresser le duvet blond sur les avant-bras de la jeune femme. Une sensation plutôt agréable, pareille au tressaillement du corps qui précède l'orgasme, quand celui-ci est au rendez-vous, du moins. Rien à voir cependant avec le plaisir furieux qui dévaste l'organisme et la psyché au contact de la magie pure. Une pureté bannie de la Surface depuis longtemps, hélas.

Lil reprit le volant, donna un tour de clé. Le moteur de la berline redémarra au quart de tour.

Vingt minutes plus tard, Lil rangea l'Escort sur le trottoir devant le pavillon qu'elle occupait dans ce coin propret de grande banlieue. Elle rêvait d'un bain chaud en compagnie d'un bon bouquin. Elle remonta l'allée aux dalles disjointes qui serpentait sur le gazon roussi par les rayons du soleil, fouillant dans son sac à la recherche de ses clés.

« Alors, c'est bientôt la rentrée des classes, finies les vacances ! », fit une voix haut perchée dans les aigus. Une voix affûtée à la manière d'une paire de cisailles et qui se frayait un chemin à travers l'épaisseur de la haie de thuyas séparant les jardins contigus.

« Hé oui, madame Bernier, les meilleures choses ont une fin » lança Lil sans ralentir.

Et merde, de quoi se mêlait-t-elle, cette vieille bique ?

Depuis qu'elle avait emménagé, elle n'avait pas cessé de fouiner du côté de chez sa jolie voisine, pour tenter de lui tirer les vers du nez, s'intéressant sans en avoir l'air au moindre aspect de sa vie privée – alors ma petite, on est célibataire ? Une belle demoiselle comme vous, c'est étonnant, les galants ne doivent pas manquer, pourtant… Ah, vous êtes dans l'éducation ? Il y a beaucoup de congés, non ?… Et toute cette violence dans les lycées aujourd'hui, racket et compagnie ! Depuis qu'on y accepte toute la racaille…

« Il faudra passer prendre l'apéritif », insista la voix de fausset.

Lil imaginait la mère Bernier, engoncée dans son sempiternel jogging fuchsia, perchée sur un escabeau pour tâcher de mieux voir ce qui se passait dans la vie et la maison d'à côté. Heureusement, la densité et la hauteur de la haie de thuyas garantissaient une intimité raisonnable.

« Vous savez, avec les préparatifs de la rentrée… éluda-t-elle, en déverrouillant la porte.

— J'espère que vous trouverez un moment », eut encore le temps de lancer madame Bernier, avant que le claquement de la porte ne mette un point d'exclamation final à la conversation.

Lil jura entre ses dents. Elle se débarrassa de son sac et de ses escarpins dans le placard de l'entrée et passa au salon. Les geignements furibards de Brian Johnson lui souhaitèrent la bienvenue. Les cloches de l'Enfer sonnaient à la volée dans toute la maison. Un déluge électrique craché depuis les baffles esthétiques du combiné B&O s'abattaient sur les dalles du carrelage, flèches de lumière crue rebondissant sur les surfaces polies pour venir se heurter aux aspérités du mobilier.

Lil se précipita sur la mini-chaîne encastrée dans une muraille de bouquins et de cédés. Elle appuya sur la touche pause et appela : « Ob ? Je te préviens, je n'ai pas eu une journée marrante, alors tu ferais mieux de te montrer. Ta petite mise en scène est très réussie, mais je n'ai pas envie de rigoler. »

Personne ne répondit. Lil soupira, comprenant ce qu'on attendait d'elle.

« Fais chier, Ob. »

Elle n'avait pas le choix. Il lui fallait répondre à la convocation, aussi singulière et bruyante qu'elle parût.

« Putain de journée… »

Elle mit la main sur la télécommande, relança la lecture et monta le volume. Musique et Couleur déferlèrent des enceintes. Angus Young attaquait un solo dévastateur. L'énergie communicative des AC/DC s'avérait un vecteur efficace dans un environnement dénué de Couleur naturelle, Obrasian Phulmis ne l'ignorait pas. Au moment d'effectuer la transition, Lil prit une profonde aspiration et retint son souffle.

Elle ferma les yeux quand l'éclat de la Couleur l'enveloppa, escamotant sa silhouette.

***

« Et vous, c'est quoi déjà, votre nom ? »

Le petit mec roulait des yeux en bille de loto, visiblement impressionné par la carrure de l'homme en noir – costard italien sur mesure, pompes itou, lunettes aux verres miroir dans lesquels se reflétait sa silhouette menue.

« Maser », lâcha l'armoire à glace du bout des lèvres. Le nom tomba comme un rocher de dix tonnes sur les mocassins à gland du petit mec.

« Maser… ? Euh, c'est tout ?

— C'est suffisant. »

La voix du colosse élégant jouait au niveau des basses, à la limite de l'audible. Pourtant, on l'entendait de loin, très distinctement. C'était un phénomène acoustique surprenant, et plutôt intimidant.

« C'est parce que vous ne portez pas votre badge, se justifia le nabot. Moi, c'est Fabien. Fabien Sorgue. Je bosse à la conception graphique depuis une semaine. La fameuse *salle des artistes* ! »

D'un index nerveux, il tapota le rectangle plastifié épinglé dans le tissu de sa chemise. Sur fond du logo de la boîte – Devil's Game : un diablotin cornu qui avait troqué sa fourche traditionnelle contre un joystick – on pouvait lire en capitales pseudo-gothiques les noms et fonction du petit mec. Maser fit mine de s'intéresser à son interlocuteur un quart de seconde, puis il se détourna vers le buffet, où il rafla une bouteille de Wild Turkey à peine entamée, sous le regard désapprobateur du serveur.

« Qui c'est, ce connard ? » interrogea Fabien, après avoir rejoint un groupe bruyant d'autres jeunes créateurs. Du menton, il désignait la masse du buveur solitaire, planté au milieu de la salle de réception tel un séquoia, inébranlable.

« Ah, tu as fait connaissance avec Maser », ricana Thomas Jourdet – Responsable de la Communication. Fabien avait déchiffré son identité sur le badge ; il s'efforçait de mémoriser les noms de tous ses collègues, ainsi que leurs attributions, passant d'un groupe à l'autre pour se familiariser avec eux. « C'est le chef de la sécurité du bunker, mon pote.

— Le bunker ?

— C'est vrai que tu es nouveau, toi. Ouais, le bunker, c'est comme ça qu'on appelle la boîte. Parce que le bâtiment est aussi costaud et inviolable, il paraît. Construit à la nippone, normes antisismiques et tout le tralala », précisa Jourdet, clignant un gros œil globuleux.

« Antisismiques ? s'étonna Fabien. En banlieue parisienne ?

— On ne laisse rien au hasard, dans la partie. Tu captes les enjeux du bizness, oui ? Des centaines de millions, mon pote, et je te parle en billets verts. Alors pas question de laisser un tremblement de terre foutre en l'air le boulot des équipes. Surtout avec la bombe atomique que Marcus s'apprête à balancer à la gueule de la concurrence ! »

Jourdet marqua une pause, le temps se savourer l'effet produit par la révélation. Fabien opina, l'air impressionné.

Le responsable de la com était évidemment dans le secret des dieux, en l'occurrence Marcus Kesner, le big boss de la boîte.

« Maser est là pour empêcher les curieux de venir fouiner dans nos projets, expliqua Jourdet. C'est comme ça qu'on devient leader sur le marché. D'ailleurs, tu vas avoir droit à ta petite enquête perso, veinard.

— Qu'est-ce que tu veux dire ? s'inquiéta Fabien.

— Que pendant un moment Maser et toi allez vivre comme des pacsés. Le néanderthalien va te coller au cul jusqu'à ce qu'il soit certain que tu es clean. J'espère pour toi que tu l'es, parce que s'il a le moindre doute, il va se faire un plaisir de se défouler sur ta jolie petite gueule. Bienvenue chez Devil's, mon pote ! »

Un éclat de rire général mit un terme à l'échange. Thomas porta un toast et Fabien trinqua, se forçant à partager l'hilarité des jeunes cadres dynamiques qui l'entouraient.

Maser n'avait pas bougé d'un pouce. Mais il avait vidé la bouteille de whisky.

***

Lil écarta les pans de la tenture avec précaution, risqua un œil à travers la fissure d'étoffe. Une clarté orangée baignait la pièce aménagée en salon de lecture. Les rayonnages d'une imposante bibliothèque occupaient tout un pan de mur, face à l'endroit où la visiteuse venait de faire son entrée. Les milliers de volumes reliés pleine peau élevaient un véritable rempart de tranches bombées, incrustées de dorures, telle une improbable forteresse du savoir, à l'assaut de laquelle s'élançaient les degrés d'un petit escabeau mobile.

Un secrétaire aux pieds arqués et ciselés en volutes était disposé en biais dans l'angle voisin de l'unique porte. Sur le plateau d'une commode au ventre rebondi, un phonographe déployait la corolle démesurée de son cornet. Une manivelle à poignée de nacre reposait près de l'appareil. Le manche portait encore l'empreinte colorée de la paume d'Obrasian Phulmis. Celui-ci avait lancé son « invitation » sonore depuis ce poste, s'arrangeant pour pirater le réseau électrique du pavillon.

Lil s'avança jusqu'au milieu de la pièce. L'ovale d'un miroir suspendu au-dessus du secrétaire encadrait sa silhouette, révélant les courbes impudiques du bassin et des hanches, mises en valeur par le tailleur. Pas vraiment la tenue qui s'imposait, de ce côté-ci du monde… Lil leva une main, ferma le poing et redressa l'index. Un bref mouvement de tourniquet arracha un peu de Couleur au décor, un peu comme un bâtonnet de bois plongé dans une gamelle de barbe à papa entortille des filaments de sucre chaud. Dirigeant ensuite le doigt enrubanné de magie pure sur sa poitrine, Lil murmura quelques paroles inaudibles. Un drapé soyeux dévala dans l'instant les dénivellations de son anatomie, jusqu'à couvrir la pointe de ses pieds. Dans la glace, la jeune femme en robe à falbala lui adressa un sourire satisfait.

Lil se dirigea alors vers la porte, qui s'ouvrit sans un grincement. Elle suivit le corridor tapissé de velours jusqu'à la cage d'escalier, où s'amoncelaient les portraits de celles et ceux qui avaient habité la demeure. À hauteur du palier, une femme dans la force de l'âge lançait un regard fiévreux sur le décor environnant. Engoncée dans une robe à mousseline, la chevelure bouclée et abondante, elle irradiait une beauté sereine, maternelle et opulente.

Lil ne s'attarda pas dans le vestibule. Elle connaissait la maison, son architecture simple et robuste, dont les fondations plongeaient jusqu'aux racines du Royaume. Les échos d'une conversation lui parvenaient du salon qui occupait la moitié du rez-de-chaussée, côté rue. Elle reconnut la voix de celui qui l'avait convoquée.

Rajustant son décolleté, Lil alla toquer à la porte lestée de ferronneries.

« Entre, ma chérie, gronda la voix du sorcier. Nous t'attendions. »

***

« Merci d'être venus si nombreux... Même si je ne vous ai pas laissé d'autre choix ! »

Une envolée de rires unanimes salua la boutade de l'orateur. Celui-ci goûta la réaction de son public en gourmet, lèvres retroussées sur un sourire professionnel calibré au millimètre. Un hochement du menton mit un terme à la gaieté de circonstance. Fabien réagit avec une seconde retard, laissant échapper un hoquet étranglé qui résonna étrangement dans la salle parfaitement insonorisée. La pupille adamantine de l'orateur se fixa un court instant sur lui. L'infographiste sentit le poids du reproche s'abattre sur son échine.

« Vous me connaissez tous, reprit le jeune homme au regard inquisiteur. Néanmoins, pour les nouveaux venus et ceux d'entre vous qui n'auraient jamais ouvert les pages de *Wired* ou de *TechnikArt* – Dieu les en préserve (rires étouffés dans la salle) –, je vais procéder à une séance de rattrapage. Je suis Marcus Kesner, vingt-neuf ans, un mètre soixante-seize et soixante-neuf kilos, trois cents millions sur le Nasdaq (murmures approbateurs). Voilà pour les chiffres de ma vie. Pour le reste, j'ai créé Devil's Game il y quatre ans, à partir de fonds propres et d'une levée de capitaux européens d'origines aussi diverses que la banque, le cabinet d'audit ou le transport international. Hé oui, la vieille économie des réseaux matériels n'a pas hésité à investir dans l'avenir ! »

Marcus Kesner marqua une pause, le temps pour son auditoire d'assimiler les informations reçues. Les mains enfoncées dans les poches d'un jean artistiquement usé par un grand couturier, il arpentait l'estrade dressée dans le fond de la salle d'un pas souple et délié. La fibre anthracite de son pull mettait en valeur le hâle de son visage imberbe. La virgule sombre du micro-casque barrait une joue musclée, à la pommette un peu trop saillante, qui lui conférait des faux airs de cet acteur américain cantonné dans des rôles de psychopathe – Fabien ne se souvenait jamais de son nom, mais il était sûr qu'il se faisait flinguer par Tom Berenger à la fin de *Platoon*…

« Il y a deux ans, continua Kesner, Devil's Game se hissait au premier rang sur le marché européen, grâce au succès de titres comme *La Légende d'Iznéria*, plus de dix millions d'exemplaires vendus à ce jour, *Come&Destroy*, bientôt leader sur le marché du wargame en temps réel, ou encore *Blood Race,* dont la notoriété a été obligeamment assurée par le retentissement des procès intentés par la ligue de protection contre la violence routière et la SPA ! Un grand merci à elles. »

Fabien se joignit à la vague d'hilarité qui secoua le staff des premiers rangs, les vieux de la vieille (quatre ans de boîte, la trentaine), qui avaient participé à la progression géométrique des bénéfices. Marcus Kesner accompagna cet instant d'allégresse d'un mouvement ondoyant du bassin, comme s'il cherchait à comprimer un ballonnement intempestif, ou, plus vulgairement, à baiser l'air ambiant. Sa manière d'exprimer le contentement, diagnostiqua Fabien.

« Mais ça ne suffit pas ! tonna soudain le millionnaire, clouant les rires dans les gorges de ses employés. Tirant la main droite de la poche de son jean, il brandit un morceau de plastique gris, de la taille d'un téléphone portable. Terminé, ce genre de merde, rugit-il, ou bien n'était-ce qu'un effet programmé depuis la régie son. On en vend toujours des millions, et alors ? Rien à foutre ! »

Marcus balança la cartouche à l'autre bout de la salle, où elle explosa contre le mur. L'impact fut souligné par une déflagration jaillie des haut-parleurs disséminés au plafond. Instinctivement, Fabien rentra la tête dans les épaules, imité par ses voisins. À ses côtés, Thomas Jourdet sourit bêtement. Marcus Kesner se figea sur la scène, la main gauche toujours invisible, enfoncée dans la poche du jean.

« Ceux qui croient encore à l'avenir du jeu sous cette forme archaïque n'ont qu'à lever leur cul et se barrer d'ici avant que je le leur botte, tonitrua-t-il. Ce sont des *has-been*, juste assez bons pour la concurrence. Allons, du courage. Tirez-vous, les ringards, arrachez-vous de mon domaine, vous êtes définitivement grillés ici. »

Personne n'osa bouger. Tétanisé, Fabien observait le jeune entrepreneur. Celui-ci se mit à bondir d'un bord à l'autre de l'estrade, pointant un index accusateur sur chacun de ses employés, à tour de rôle : « Toi ! Réfléchis bien (plissement des paupières), Richard Minetti. Es-tu certain de ne pas être dépassé ? »

Minetti se dandina sur sa chaise, à la recherche de secours sur sa gauche, puis sur sa droite, en vain. Enfin, il déglutit : « Non, monsieur Kesner.

— Quoi ? Je n'ai rien entendu, bordel ! Parle plus fort ou fous le camp ! », éructa Marcus, penché en avant, une grosse veine saillant sous le col roulé du pull de marque. Insensiblement, Fabien ramena le revers de sa veste sur son badge. Pourvu que ce malade ne le choisisse pas pour prochaine cible ! Il n'aurait certainement pas le courage d'affronter les diamants scintillants dans le renfoncement des orbites de son nouveau patron.

« Non, répéta Minetti, plus fort.

— Non quoi ? demanda Kesner, haussant les épaules, prenant la salle à témoin. Sois plus précis, mon vieux. » Il rit, et Fabien sentit un vent de soulagement souffler sur l'assistance.

« Je ne suis pas dépassé, s'enhardit Minetti, souriant à son tour.

— Parfait, Richard, fit Kesner. En ce cas, dis-moi à quoi ressemble le futur. »

Marcus avait à peine ânonné ces derniers mots, mais chaque syllabe s'était glissée entre les rangs des ingénieurs, infographistes et autres gestionnaires, trouvant le chemin de leurs tympans sans difficulté. Un excellent effet acoustique, convint Fabien, heureux de n'être pas dans les Clarks de Minetti à ce moment-là.

« Le futur, monsieur Kesner ? »

La voix de Minetti était réduite à un filet boueux coulant

sur un fond de rocaille. Il toussa, s'éclaircit la gorge, balbutia : « Vous voulez dire… à propos des jeux ?

— Non, je suis en train de parler de ma bite, connard ! lança Kesner, mimant une masturbation avec la main restée au fond de sa poche.

— Je… je suis désolé, lâcha Minetti.

— Ne t'excuse pas. Reste concentré, Richard. Surtout reste concentré, susurra Kesner, enjôleur. Tu vas voir, c'est très simple : j'ai le futur dans ma poche. Si tu peux me le décrire, ne serait-ce que le deviner, tu sauves ta place. Sinon, je peux me payer les frais d'un licenciement abusif, et j'emmerde les prud'hommes, OK Richard ?

— Vous n'avez pas le droit, s'enhardit Minetti, comme ses voisins se décalaient ostensiblement, fuyant le pestiféré.

— Le droit ? Putain, Richard, ouvre les yeux et regarde autour de toi. Le XXIe siècle a commencé, mon pote. Non mais, vous l'entendez, vous autre, cet enfoiré ? Combien j'ai dit que je pesais, tout à l'heure, en préambule… Toi, celui-qui-cache-son-putain-de-badge ? »

Fabien faillit s'évanouir. Marcus Kesner vrillait les pointes foreuses de son regard sur son estomac, fouaillant ses entrailles, crevant ses boyaux. Il crut qu'il allait se lâcher, devant tout le monde. Il rassembla un fonds inespéré de volonté et articula, clairement :

« Trois cents millions, monsieur.

— Hé, monsieur l'anonyme, est-ce que je donne l'impression d'avoir stocké tout ce fric dans mon bas de laine, ou bien, bordel de merde, est-ce que je n'ai pas créé tout ça ! »

Kesner fit un tour complet sur lui-même, bras droit relevé, englobant la salle et le bunker. « Deux cent trente-sept emplois, et la plupart me coûtent la peau des couilles, parce que les petits génies du clavier dans votre style sont les meilleurs que j'ai pu dégotter. Ils peuvent exiger de moi le chiffre mirobolant que je décide d'inscrire chaque fin de mois au bas de leur bulletin de paie. Et je peux exiger d'eux, de vous tous, qu'ils se tuent à la tâche pour moi. Alors, dis-moi, l'anonyme, de quel côté est le droit *ici* ? »

Fabien s'arrangea pour ignorer la silhouette de Minetti, avachie sur sa chaise, deux mètres devant lui. « De votre côté, monsieur.

— Je ne le lui ai pas fait dire ! lança Kesner, euphorique, prenant le reste de la salle à témoin. Quelques rires fusèrent. Marcus fit un nouveau tour de piste. Il invita son staff à libérer ses émotions en agitant le pouce en direction du ciel, comme certains mauvais comiques de café-théâtre au terme d'un sketch pitoyable. Une femme pouffa ouvertement, bientôt imitée par d'autres. Une rumeur bon enfant envahit l'auditorium.

Kesner s'immobilisa, dos tourné à son public. Sa voix tomba des haut-parleurs telle une averse de pluie acide.

« Richard Minetti, j'attends ta réponse. À quoi ressemble le futur du videogame ? Tu as trente secondes. »

L'ambiance retomba aussitôt. Deux cents visages inquiets ou amusés se tournèrent vers la proie de Marcus, toujours figé face au mur.

« Espèce de salaud, sanglota Minetti, la tête entre les mains.

— Mauvaise réponse, Richard. Mais il te reste un peu de temps. Réfléchis encore. »

Un type en polo mauve, assis deux sièges sur la droite de Minetti, se pencha sur les genoux de leur voisin commun et murmura quelque chose. Puis, il reprit une attitude impassible.

« Plus de cartouche, fit Minetti. Comme Kesner ne bronchait pas, il ajouta : un nouveau support, plus performant, plus petit. Pas forcément électronique. Peut-être… biologique ? »

Marcus Kesner fit volte-face si rapidement que plusieurs spectateurs du premier rang sursautèrent. Un mouvement agita sa main invisible, sous l'étoffe du jean.

« Intéressant, Richard. »

Il tira un poing fermé de sa poche. Tendit le bras vers l'assistance. « Plus petit, oui. Le futur tient entièrement dans ma paume. »

Minetti se redressa. Des murmures de soulagement se firent entendre. « Hélas, Richard, ce n'est pas la bonne réponse. Franchement, je ne suis pas au regret de devoir me séparer d'un collaborateur aussi mal avisé.

— Fumier, je vais vous attaquer devant les tribunaux, coassa Minetti. Il bondit de sa chaise, tremblant de rage et de frustration.

— *Tss tss*, Richard. Mauvaise réaction. »

Kesner eut un léger haussement de sourcil. La seconde suivante, une ombre solide s'abattit sur Minetti. Maser bouscula la rangée d'ingénieurs qui le séparaient de sa cible et empoigna celle-ci par le col. Il souleva l'ex-employé sans effort apparent et l'accompagna jusqu'à la sortie. Quelqu'un ricana, un autre respirait avec difficulté.

« Bien, fit Marcus. Qui veut répondre à ma question initiale ? »

Il promenait son poing clos, tel un bourgeon de chair rosée, à hauteur de visage. Le type au polo mauve se tortilla sur sa chaise, mais ne dit rien. Thomas Jourdet fixait avec obstination la pointe de ses mocassins. La femme de tout à l'heure pouffa à nouveau, nerveusement. Le cœur de Fabien pétaradait dans sa poitrine. Il se leva et déclara :

« Je crois que votre main est vide, monsieur Kesner. »

Un sourire impossible fendit la face de Marcus. Le nom de l'acteur dézingué par Tom Berenger revint à la mémoire de l'infographiste, cible de toute l'attention de ses collègues. Marcus Kesner était une espèce de sosie gravure de mode de Willem Defoe. Pas vraiment le genre de constat encourageant.

« Tu as ce qu'il faut, monsieur l'anonyme. Je devrais plutôt dire monsieur Sorgue, fit Kesner, déchiffrant le badge que ne protégeait plus le revers de veste. Ce qu'il faut là (le poing fermé s'abaissa au niveau de l'entrejambe du millionnaire) et aussi là (il remonta vers le sommet du crâne). »

Puis Marcus souffla sur le dos de sa main et déploya la ramure de ses doigts, offrant à contempler une paume nue.

« Le futur, mesdames et messieurs. Tout entier devant

vous. Oubliez les accessoires. Laissez-moi vous expliquer. Vidéoprojecteur, s'il vous plaît. »

La lumière décrut. Une douce pénombre noya les masques admiratifs des ingénieurs – la jalousie se lisait aussi sur les traits de certains. Fabien se rassit avant que ses jambes ne se dérobent sous lui. Au moment où le film commençait, projeté directement sur la surface immaculée du mur, Jourdet lui glissa à l'oreille :

« Là, mon salaud, tu nous as bluffés. Tu as vite pigé le truc, hein ? Mais fais gaffe, la plupart des collègues vont l'avoir mauvaise, maintenant. Et je ne parle même pas de Minetti. Tu es dans leur collimateur, mon grand. N'arrête pas de lécher, parce que seul Kesner peut les retenir de te crucifier. »

***

« Alors, ma chérie, ce boulot ?

— Je commence dans une semaine, à la rentrée.

— Tu n'as pas l'air ravie, fait remarquer Obrasian.

— Et pourquoi devrais-je l'être ? Merde, Ob, je n'ai pas besoin de *vraiment* travailler…

— Toujours les mêmes arguments. Tu devrais varier, avec le temps. Nous avons déjà eu ce genre de discussion au moins vingt fois ! Si tu veux passer pour une humaine de Surface, tu dois jouer le jeu. Jusqu'au bout. Reconnais qu'il y a pire comme boulot. J'aurais pu t'envoyer à l'usine !

— Pfff. J'en ai marre d'enseigner aux rejetons humains. Ils ne verront jamais la Couleur. Je perds mon temps avec eux. J'ai mieux à faire ici, tu le sais pertinemment.

— Lillshellyann Aleiannhyless Lliannhsell'an ! Je te reconnais bien là, fidèle à toi-même : perpétuellement insatisfaite. »

Lil fit la moue. Quand Ob prenait la peine de l'appeler par son nom entier, soit il était ivre, soit il s'apprêtait à lui servir un laïus. Le flacon de liqueur posé sur la tablette à portée de main du sorcier étant encore aux trois quarts plein, elle supposa que la deuxième option était la bonne. Elle ne se trompait pas.

« Maître Grübel ici présent m'en est témoin, ma petite, j'ai suffisamment souffert de tes humeurs renégates. Dois-je te rappeler que ce fichu caractère est à l'origine de ton séjour *là-haut* ? Oh, je sais bien ce que tu penses : ce vieux saligaud écailleux se fout de moi, il n'hésite pas à faire appel à mes services quand il en a besoin, trop heureux de me trouver à sa disposition. Vois, Grübel, comme sont ces jeunes créatures : ça n'a pas cent ans, et ça se permet de juger les vénérables badernes dans notre genre. »

Le Connoisseur hocha son triple menton. Puis il vida sa choppe sans faire de commentaires. À peine si ses bajoues tremblèrent quand la pinte de bière envahit la caverne de sa bouche avant de gagner l'estomac.

Obrasian Phulmis passa une langue bifide sur son absence de lèvres, émit un sifflement à peine perceptible. Lil remua sur la bergère où elle avait pris place quelques instants plus tôt, mal à l'aise dans sa prison de falbalas. Le quatrième personnage présent dans le salon demeurait muet, roulant son verre entre ses paumes. Il se contentait de suivre l'échange entre le sorcier et la jeune femme, inexpressif au possible. Au moins n'avait-il l'aspect ni d'un Bibendum, ni d'un saurien. Il était plutôt pas mal, dans le genre beau ténébreux, estima Lil. Il ne lui manquait même pas la cicatrice discrète sur la joue, qui autorisait toutes les conjectures quant à la virilité exacerbée du bonhomme !

« Nous avons rendez-vous au Palais, fillette. Mission de routine, *modus operandi* classique, dit Obrasian. Maître Grübel s'est occupé des documents indispensables, permis et accréditations diverses. Un travail irréprochable, comme à son habitude, ajouta-t-il, clignant de la pellicule translucide qui lui tenait lieu de paupière en direction de l'obèse.

— Je n'ai aucun mérite, grasseya ce dernier. Depuis que Johannes Gensfleisch en a banni la Couleur, les écrits n'opposent plus guère de résistance. Les caractères uniformes de leurs machines sont sans mystère. Je me souviens que Maître François se méfiait déjà en son temps de l'invention de Gutenberg.

— Pour ce qui nous concerne, coupa le sorcier, l'abandon des bonnes vieilles méthodes a du bon. Plongeant une main griffue dans les revers de son manteau, il en extirpa une enveloppe, qu'il lança à la jeune femme. Voilà tout ce qu'il te faut pour organiser notre petite expédition. »

Lil brisa le sceau du Connoisseur – une plume et une bouteille – et parcourut les documents établis par le faussaire. Un permis de conduire au nom de Marie Chellais, une carte de presse spécifiant que cette dernière exerçait en tant que journaliste scientifique, ainsi que le dossier médical du patient. Lil feuilleta plus attentivement cette dernière pièce.

« Blessure par balle ? s'étonna-t-elle au terme de sa lecture.

— Oui, confirma Obrasian. La fourche de sa langue fit une brève apparition, comme il se tortillait sur son siège.

— Ob, je veux savoir dans quel merdier je m'engage. Mission de routine, hein ? Mon cul (le beau ténébreux grommela alors quelque chose d'indistinct). Quoi ? Vous avez un problème ? Qui êtes-vous, d'abord ?

— Permets-moi de te présenter le capitaine Lartagne, ma chérie. C'est un champion, et non des moindres. Personnellement affecté à la protection du Dauphin.

— Oh, très impressionnée… Serait-ce trop demander de savoir ce qu'il fait là ? Quel rapport entre le Dauphin et… Oh, non !

— Hé si, ma chérie, siffla le sorcier. Mais la nature particulière du patient ne change rien à notre manière de procéder. Simplement, le capitaine continuera de veiller sur lui, en Surface.

— Il semble que ça ne lui a pas porté chance, jusqu'ici », persifla Lil.

Lartagne se leva d'un bond, renversa son verre et pesta : « Garce ! Je ne vais pas laisser une foutue fey renégate m'insulter. Toute femelle soit-elle, elle devra répondre de son impertinence.

— Par les couilles du Grand Bouc, du calme ! intima Grübel. Capitaine, rasseyez-vous, je vous prie. Quant à vous, mademoiselle, je vous conseille de modérer vos expressions. Vous êtes sous mon toit, et je ne tolérerai plus pareille provocation. »

Lil se le tint pour dit. Non qu'elle eût l'habitude de se conformer aux injonctions du premier géant venu ; néanmoins, elle éprouvait une certaine sympathie pour le Connoisseur. Ce sentiment, dont elle était d'ordinaire avare, à l'instar de ses sœurs, prenait racine dans la souffrance qui nimbait Grübel d'un halo de Couleur sale, visqueuse. Il y avait dans le cœur de l'obèse un noyau sombre, qui pourrissait son âme de l'intérieur – et, accessoirement, faisait subir le même traitement à ses organes : les tumeurs malignes proliféraient dans les galeries souterraines de cette montagne de chair. Cela, Lil n'avait pas besoin de la magie pour s'en apercevoir. Les missions confiées par Obrasian l'avaient familiarisée avec le peuple des pavillons hospitaliers de la Surface, inquiétante faune de sursitaires en déshérence rongés par mille maux. Étant donnée son origine, le Connoisseur mettrait un siècle ou deux à succomber à la nécrose de sa carcasse. Ce qui ne constituait pas forcément un avantage.

« L'attentat a surpris tout le Palais, reprit Obrasian. Il n'est pas possible de reprocher quoi que ce soit au champion. S'il l'avait pu, je suis certain qu'il aurait reçu la balle à sa place. »

Lartagne acquiesça, agitant ses boucles brunes. « L'assassin a surgi dans la chambre du Dauphin au moment de la toilette, expliqua-t-il. Il a brandi son pistolet et fait feu une première fois.

— Son revolver, corrigea Obrasian. L'arme utilisée est un 38 spécial police, ma chérie.

— Heureusement, il l'a raté. J'ai tiré ma dague de son fourreau et je l'ai lancée au moment où il tirait pour la seconde fois, continua Lartagne. Nous avons fait mouche de concert. Moi, en plein cœur. Lui, dans la tête du Dauphin. »

Le Champion se ramassa sur lui-même, épaules affaissées.

« Comment a-t-il pu arriver jusqu'à la chambre du Dauphin sans que personne le remarque ? interrogea Lil.

— C'est simple, dit Obrasian. Il n'a pas emprunté un chemin traditionnel.

— C'est bien ce que j'avais cru comprendre. Un .38, un assassin qui surgit de nulle part... Je croyais que les protections du Palais étaient sans faille. Tu te fais vieux, Ob.

— Omph. Inutile de remuer le couteau dans la plaie. Nous avons eu de la chance. Les réflexes du Capitaine ont permis d'éviter le pire. La balle a pénétré par l'orbite gauche, de biais. Elle a glissé sur le pariétal, et est venue se loger à l'arrière du crâne. Le Dauphin est depuis dans le coma. Je l'ai isolé immédiatement sous une bulle de Couleur. Mais personne ici ne peut retirer la balle sans risquer occasionner des dégâts irrémédiables. C'est pourquoi je suis parvenu à convaincre le Roi de l'envoyer là-haut, dans un service spécialisé.

— Tu oublies une chose : les médecins seront obligés de déclarer la blessure par balle à la police. Il y aura une enquête. Les documents de Maître Grübel ne résisteront pas longtemps à une investigation en règle.

— C'est pour ça que je vais t'accompagner, moi aussi. Je m'arrangerai pour détourner l'attention des toubibs de cette histoire de balle le temps qu'il faudra. Tu sais aussi bien que moi combien les humains de la Surface peuvent être *distraits*, pour peu qu'on les y aide. »

Obrasian étira l'estafilade qui lui tenait lieu de bouche et articula une suite de sifflements mêlés de sons plus rauques. Ses traits se modifièrent peu à peu, comme les os de son crâne mollissaient et prenaient une configuration nouvelle. La squame qui recouvrait ses membres fondit à son tour, telle la cire d'une chandelle. Une nuance gris-rose se substitua à l'éclat mordoré de la cuirasse du vieux sorcier. Celui-ci rapetissa à vue d'œil, perdu dans les pans de son manteau. Une minute plus tard, un vieux monsieur à l'air digne et légèrement hautain toisait la fey depuis le renfoncement du fauteuil adapté à la morphologie du presque-dragon qui s'y trouvait tantôt installé. Lil crut reconnaître un avatar d'Alec Guiness dans le rôle d'Obi Wan Kenobi, mais ne fit aucun commentaire sur la puérilité des goûts cinématographique du sorcier.

« Bon, dit-elle. Puisque tout est déjà décidé, pas la peine de discuter. Allons récupérer le Dauphin et en route. À propos, qu'est-ce que vous avez fait du corps de l'assassin ?

— Il est toujours au Palais, l'informa Obrasian. Dans la grotte des nécromants. Lartagne a visé juste, mais quelques pouces d'acier dans le cœur n'ont jamais empêché un mort de parler, pas vrai ? »

Intermède

Paris, été 1945

Boulevard Sébastopol, l'enseigne écaillée indiquait encore « A Pygmalion ». L'homme hésita un moment avant d'entrer, battant la semelle sur le trottoir, jetant de furtifs coups d'œil aux ombres décharnées qui rasaient les murs et se glissaient à l'intérieur, comme honteuses d'être là, encore en vie. Des filaments de Couleur ternie s'accrochaient à leurs nippes, telles des toiles d'araignées arrachées au secret d'un placard oublié par le reste des vivants.

Au grand jamais, les habitants de la Surface n'avaient autant perverti la Couleur. Il s'était passé quelque chose, suffisamment violent pour ébranler la persistance de la magie, quelque chose qui avait eu des rejaillissements funestes en Faërie. Entre autres conséquences pour le Royaume d'en bas, le séisme survenu en Surface avait ouvert une brèche dans le Rebut et permis l'évasion du monstre assassin de Dame Grübel. Chassant les images évoquées par la tragédie – comment oublier la chambre rouge, du sol au plafond, et ce qu'était devenue l'épouse du Connoisseur ? –, Lartagne s'avança vers le seuil de la Maison des Déportés.

Dans le vaste hall surplombé d'une verrière crasseuse, la Couleur mauvaise s'épanouissait à son aise. Des hommes et des femmes aux allures de squelettes ambulants faisaient la queue devant d'innombrables guichets, agencés de bric et de broc au sein de l'ancien magasin. Le regard de Lartagne glissa sur la multitude d'affichettes punaisées aux murs, qui toutes réclamaient des nouvelles d'un proche, pas encore réapparu. Ici, la substance du malheur qui avait frappé la Surface était palpable, longue chaîne de souffrance reliant les êtres martyrisés de retour dans la normalité. Elle ne s'exprimait pas dans la palette ordinaire de la magie, mais dans des tons inférieurs, perceptibles seulement du coin de l'œil, qui dotaient les spectres rescapés d'une luisance ténébreuse. Cette Couleur pervertie portait un nom, connu par les habitants de Faërie depuis l'époque des Anciennes Batailles : Infrasombre.

Lartagne frissonna sous son gilet et sa chemise. Il prit son tour dans la file étirée devant le guichet des immatriculations, conscient de dépareiller les pauvres bougres aux joues creuses et aux crânes encore ras. Il y eut un frémissement dans la poche droite de son veston. Instinctivement, la main du capitaine se referma sur la garde du poignard dissimulé là. Du bout des doigts, il effleura l'objet qui faisait office de fourreau à la lame chargée en Couleur par le presque-dragon Obrasian Phulmis en personne. Un objet immonde, néanmoins indispensable, car il avait permis au capitaine du guet, volontaire pour cette mission, de retrouver la trace du démon échappé du Rebut.

La file s'amenuisait peu à peu. Lartagne se rapprochait du guichet, les sens en alerte. Dans le brouhaha des conversations renvoyées en écho par le plafond de verre sale, il parvint à distinguer les paroles échangées entre le préposé à l'immatriculation et la silhouette portant imperméable et cache-col arrivée devant lui.

« Fais voir ton numéro », exigea l'employé, soupçonneux. Lartagne tendit l'oreille. La réticence du candidat à l'identification commençait à attirer l'attention. Insensiblement, deux solides gaillards en blouson de cuir s'étaient approchés par les côtés et encadraient l'imperméable, à quelques mètres de distance.

« Et puis, montre un peu ta bobine. Ôte donc ton galure, que je voie à quoi tu ressembles. »

L'homme ne réagissait pas. Il se contenta d'émettre un soupir de forge, à la limite du grondement. Les doigts du capitaine le démangèrent soudain. Lartagne retira la main de sa poche. Un suint poisseux souillait son gant de velours. Le fragment de peau s'était remis à saigner.

« Allez, lève ta manche, ne fais pas d'histoires, s'impatientait le guichetier.

— Puisque je vous dis que j'arrive de là-bas, se défendit l'imperméable, d'une voix grasseyante, comme étouffée par une accumulation de caillots dans la gorge.

— C'est justement ce qu'on veut vérifier. Si tu dis vrai, tu dois porter le tatouage de ton numéro. Sinon, ça va mal tourner pour toi. Une balle pour les auxiliaires des vert-de-gris, tu saisis ? »

Les mastards de la sécurité collaient maintenant l'anonyme de près. Celui de gauche le saisit par le bras, l'autre par la ceinture de l'imperméable. Le reste de la file s'écarta prestement, laissant le champ libre au capitaine. Celui-ci s'approcha, le poignard caché au creux de la paume. La lame crépitait sur la peau de son avant-bras. La réaction de la Couleur était sans équivoque.

L'homme releva alors son feutre et dénoua son cache-col. Le guichetier blêmit et lâcha un cri étranglé. Aussitôt, les costauds lâchèrent leur proie et reculèrent. Une femme rangée dans la file voisine s'évanouit dans les bras du garçon qui la suivait.

Lartagne lui-même sentit son poil se hérisser en devinant la plaie béante substituée au visage de l'inconnu, depuis l'absence de nez jusqu'à la tuyauterie à vif de la gorge.

« Nom de Dieu ! jura le préposé.

— Je n'ai pas de numéro, graillonna le monstre. Parce que là non plus je n'ai plus de peau ! »

Joignant le geste à la parole, il retroussa sa manche, révélant une chair brune emmaillotée de lambeaux de gaze.

« Ils me l'ont prise là-bas, ajouta-t-il. Je ne suis pas le seul. Mais les autres ont eu plus de chance que moi : ils sont morts depuis. »

Il tremblait quand il rajusta sa manche et son couvre-chef. « Je n'ai rien à attendre ici. Tout ça est trop dégueulasse. »

Il s'enfuit en clopinant, sous les regards ahuris et dégoûtés de l'assistance. Lartagne lui emboîta le pas, remisant le poignard dans son fourreau sanguinolent.

Il rattrapa l'écorché comme celui-ci tournait à l'angle de la rue de Rivoli.

« Il faut que je vous parle.

— Foutez-moi la paix. Laissez-moi crever tranquille.

— D'accord, mais seulement une fois que vous aurez répondu à mes questions.

— Pour quoi faire ?

— Parce que je suis à la recherche de celui qui vous a fait ça, et que quand je l'aurais retrouvé, je le tuerai. »

L'homme se figea sur le trottoir. Un moment, son regard se porta sur la tour Saint-Jacques, dans le dos du capitaine. Puis, il revint à Lartagne :

« Entendu. Mais promettez-moi de vous occuper de moi avant. »

CHAPITRE II

L'INVITÉ DES SOMBRES RÉJOUISSANCES

Versailles avait la Couleur des rêves d'un grand roi. L'Histoire avait peint le site dans une palette éblouissante. Les verres teintés de ses lunettes ne parvenaient pas à en filtrer correctement l'éclat ; Lil devait plisser les paupières pour ne pas être aveuglée. Elle accommoda à mesure qu'ils se frayaient un chemin dans le Bosquet de l'Arc de Triomphe, où un reste de fraîcheur achevait de s'évaporer sous le soleil de la fin août.

Devant la fey avançait un vieux monsieur très digne. À son bras s'accrochait un adolescent à la démarche raide. Quelques mètres plus loin, un homme en blouson de cuir portant une casquette frappée du logo d'une grande marque de sportswear ouvrait la marche. Il gardait une main glissée à l'intérieur du blouson et son regard glissait alternativement de gauche à droite.

Le quatuor insolite avait laissé derrière lui le Bassin de Neptune et celui du Dragon. À cette heure de la matinée, les visiteurs ne s'étaient pas encore égaillés dans le parc et les jardins. L'ouverture au public venait juste d'avoir lieu. Le bruissement des jets d'eau n'allait cependant plus tarder à être éclipsé par la rumeur de la foule. Aussi, Lil avait insisté pour que la transition entre les mondes s'opère en toute discrétion.

« Pourquoi pas directement depuis la chambre du

Dauphin ? avait demandé Lartagne, exaspéré par l'attitude de la renégate. Il supportait difficilement d'être commandé par une femme, a fortiori fey et rebelle ; en outre, l'accoutrement imposé par le sorcier le mettait mal à l'aise.

— Parce qu'en Surface les chambres royales sont les pièces les plus visitées, avait expliqué Lil. Je ne veux courir aucun risque. Pas la peine de créer une émeute en débarquant autour du lit devant un touriste à caméscope. »

Le Capitaine des gardes n'avait pas insisté. Ce n'était pas son premier séjour en Surface, mais le précédent remontait à tant d'années qu'il jugeait plus sensé de s'en remettre à la fey, quoi qu'il lui en coûtât. Et puis, le Roi avait été formel : tout devait être tenté pour sauver la vie du Dauphin. Lartagne savait la confiance de son suzerain en son ministre des opérations occultes, le presque-dragon Obrasian Phulmis. Une confiance gagnée par le sorcier sur les labours de chair et de tripailles des Anciennes Batailles, alors qu'il avait encore un aspect humain et que le futur Roi luttait le fer à la main pour repousser les hordes démoniaques vers le Rebut.

Dans le secret de la chambre royale, un laquais précautionneux avait retiré la chemise de flanelle du garçon pour lui substituer le costume fourni par le sorcier : pantalon de toile écrue aux jambes bardées d'une multitude de poches, tee-shirt et veste de jogging. Une paire de baskets délacées et un bob complétaient le travestissement. Le bandage qui ceignait le crâne et une partie du visage disparaissait à moitié sous le couvre-chef. Les lunettes noires empêchaient de distinguer les paupières obstinément closes. Lartagne avait ensuite porté le corps inanimé du Dauphin jusqu'au jardin du Palais, ne laissant personne d'autre assumer cette charge.

Obrasian avait puisé dans la Couleur des massifs environnants pour forcer les muscles du jeune homme à se ranimer.

« Permettez, capitaine. Je le conduirai moi-même jusqu'à la voiture.

— Soit. » Lartagne n'avait rien ajouté, légèrement

troublé quand le Dauphin s'était redressé pour s'appuyer contre l'épaule du sorcier, brusque et maladroit. « Il est toujours inconscient, avait précisé Obrasian. Je me contente de guider ses jambes. Les médecins humains sont les seuls à pouvoir lui redonner la vie. »

Puis, la Couleur avait enveloppé le trio. L'instant suivant, elle se dissipait, s'effilochant en milliers de langues brumeuses qui vinrent se mêler aux ramures des arbustes encombrant le Bosquet de l'Arc de Triomphe.

« Ce n'est pas trop tôt, bougonna Lil, surgissant du magma coloré qui floutait le champ de vision du Capitaine. Je commençais à m'impatienter. Allons-y, ça ne va pas tarder à grouiller de curieux dans le coin. »

Mais les rares visiteurs croisés sur les Parterres du Nord leur accordèrent peu d'attention, davantage intéressés par les compositions hydrotechniques des grands bassins qui jalonnaient leur parcours.

La petite troupe traversa le corps principal du château sans s'attarder. Ils débouchèrent sur la Cour de Marbre puis la Cour principale, encadrée par les Ailes des ministres, où une file d'attente s'était formée devant les guichets. La chaleur de ce milieu de matinée cueillit la fey et ses compagnons au sortir de l'ombre portée de l'Aile droite, à hauteur de la statue équestre du Roi Soleil, qui n'avait jamais autant mérité son surnom, nimbé d'un halo de Couleur flamboyant. Ils franchirent la grille de l'entrée d'un pas tranquille.

Sorti du dédale intemporel de Versailles, Lartagne se trouvait privé de repères, décontenancé par la brutale immersion dans la modernité. À quelques rues du château, la noria des autocars avait commencé. Gamins des centres aérés et touristes étrangers se mêlaient joyeusement, dans une rumeur anarchique qui résonnait comme un étrange sabir de cris et d'exclamations. La circulation en ville était déjà dense. Les abords du parking où Lil avait abandonné la Ford une demi-heure plus tôt charriaient un flot ininterrompu de véhicules, pare-chocs contre pare-chocs. Un voile d'Infrasombre troublait la vision de la scène, concrétisation des émanations de gaz carbonique crachés par les pots d'échappement.

Fendant la foule, ils se frayèrent un chemin jusqu'au parking. Lartagne demeurait aux aguets, prêt à sortir son arme au moindre signe suspect. Lil s'approcha de lui et murmura à son oreille : « Calmez-vous. Ce ne sont que des humains, des voyageurs venus admirer le site. Je sais qu'ils sont agaçants, avec leur manie de brailler et leurs manières de rustres, mais ils ne sont pas dangereux. »

Comme pour confirmer ses dires, un groupe jailli d'un autocar immatriculé en Belgique les bouscula et les entraîna dans son sillage sur quelques mètres. Les touristes d'outre-Quièvrain évoluaient dans un nimbe d'Infrasombre qui ne semblait pas les gêner. Un quadragénaire bedonnant en bermuda et polo griffé braqua même l'objectif de son Nikkon sur le couple formé par le capitaine et la fey.

Lil joua des coudes pour s'extirper du torrent humain et rejoindre Obrasian et le Dauphin, épargnés par cette crue humaine.

Arrivé devant la Ford, Lartagne maugréa : « Je ne sais pas comment vous parvenez à les supporter.

— Avec difficulté et une bonne dose de self-control », s'amusa Lil. Elle déverrouilla la portière et s'installa au volant. Obrasian monta à l'arrière avec le Dauphin. Aussitôt assis, l'adolescent parut se tasser sur lui-même. « Plus besoin du sortilège qui lui a permis d'arriver jusqu'ici, fit le Sorcier. À présent, direction Georges Pompidou, et vite. »

Lartagne hésita une seconde avant de prendre place sur le siège passager.

« Vous n'avez rien contre les femmes au volant, j'espère ? dit Lil, avisant la mine sombre du Capitaine. Comme il ne répondait pas, elle ajouta : Alors, bouclez votre ceinture. »

Sans attendre que Lartagne obtempère, la fey se débarrassa de ses lunettes noires et démarra. Versailles disparut bientôt dans le lointain du rétroviseur, l'extraordinaire éclat de son château évoquant le coucher d'un soleil orangé tombant sur la ville.

Vingt minutes plus tard, l'Escort déboulait dans Paris intra-muros par la Porte de Versailles, lancée à fond de quatrième. Lil remonta le boulevard Victor sur plusieurs centaines de mètres sans ralentir, et obliqua finalement dans la rue Leblanc, à proximité du Parc Citröen, pour bientôt s'immobiliser devant la façade immaculée de l'hôpital Pompidou, sorte d'iceberg échoué en milieu urbain.

« On prend l'entrée des urgences, commanda Obrasian. Chacun se souvient de son rôle ? Alors allons-y. »

***

« Tu dois me comprendre, Fabien, lança Marcus Kesner. Ils se trouvaient réunis dans l'intimité luxueuse de son bureau, situé deux étages au-dessus de la salle de réception et auquel on accédait par ascenseur privé. Ma petite démonstration de tout à l'heure a pu te paraître choquante. Ne me mens pas, elle l'était.

— Ma foi, Minetti ne méritait peut-être pas..., commença Fabien, surpris par sa propre hardiesse, avant que Kesner l'interrompe d'un revers de main qui balaya la plaine de verre et de métal constituant sa table de travail.

— Il n'a pas su tenir tête, fit le millionnaire sosie de Willem Defoe – en moins anguleux, tout de même, surtout quand il se lançait dans une entreprise de séduction, comme c'était présentement le cas. Je me moquais qu'il réponde ou non à ma devinette. D'ailleurs, à la vérité, je ne pensais pas qu'une de mes recrues locales y répondrait. »

L'expression attisa la curiosité de l'infographiste. Une recrue locale... Elle avait un parfum désuet, dans la bouche d'un décideur de la nouvelle économie. Il se demanda d'où était originaire Marcus Kesner, sans oser lui poser la question. Ses méthodes et son éloquence trahissaient une éducation élitiste. Il songea aux semi-mythiques Business Schools étrangères qui le faisaient fantasmer quand, il n'y avait pas si longtemps, il achevait ses études à l'Institut Universitaire de Technologie de Dijon – terminus honorable pour un rejeton de la petite-bourgeoisie provinciale. Une formation poudre aux yeux, qui conduisait la plupart des étudiants sur des voies de garage, mais pas lui, Fabien Sorgue. Car il se trouvait maintenant assis en face du gourou du videogame, et que ce dernier lui accordait le privilège d'un entretien particulier – nonobstant la présence massive mais discrète de Maser, debout devant le bar, dans l'angle du bureau.

« Devil's Game attire les convoitises de nombreux concurrents, expliqua Kesner. Tu serais surpris par les méthodes employées pour percer nos petits secrets. Minetti se serait laissé tirer les vers du nez trop facilement.

— Vous parlez de ça comme d'une guerre, s'étonna Fabien.

— Que crois-tu que ça soit d'autre ? Avec des enjeux qui se chiffrent à neuf zéros, tous les coups sont permis. D'où le rôle non négligeable de notre cher Maser. »

À l'énoncé de son nom, le colosse hocha imperceptiblement le menton. « J'ai moi-même été victime de plusieurs tentatives d'intimidation, Fabien, continua Kesner. Après le succès de mes premiers jeux, on m'a fortement conseillé de vendre Devil's. On m'a offert de gros chèques, des places de directeur pour l'Europe. De bien minables compensations pour la perte du travail de toute une vie. »

Fabien trouvait qu'il exagérait. Toute une vie ! Marcus n'avait guère que trois ans de plus que lui… Mais la fortune pouvait faire peser le poids des ans avec davantage d'insistance du côté 'vécu' de la balance.

« Maintenant que je suis sur le point de passer au stade supérieur, la pression s'accroît. Je ne peux pas me permettre d'ouvrir la moindre faille dans mes défenses. Voilà pourquoi Minetti.

— Je comprends. Je ne me doutais pas de tout ça.

— Bien sûr, ce n'est pas ton boulot. C'est le mien, et celui de Maser. Connaître ceux qui nous entourent, à qui nous confions une part de nos secrets. Tu m'as favorablement impressionné, tout à l'heure. Mais je ne te connais pas encore.

— Vous avez mon CV. Vous savez que je suis de près les produits Devil's depuis le début. J'ai toujours été fan de vos jeux. Un véritable accroc, même.

— Je veux te connaître *toi*, pas ton passé. Avant de décider si je peux te faire entrer dans mon futur, Fabien. »

Marcus brandit le poing. Il l'ouvrit et le referma à tour de rôle, au-dessus de l'écran plat de l'ordinateur intégré au meuble high-tech. « Y a-t-il une place pour Fabien Sorgue là-dedans ? interrogea-t-il, sans s'adresser à personne en particulier. C'est ce que démontrera l'enquête de monsieur Maser. »

Cinq minutes plus tard, encore ébloui, Fabien trottait derrière le colosse sur le parking du Bunker. « On prend ma voiture ? s'enquit-il, ralentissant à hauteur de la petite Peugeot encore immatriculée WW.

— Quelle voiture ? », gronda Maser, accélérant l'allure en direction du garage privé de Marcus Kesner. Son index voleta sur le clavier digicode, trop rapide pour que Fabien ait pu seulement repérer le premier chiffre. Le ventail métallique coulissa en ronronnant d'aise, mû par un moteur électrique.

« Attends ici. »

Fabien se figea devant l'entrée. Il tenta de percer l'obscurité qui régnait dans le garage. Il distinguait à peine la dalle de béton brut et les formes assoupies des véhicules parqués en retrait. L'odeur prégnante du cuir et du métal, de la graisse et de l'encaustique, montait des ténèbres, telle l'haleine d'une meute mécanique au repos. Soudain, le feulement d'une grosse cylindrée résonna, brutal et bref, dans le fond du garage. Puis, jaillissant de l'ombre, la ligne fluide d'une carrosserie basse parut se matérialiser devant l'infographiste. Une portière en aile de mouette, comme sur les anciens modèles Mercedes, se déploya sous son nez. Fabien était impressionné ; pas tant par les courbes agressives de la balle traçante montée sur châssis que par la sombre luisance qui en émanait. Le noir soutenu avait quelque chose de plus profond, comme une couche de peinture palimpseste d'une noirceur vivante, celle-là, qui tentait de forcer le regard.

« Grimpe.

— Chouette bagnole, commenta Fabien, tandis qu'il se coulait dans le baquet luxueux du siège passager. Italienne ?

— Hon hon. Modèle unique, habillé par Sbarro. »

Fabien acquiesça, même s'il ignorait tout du styliste carrossier. Maser écrasa la pédale d'accélération et ils quittèrent le parking dans un crissement de pneus. L'engin s'engouffra dans la circulation, encore fluide, de l'autoroute du Nord, et rejoignit la rue de la Chapelle et le XVIII° en un temps record, sans que Maser ajoute quoi que ce soit. Il se perdit dans les ruelles au pied de Montmartre, de l'autre côté de Barbès, avant de trouver un endroit où se garer.

« Le quartier n'est pas très sûr, dit Fabien, s'extirpant du bolide rangé le long du trottoir.

— Moi, je le suis », fit Maser, laconique.

Fabien en était convaincu.

***

« C'est ma chambre, dit Fabien.

— Je vois. »

Maser contemplait l'affiche punaisée au-dessus du lit. Le fameux papillon à tête de mort.

« Vous l'avez vu ? J'avais quinze ans quand c'est sorti. J'ai fait des cauchemars pendant une semaine.

— Ouais. Je vais te dire : Lecter n'est qu'une fiotte. Un connard d'esthète, un gastronome à la mords-moi le nœud.

— C'est une critique originale.

— Vous ne savez rien du Mal. Vous n'avez jamais appris », lâcha Maser, achevant son tour d'horizon de la pièce. Fabien se garda bien de lui demander ce qu'il voulait dire, à qui ce voussoiement s'adressait. Depuis qu'ils avaient quitté le bunker, l'infographiste avait eu le temps de comprendre qu'il ne tirerait rien du responsable sécurité de Marcus Kesner.

Celui-ci se livra à une fouille en règle de la chambre. Il visita d'abord l'armoire, promenant sa main sous les piles de vêtements et jusque dans les poches des blousons de jean pendus aux cintres.

« Tss tss. Il faudra que je te donne quelques adresses où tu pourras te saper correctement. »

Puis, Maser s'intéressa au lit. D'une main, il souleva le matelas et le retourna. Fabien n'eut pas le temps de s'interposer. Rouge de confusion, il bredouilla de vagues explications lorsque Maser s'empara d'une des revues suggestives qui se trouvaient cachées là et déploya la double page centrale avec une moue admirative.

« Des vieux trucs achetés quand j'étais gamin… Je ne sais pourquoi je les ai gardés…

— Moi, si. Il n'y a pas de honte à ça. Tu dois apprendre à assumer ce que tu aimes. »

Maser replia le magazine porno et le rendit à son propriétaire. « Pour ça aussi, je te donnerai des adresses. Bon, passons à l'autre pièce. »

Fabien suivit l'homme en noir au milieu du salon. Coincé entre la table basse et le canapé, le colosse paraissait plus impressionnant encore. Il passa rapidement en revue les bouquins alignés sur les étagères et se dirigea vers l'entrée.

Maser semblait avoir terminé l'inspection du minuscule deux pièces, situé au premier étage d'un vieil immeuble à la façade fuligineuse. L'étroitesse de la rue interdisait aux rayons du soleil de s'aventurer jusque-là. Pourtant, la chaleur coulait dans le lit de ce canyon urbain, presque palpable. Comme Fabien avançait la main vers l'interrupteur pour donner de la lumière dans le vestibule, Maser l'interrompit d'un geste et dit :

« Laisse. J'ai vu ce que je devais voir. Puis, sautant du coq à l'âne : Tu vis là depuis longtemps ?

— Un an, environ. Depuis que je suis arrivé à Paris. Une

tante de mon père connaît le propriétaire, se justifia Fabien, comme s'il pouvait paraître louche d'occuper un pareil taudis. C'est pour ça que j'ai trouvé facilement à me loger.

— Qu'est-ce que tu faisais, avant d'entrer chez nous ?

— J'ai pas mal galéré, en fait. Des infographistes, c'est pas ça qui manque, surtout à Paris. J'ai réalisé quelques plaquettes de pub pour des éditeurs, payé au lance-pierres. Heureusement, mes parents m'ont toujours aidé.

— Ils ont les moyens ?

— Ils ne sont pas pauvres, mais je ne sais pas s'ils auraient pu continuer encore longtemps. Quand j'ai su que Devil's embauchait des débutants, je me suis précipité. Ce boulot tombe à pic. Dîtes, à quoi ça rime, cet interrogatoire ? »

Maser sourit, révélant une rangée de dents éclatantes. Fabien n'était pas certain d'aimer ce sourire. Il lui évoquait trop celui, artificiel, des acteurs de télénovellas. Et puis, dans la pénombre moite de l'entrée, la face du colosse semblait luire du même éclat négatif que la carrosserie de son bolide.

« Marcus est prêt à te donner ta chance. Il recherche des partenaires dans ton genre pour son projet. *Faerie Hackers* est un truc vraiment nouveau, du jamais vu. Le lancement de la promo est prévu pour le début de la semaine prochaine, mais il faut encore fignoler deux-trois détails. Pour ça, Marcus veut des gens fiables et surtout discrets. Avec un regard neuf, une expérience vierge, pas de préjugés. Mais pas n'importe qui. »

Fabien se balança nerveusement d'un pied sur l'autre. Le dos de sa chemise collait à sa peau. Des auréoles de sueur dessinaient un arc de cercle sous ses aisselles. « Je ne suis pas n'importe qui, dit-il, tâchant de mettre le maximum de conviction dans cette affirmation, en dépit de son émotion ; si Maser lui révélait le nom de la fameuse « bombe atomique » vantée par Jourdet, c'est qu'il devait estimer que Fabien Sorgue était digne de la confiance de Marcus Kesner.

— Bien sûr, fit Maser, sérieux. C'est ta machine ? »

Il indiquait le coin bureau du salon, qui faisait l'angle avec le vestibule. En fait une simple planche sur tréteaux, supportant l'œil morne de l'écran en état de veille. « Un Pentium IV, acquiesça Fabien. Un cadeau de mes parents, juste avant mon départ. Vous ne vous intéressez pas vraiment à l'informatique, hein ? », s'enquit-il, comme Maser considérait sans broncher l'accumulation de périphériques amassés sur la planche. Certains branchements non sollicités par les constructeurs avaient pourtant de quoi aviver la curiosité des véritables amateurs de la bidouille.

« On t'en fournira une autre, éluda Maser.

— Ça veut dire que je suis engagé pour le projet de monsieur Kesner ? Pour travailler sur *Faerie Hackers* ?

— Dès que je lui aurai confirmé qu'il ne s'est pas trompé. »

Le colosse se dirigea vers la porte. Avant de quitter l'appartement, il fit un dernier tour d'horizon et déclara : « Si tout se passe bien, on t'en fournira un autre aussi. »

***

L'interne portait sa blouse à même le torse. Son œil droit papillotait, sans que le tic parût l'indisposer outre mesure. Le chaume qui recouvrait ses joues indiquait que la garde tirait à sa fin. Il se laissa choir sur la chaise en plastique, de l'autre côté de la table, en lui adressant un bref signe du menton, qui pouvait signifier tout et n'importe quoi.

« Je vais m'arranger pour lui trouver un lit en neuro. Il faudra remplir le dossier d'admission, madame Chellais.

— Bien sûr », fit Lil. Elle s'était composée un masque de circonstance, où l'angoisse le disputait à la douleur d'une mère dont le fils avait frôlé la mort de près. Elle n'avait pas eu à forcer le trait, tant l'ambiance de l'hôpital Georges Pompidou se prêtait à la pantomime macabre. Dès l'arrivée à l'accueil des urgences, dans le va-et-vient des infirmières et des brancardiers, la détresse accumulée entre les murs du bâtiment la cueillit. Elle avait préféré trouver refuge à la cafétéria, une fois le Dauphin pris en charge par une équipe compétente.

« Est-ce que son grand-père et son oncle peuvent rester avec lui ?

— La famille n'est pas admise au bloc. Mais ils peuvent attendre dans le couloir. Vous savez, vous avez de la chance. D'habitude, à cette saison, il faut compter trois ou quatre jours avant une prise en charge par les chirurgiens. Même pour les blessures graves, ça peut prendre plusieurs heures. Je suis surpris que le professeur Warnier ait accepté de décaler son programme d'interventions.

— Mon beau-père sait se montrer persuasif. C'est quelqu'un d'assez influent dans sa partie.

— On dirait. Vous avez vu la salle des urgences ? »

Lil avait vu. L'alignement des lits, jusque dans le couloir, les draps souillés de merde et de sang, de sanie et de bile. Elle avait senti l'odeur des chairs martyrisées, des corps à l'abandon, de la misère et de la vie qui s'éteint. Elle avait entendu les râles et les pleurs, les hoquets de détresse, les prières marmonnées, les injures lancées à la face des infirmières, impassibles et surmenées. Elle avait été choquée en découvrant un nombre élevé de vieillards, grabataires et demi-gâteux, confinés dans un immobilisme résigné, dans l'attente d'une fin prochaine. Jamais Faërie n'aurait laissé ses anciens partir ainsi, seuls, démunis, dégradés. En plus de la magie, les humains de Surface avaient perdu la dignité.

Mais Lil se gardait bien de les accabler. Elle savait les responsabilités de leur dérive partagées. Elle avait entraperçu les nuances d'une Couleur pervertie, malsaine, qui s'insinuait dans le charivari de souffrances de l'hôpital, tel un bruit de fond parasite ; une Couleur malade, elle aussi, qui n'était plus celle de l'espoir des humains dans la guérison et le triomphe de la vie, mais la manifestation du renoncement devant le Mal, monté des entrailles d'un passé enfoui dans les méandres de la mémoire collective : l'Infrasombre.

Comme s'il avait lu dans les pensées de la fey, l'interne reprit, réprimant un bâillement :

« L'été, c'est de la folie. La plupart des patrons bronzent sous les tropiques et les gens ne veulent pas compromettre leurs congés en s'embarrassant de leurs vieux. Les maisons spécialisées coûtent cher. Résultat, on récupère aux urgences les papies et mamies sous prétexte d'un petit bobo. Ajoutez à ça les excités que la chaleur rend dingue, qui se taillent les veines ou mutilent leur copine, les gamins qui profitent des vacances pour faire des expériences et s'initier à l'interdit. Je suis désolé, je ne disais pas ça pour votre fils, madame Chellais, s'empressa-t-il d'ajouter.

— C'est OK. David est un gamin comme les autres, vous savez. L'arme de son oncle lui a paru un jouet plus excitant que les siens, voilà tout. »

Le bobard semblait tenir la route. Ou alors l'interne s'en fichait. Les urgences devaient accueillir leur lot de règlements de compte et de tentatives de suicide – leur lot de mensonges, également.

« On le tirera d'affaire. Le professeur Warnier est un cador dans son genre. Les lésions au cerveau semblent superficielles. La plasticité neuronale est quelque chose d'étonnant, surtout à cet âge. En revanche, pour son œil…

— Franchement, son œil est le dernier de mes soucis, en ce moment, vous comprenez ? lança Lil d'une voix tremblante, assumant son rôle de mère au bord du gouffre.

— Oui. On va le tirer d'affaire », répéta l'interne, exténué par trente-six heures consécutives de garde, seulement entrecoupées de deux heures de mauvais sommeil. Déposant le dossier d'admission sur la table, il adressa à la fey un sourire professionnel et tourna les talons, sur un dernier clignement de paupière involontaire.

Lil observa la silhouette blanche se frayer un chemin vers la sortie. Le jeune médecin traînait les pieds, avançant au pas de l'homme résigné à contempler le désastre du monde sans s'émouvoir. L'attitude d'un sage, ou bien d'un monstre. Peut-être les deux à la fois. En tout cas, certainement la seule attitude sensée dans cet univers immaculé où la mort faisait son ordinaire.

Obrasian entra peu après dans la cafétéria. Avisant Lil, il slaloma entre les tables pour arriver à sa hauteur et s'assit sur la chaise laissée vacante par l'interne.

« Parfait, tout s'arrange, ma chérie. Lartagne monte la garde devant les portes du bloc. J'ai pu négocier une chambre privée pour la convalescence de notre David.

— Comment cela a-t-il pu se produire, Ob ?

— J'ai employé les mots qu'il faut, comme d'habitude.

— Arrête de déconner. Je parle de l'attentat contre le Dauphin.

— Oh. » Le sorcier passa une main semée de taches de son dans ses cheveux gris. « Il est encore trop tôt pour tirer des conclusions. Ça me gêne de l'admettre, mais il n'est pas impossible qu'un de mes hommes ait facilité l'intrusion de l'assassin dans le Palais.

— L'assassin est bien un humain ?

— Oui. Le type transpercé par Lartagne est aussi doué de magie que cette machine. »

Obrasian pointa l'index sur le distributeur de boissons chaudes, calé entre une plante verte et une corbeille à papier. Un gobelet tomba dans le réceptacle, suivi d'une dose de café soluble et d'un jet d'eau bouillante.

« Tu vois ce que je veux dire ? Même pas la peine de glisser une pièce. Non, le plus borné des trolls est une merveille de sensiblerie en comparaison. Aussi incroyable que cela paraisse, l'assassin nous est tombé de la Surface.

— Quelqu'un l'a forcément poussé, fit remarquer Lil.

— Évidemment. Le problème, c'est que lui-même l'ignore. Les nécromants n'ont rien pu en tirer, du moins jusqu'à présent. Toutefois, je ne me fais pas d'illusions. Ce type n'est qu'une coquille vide. Il ne nous apprendra rien, même si on lui épluche le cerveau jusqu'au trognon. » Il se leva et fit un pas en direction de la queue du self-service, s'immobilisa le temps de demander : « Tu as envie de manger quelque chose ? Ça te ferait du bien. »

Lil n'aurait rien pu avaler dans un endroit pareil. Elle fit non de la tête, agacée par l'attitude faussement désinvolte du sorcier. Elle le connaissait suffisamment pour savoir que la situation le préoccupait au plus haut point, ce qu'il n'aurait jamais avoué en des termes aussi simples, mais également qu'il cherchait à la manipuler, ce qui l'étonnait déjà moins. Lorsqu'il réapparut, portant un plateau chargé de victuailles, elle le laissa s'installer et engloutir trois œufs durs avant d'attaquer :

« Si tu me disais ce que tu as en tête, on gagnerait du temps.

— Tu es sûre de ne rien vouloir ?

— Ob, si tu continues, je vais me mettre à hurler.

— J'ai parlé au Roi Couleur avant notre départ. Il a pris une décision difficile en acceptant que son fils unique soit transporté ici, sous une garde réduite, pour ne pas attirer l'attention. D'autant plus difficile que je n'ai pas pu lui cacher que tu étais dans le coup. »

La fey poussa un soupir. Elle se décida à piocher une frite dans l'assiette du sorcier, mais ne fut pas capable de la porter à sa bouche.

« Il a très bien compris que je te faisais confiance pour ce genre d'affaire. Après tout, tu vis en Surface depuis vingt ans, maintenant. Tu es sans doute la créature du Royaume la mieux familiarisée avec ce monde.

— Viens-en au fait.

— Voilà. Couleur te propose un marché équitable. Trouve qui se cache derrière l'assassin et il est prêt à faire un geste.

— Minute. Je ne suis pas flic. Je réponds à tes sollicitations bruyantes quand tu as besoin de moi pour marrainer l'un des nôtres en Surface, en vertu de l'accord que nous avons passé toi et moi après les événements qui m'ont conduite ici. C'est tout. Les affaires du Royaume ne me regardent plus, depuis que des lois scélérates excluent mes sœurs du pouvoir. »

Obrasian leva les yeux au plafond et prit un air désespéré.

« Ne me joue pas la pasionaria. Je connais ton discours par cœur. Écoute : Couleur veut bien lever certaines dispositions prises à l'époque, en particulier pour ce qui concerne les droits de représentation des feys au Conseil.

— Taratata. Tout ou rien : égalité totale des droits entre sorciers, nobles et feys. Et ce n'est qu'un début, avant de s'intéresser au sort des élémentaires.

— Je l'avais bien prévenu que tu étais toujours aussi butée ! Que tu allais abuser de la situation, odieusement. Lil, ma chérie, le Roi a beaucoup de peine. Son fils est à l'article de la mort…

— Ce n'est pas l'avis des médecins, ni le mien. Je n'ai effectivement aucun scrupule à tirer avantage de la situation. Tu sais qu'aucune fey n'a jamais agi par amour du Royaume. Alors voici mes conditions : je veux que Couleur lui-même me confirme ses bonnes dispositions. D'ici là, je ne lèverai pas le petit doigt pour rechercher le commanditaire de l'attentat. »

Ragaillardie, elle croqua finalement la frite avec laquelle elle avait menacé le sorcier au terme de cette tirade. Le légume tiède et gras lui resta en travers de la gorge.

***

La petite troupe obéissait à une curieuse dynamique des fluides, creusant un large sillage autour de son élément le plus imposant. Les jeunes gens vêtus de noir de pied en cap semblaient éprouver une gêne à la perspective de frôler le colosse qui déambulait parmi eux. Des murmures couraient d'une bouche à l'autre – un flic ? un parent inquiet ? – sans que quiconque ne s'avisât d'en faire état au principal intéressé.

Maser se fichait bien de ce que ces corbeaux et autres rats de cave pouvaient penser. Leur jeu de rôles ne l'amusait pas, leur attirail gothique et leur accoutrement lui donnaient au mieux envie de sourire.

Cependant, il émanait du groupe un parfum irrésistible.

Maser en avait capté l'effluve tandis qu'il déambulait au pied du Sacré-Cœur, monstrueuse meringue d'une blancheur hypocrite, chargée de la culpabilité de toute une génération de parisiens. Des volutes d'Infrasombre s'enroulaient autour de la pointe de la coupole principale, glissant ensuite sur les courbes de l'édifice, zébrant de traînées noirâtres le calcin sécrété par la pierre de la basilique.

Peu de touristes jouissaient toutefois d'une pareille vision des choses. Les corbeaux qui s'étaient rassemblés sur le parvis percevaient certainement pour partie la subtile perversion ; à vêtir leur déprime adolescente d'une noirceur de pacotille, ils en étaient peut-être arrivés à développer une sensibilité inconsciente pour les manifestations de l'Infrasombre. Shoah n'avait pas éradiqué la magie de la Surface, mais l'avait enfouie profondément sous des couches successives de remords, de négation, d'oubli, qu'une attitude marginale pouvait à l'occasion percer.

Un picotement de l'épiderme avertit Maser qu'il avait trouvé ce qu'il était venu chercher ici, après avoir quitté le nouveau sujet de Marcus. Comme toujours en pareil cas, sa peau réagissait avec un temps d'avance sur le reste du corps. Il allongea le pas pour se porter à hauteur du jeune homme aux larges épaules, qui allait en tête de l'étrange procession dévalant la rue Caulaincourt en direction du cimetière de Montmartre.

La compagne du garçon, moulée dans un harnachement de résilles et de lanières de cuir qui laissait transparaître le blanc laiteux d'une poitrine étique, n'apprécia guère l'intrusion.

« Casse-toi. T'es pas invité à la fête.

— Je suis pourtant de toutes les sombres réjouissances, rétorqua Maser.

— Elle a raison, c'est une cérémonie privée, fit le jeune goth', s'immobilisant sur le trottoir dans une pose de défi, ce qui permit à Maser de mieux l'observer.

— *Branding*, hein ? Impressionnant. Du beau boulot.

— T'es quoi, au juste ? Un connard de journaliste, ou un putain de voyeur ? », s'énerva le jeune homme, faisant gonfler une batterie de muscles sous la cotte aux mailles assez lâches qu'il portait à même la peau. À travers les interstices du maillage d'acier, des cicatrices en forme de chevron soulignaient les tétons pointant sur des pectoraux développés par une pratique assidue du body-building. D'autres figures géométriques tracées par brûlure ornaient le buste du garçon, comme revêtu d'une tunique de boursouflures rosées qui mettait en valeur son anatomie. Plus simplement, ses pommettes et ses tempes se maquillaient d'un enchevêtrement de scarifications, fruit d'un *cutting* artistique, qui ceignaient son crâne d'une dentelle de coupures superficielles.

« Laser ou fer rouge ? demanda Maser, désignant les effets du *branding*.

— Si ça t'intéresse tant que ça, je peux te faire une démonstration, menaça le goth'. Jusqu'où es-tu prêt à souffrir ? »

Il débordait de morgue, à présent, aiguillonné par sa copine. Sur un geste, la nuée de corbeaux s'était rassemblée autour de son leader, carrousel de mèches noires et bimbeloterie d'argent tintinnabulant autour de l'importun. Néanmoins, le cercle n'osait pas se refermer trop près. Maser demeurait imperturbable.

« Tu crois connaître la souffrance ? souffla-t-il, avançant d'un pas pour venir se coller tout contre le torse bardé d'acier. Alors, que penses-tu de ça ? »

Lentement, le colosse écarta les pans de sa veste et déboutonna sa chemise – Ralph Lauren. Puis, saisissant le poignet du garçon aux cicatrices, il guida une main moite sous le revers du tissu soyeux, à la découverte de son propre corps et ses secrètes aspérités.

L'exploration ne dura guère. Sentant le goth' trembler, Maser desserra son étreinte et le laissa prendre un peu de champ. Le barbare urbain respirait avec difficulté, narines frémissantes. Il amena sa main à hauteur du visage et la détailla avec attention, comme s'il s'était agi d'un membre inconnu. Il paraissait surpris de la trouver entière et propre. Des gouttelettes de sueur suivaient le tracé complexe des scarifications de son crâne. Il s'essuya d'un revers de paume, recouvra un souffle régulier, à nouveau maître de ses émotions. Pendant ce temps, Maser avait tranquillement rajusté ses vêtements.

« C'est quoi, ce numéro ? fit la fille aux tresses de cuir. Tu veux qu'on lui éclate la tronche, Frank ? »

La nervosité des corbeaux monta d'un cran, à la perspective de l'action. Une lame de rasoir étincela furtivement sous le soleil. De l'autre côté de la rue, les passants accélérèrent le pas.

Frank cloua l'index sur les lèvres piercées de sa compagne.

« Ta gueule, Rachel… *Monsieur* est notre invité ce soir. »

INTERMÈDE

ÉPURATION, PARIS, 1947

La faune des artistes et poseurs ordinaires avait réinvesti La Coupole. Sous les fresques art déco épargnées par la guerre, un nuage de fumée de cigarettes prenait ses aises, soufflé par des dizaines de gorges avides de tabac véritable après un long sevrage.

Lartagne s'installa contre un pilier, de manière à englober la salle du regard. Il commanda un café, indifférent au goût du breuvage, peut-être un ersatz. Le rationnement perdurait, les produits de substitution avaient encore de beaux jours devant eux.

Au fond de la poche de son manteau, la lame du poignard et son fourreau chauffaient la paume du capitaine.

Il passa en revue les visages des autres consommateurs, feignant de lire les gros titres du journal qui traînait sur la table. Il y était question de l'agacement du Parti Communiste, figure clé de la Résistance, à présent que les gaullistes avaient verrouillé le pouvoir. Mais le gouvernement provisoire battait de l'aile lui aussi, depuis que le « Grand Charles » en avait claqué la porte, quelques jours plus tôt. Grèves et manifestations se profilaient à l'horizon de cette période encore trouble, où se réglaient les vieux comptes que l'occupation n'avait pas permis d'apurer. On se débarrassait de ses ennemis en les accusant d'avoir collaboré. Cela suffisait. Les exécutions sommaires étaient monnaies courantes. Les pelotons semi-officiels ne chômaient pas. Personne ne posait de questions, c'était dans l'air du temps.

Lartagne se contentait parfaitement de cette situation. Elle allait lui permettre de mener sa mission à son terme. La disparition d'un adjoint au directeur de cabinet du Préfet de Police ne créerait guère de remous, dans un pareil contexte.

Il lui avait fallu près d'un an pour remonter la piste du démon et découvrir son actuelle identité. Une enquête difficile, jalonnée de culs-de-sac et de cadavres. Le dernier en date était parti heureux, soulagé. Lartagne l'avait délivré d'un coup de poignard expert, pas très douloureux, presque affectueux.

« Vous vous souvenez de votre promesse ? avait demandé l'homme défiguré, privé de sa peau sur près de la moitié du corps.

— Je m'occuperai de vous quand nous l'aurons retrouvé.

— Alors, préparez-vous. Le voici. »

Il avait déposé une chemise cartonnée sur le lit de la chambre d'hôtel, où le capitaine avait installé ses pénates. Le dossier contenait quelques feuillets couverts de pattes de mouche et une photo administrative. Un numéro avait été inscrit à la main par un fonctionnaire appliqué, en haut à gauche.

« C'était le mien, avait grasseyé la pitoyable créature. Je ne l'ai pas oublié. À présent, c'est le sien. Il lui a permis de se placer en haut-lieu, près du pouvoir.

— Comment vous êtes vous procuré ces documents ?

— Vous seriez étonné de ce que la pitié mêlée à l'horreur peut susciter de générosité.

— Vous êtes certain de ne pas vous tromper ? »

Le temps d'une respiration pénible, puis : « Je n'ai pas non plus oublié mon visage. Regardez-le bien : c'est le sien, également. Celui de l'homme que vous allez tuer. J'ai appris qu'il déjeune de temps en temps à La Coupole, un établissement chic de Montparnasse. Là, vous avez une chance, il est moins protégé que chez lui ou à la préfecture. »

Lartagne avait observé la photographie. Une mâchoire puissante, carrée, un sourire franc, un bel homme dans la force de l'âge, certainement un séducteur. « Difficile à admettre, hein ? La pauvre chose dont vous supportez la présence depuis des mois et ce Casanova… C'était bien moi, avant.

— Vous ne m'avez jamais dit votre nom. Est-ce que c'est celui qui figure sur ces fiches ?

— Quelle importance ? Je vous en prie, finissons-en. J'en ai soupé des injections de morphine. Je veux m'étendre sur ce lit et dormir. Je vous demande juste d'opérer en douceur. »

Lartagne s'était levé sans rien dire. Il avait dégainé son poignard. L'homme s'était allongé, encore tout habillé, son éternel cache-col masquant la plaie ouverte au bas de sa face.

« Merci pour tout. Je ne sais même pas qui vous êtes, non plus.

— Quelle importance ? Reposez-vous. Tout sera bientôt fini. »

Cinq minutes plus tard, Lartagne quittait définitivement la chambre minable, sa lame encore dégoulinante du sang de l'inconnu.

***

Des éclats de voix attirèrent l'attention du capitaine. Un groupe joyeux venait d'entrer et de prendre place d'autorité à une excellente table, au milieu de la salle. La chaleur augmenta soudain dans la poche du manteau. Le fourreau se mit à saigner.

Des midinettes coiffées à la garçonne encadraient trois hommes vêtus de costumes sur mesure et coiffés de feutres mous, à l'américaine. Une mode imposée depuis la Libération chez ceux qui s'étaient partagé le pouvoir retrouvé. Lartagne reconnut immédiatement celui qu'il attendait, objet de toutes les attentions de ses comparses.

Il l'observa passer commande pour la tablée, dans une chorégraphie de gestes autoritaires qui témoignaient de son habitude au commandement. Une habitude acquise bien avant le récent conflit qui avait endeuillé la Surface, sur des champs de bataille perdus dans la mémoire du Royaume.

Lartagne sirota calmement son café. C'était bien un ersatz, de la chicorée, un liquide brun et sans goût. Au moins, il était sucré. Puis il replia le journal sur son avant-bras et glissa le poignard sous la Une, prêt à jaillir vers le cou de sa cible. Il posa une pièce sur la table, se leva et s'avança avec nonchalance vers le milieu de la salle, slalomant entre les consommateurs, dans le brouhaha des conversations et des cliquetis de vaisselle, sous une chape de fumée de cigarette qui tombait mollement vers le carrelage.

Arrivé à un mètre des convives, Lartagne se figea, debout au centre de La Coupole, indifférent au ballet des loufiats en tenue pie. L'adjoint au directeur de cabinet du Préfet de police releva la tête et foudroya l'intrus du regard. Il portait une paire de petites lunettes rondes aux verres colorés, détail qui avait échappé au capitaine. Le halo grisâtre qui l'entourait n'avait rien à voir avec l'atmosphère chargée de fumée du restaurant.

« Qu'est-ce que c'est ? fit l'homme installé à la droite du démon, sans cesser de lutiner la jeune fille à ses côtés.

— Laisse, je crois que c'est pour moi. »

Il avait énoncé cela comme une évidence, avec une tranquille assurance. Les demoiselles, échauffées par les cocktails, pouffèrent, se moquant de l'hurluberlu au manteau noir qui brandissait son journal dans leur direction.

Leurs rires se muèrent en cri d'effroi quand les adversaires rompirent le round d'observation et lancèrent leurs attaques, simultanément, renversant table, chaises et dîneurs dans un grand fracas de vaisselle brisée.

CHAPITRE III

INTERFACE

La camionnette rangée sur le trottoir, devant le pavillon, portait sur ses flancs l'inscription suivante :

RÉCUPÉRATION BIBELOTS EN TOUS GENRES
VIEUX-ANCIENS-ARCHAÏQUES
TOUS NOUS INTÉRESSENT

L'engin correspondait en tout point à l'énoncé du slogan peint à même la tôle ondulée piquetée de rouille. Il ne devait plus en rouler beaucoup de sa génération, et celui-là n'aurait pas dû échapper à la casse. Lil passa lentement à sa hauteur, avant de reculer et grimper sur le trottoir, avec en point de mire dans le rétroviseur le double chevron rutilant qui ornait la calandre – unique concession à l'esthétique du fourgon.

L'Escort s'immobilisa devant le nez du Tube Citroën au terme d'un créneau impeccable. À ce moment, la portière du conducteur s'ouvrit et un petit bonhomme rond sauta sur la chaussée. Engoncé dans une combinaison de travail maculée de tâches, il portait un collier de barbe hirsute et roux qui lui faisait un tablier jusqu'au nombril. Sous un bonnet de laine, des sourcils broussailleux coiffaient deux petits yeux vifs et perçants, cerclés de rides taillées au burin dans le granit de la peau. Le curieux personnage ne dépassait pas le mètre cinquante, mais se tenait en équilibre sur des chaussures de sécurité à coque d'acier d'une pointure impressionnante pour un aussi petit gabarit, nonobstant le volume de sa panse.

Une multitude d'outils gonflaient les poches de la cotte : tournevis, marteau, pinces et clefs variées. L'ensemble cliquetait et ferraillait au moindre mouvement du nain.

Lil vint à sa rencontre sans appréhension.

« Salut, ma jolie. Content de te revoir. Ça fait un bail, pas vrai ? »

La voix du vide-grenier évoquait le roulis du roc dans les mâchoires d'un concasseur.

« Salut, Biborg, répondit Lil, sur la défensive.

— On peut dire que tu nous donnes un mal de chien. Tout se ressemble dans le coin. On a tourné en rond un moment avant de trouver la bonne adresse.

— Tu n'es pas seul ? »

Lil jeta un coup d'œil à travers le pare-brise maculé de poussière du Tube. L'habitacle était vide.

« Il est là, à l'arrière, dit Biborg. Tu as de la veine, ma fille. Obrasian l'a convaincu de se déplacer. Je persiste à penser que c'est de la folie, mais qui se soucie de l'avis du vieux Biborg ?

— Peut-être bien les milliers d'esclaves que tu fais trimer dans les galeries infectes de tes mines ?

— Humphrrr… ! Tu n'as pas changé, hein ? Toujours des idées de révolution derrière ta mignonne frimousse. Et puis, le boulot n'est plus ce qu'il était, tu sais. Ce ne sont pas les malheureux cailloux trouvés ici ou là qui vont permettre au pauvre Biborg d'entretenir sa nombreuse famille. J'en suis réduit à jouer les chauffeurs et les gardes du corps en Surface pour arrondir les fins de siècles. »

Ce disant, le nain s'était dandiné vers la porte latérale du fourgon. Il posa une paluche potelée sur la poignée, sans cesser de fureter du regard à gauche à droite. Avisant un éclat fuchsia derrière la haie de thuyas séparant le pavillon de la fey de celui de ses voisins, Biborg suspendit son geste. Lil réagit avec la vivacité requise : « Bonsoir, madame Bernier.

— Euh, bonsoir, fit une voix montée de la haie, comme si les arbustes eux-mêmes avaient répondu.

— Si vous souhaitez vous débarrasser d'objets encombrants, n'hésitez pas. Profitez du grand nettoyage d'avant la rentrée. Monsieur Biborg rachète à bon prix les Bibelots En Tous Genres, Vieux, Anciens, Archaïques.

— On pourra toujours discuter le prix plus tard, intervint le nain.

— C'est une bonne idée, gloussa madame Bernier. Notre sous-sol est plein de vieilleries… Enfin, c'est une façon de parler ! Je vais aller voir ça de près. Je compte sur votre visite, monsieur euh… Bibe-Orgue ?

— C'est ça, vieille bique, marmonna le nain. Comptes-y.

— Merci beaucoup », piailla madame Bernier, avant de quitter son poste d'observation pour regagner son pavillon et ses trésors cachés.

Grommelant, Biborg fit coulisser la porte latérale du Tube. Un parfum capiteux s'échappa de la caisse métallique, plongée dans la pénombre. Cela sentait la fougère humide de rosée et la mousse arrosée par l'eau claire d'une résurgence, ainsi que les mille fragrances nées d'un printemps sans fin. Aussitôt, le souvenir des vertes contrées de son enfance assaillit la fey.

Ça n'était pas loyal, ça non, de fouailler ainsi sa nostalgie. Serrant les dents, elle grimpa à l'intérieur du fourgon. Biborg claqua le vantail derrière elle, coup de tonnerre ferraillant dans l'absolu silence de ce non lieu arraché à Faërie.

***

Approche, souffla le vent.

Mais Lil savait que l'esprit des Voûtes n'était pour rien dans cette mascarade.

Elle fit un pas en avant. La semelle de son escarpin

foula un tapis de feuilles et d'aiguilles craquant. Des silhouettes de bois tendre émergèrent de l'ombre, comme une douce clarté fusait sous la canopée.

Entre dans la clairière, souffla encore celui qui imitait si bien le vent, car il était son suzerain et commandait aux élémentaires aussi bien qu'aux créatures les plus raffinées – certaines feys exceptées.

Une lumière blanche dansait derrière les frondaisons, là où le vent prenait sa source. Lil vint au Roi la tête haute, sans courber l'échine.

La clairière n'était guère qu'une trouée dans le bosquet gorgé de Couleur. Une monumentale chaise de bois, sculptée à la hache dans un billot ayant appartenu jadis à un chêne millénaire, occupait le centre du cercle de verdure. Le Roi Couleur se tenait assis sur cette chaise rudimentaire, plus monumental encore.

« Sire, je te salue », fanfaronna Lil. Néanmoins, elle n'était pas aussi à l'aise qu'elle voulait le laisser paraître. Sa dernière entrevue avec Couleur remontait à vingt ans, mais son souvenir demeurait vif, cuisant même. Il l'avait écouté plaider la cause de ses sœurs sans broncher, avant de la confier aux mains de ses auxiliaires de justice, les biens nommés Glaive et Balance. La suite tenait en un mot, resté depuis synonyme d'arbitraire pour la fey :

Exil.

Le vainqueur des Anciennes Batailles portait le manteau qu'elle lui avait toujours connu, patchwork de cuirs découpés dans les parties les plus tendres des anatomies de ses ennemis. Graissé et huilé, le vêtement luisait sous le feu de la Couleur qui enveloppait son propriétaire. Les coutures dessinaient un réseau inextricable, sorte de carte routière d'une tentaculaire banlieue de souffrances, constituée des tendons et ligaments prélevés sur ses adversaires les plus valeureux par le Roi lui-même, dans les instants qui avaient précédé leur mise à mort. On disait à la Cour que dix mille démons avaient été écorchés pour satisfaire aux exigences vestimentaires du souverain. Le nombre ne devait pas être exagéré ; le manteau recouvrait toute la clairière, et ses basques interminables se perdaient sous les frondaisons, dans le dos du Roi.

« Tu manques à la forêt, Lillshellyann, dit Couleur, et sa voix se confondait avec le vent, murmure et bruissement des feuilles dans les frondaisons.

— Mes sœurs me manquent, corrigea la fey. Mais plus encore, la liberté. »

Le géant bougea sur la chaise. Lil eut l'impression que le sol tremblait. Le Roi avança une main gigantesque dans un froissement de cuir pareil au grondement de la terre en colère. Il saisit le menton de la fey entre le pouce et l'index, chacun aussi épais qu'une bûche et d'un aspect analogue. Il aurait pu lui broyer les maxillaires d'une chiquenaude, s'il l'avait voulu.

Lil sentit la chaleur diffusée par la magie qui coulait dans les veines du Roi irradier son visage. Elle n'en menait pas large. Couleur avait droit de vie ou de mort sur l'ensemble de ses sujets, fussent-ils ou non bannis. Il lui suffisait de resserrer l'étreinte de ses doigts dans le frémissement d'un muscle…

Au lieu de quoi, le Roi approcha le visage de Lil du sien. Sa face énorme et ronde évoquait le disque éclatant du soleil levant. L'odeur musquée qui émanait de sa peau irrita les sinus de la fey, habitués à des fragrances moins agressives.

« Trouve celui qui s'en est pris à mon fils et je t'offrirai ce qui te manque encore, fit le vent.

— En plus de ma liberté, je veux l'égalité pour mes sœurs », murmura Lil. Puis, s'enhardissant : « Que leur forêt ne soit plus la prison qui les tient à l'écart des décisions prises pour tout le Royaume.

— Quand j'aurais plongé les mains dans les entrailles du véritable assassin, les feys seront reçues au Palais. Nous discuterons alors ta proposition. »

Lil rassembla tout son courage pour rétorquer :

« Sire, je me suis mal fait comprendre… Je veux ta parole ; tu dois délivrer mes sœurs si je t'amène l'assassin. Il n'y a rien à discuter. »

Elle retint son souffle. Elle avait conscience d'outrepasser le protocole, mais respecter l'étiquette n'était pas dans ses habitudes, et il paraissait peu envisageable que Couleur cède à la colère. Sa présence dans ce non lieu témoignait de la détresse dans laquelle l'attentat contre le Dauphin l'avait plongé ; il avait besoin des services de la fey, parfaitement conscient qu'elle était la seule créature du Royaume en mesure de mener l'enquête en Surface sans se faire repérer.

Malgré tout, elle se demanda si elle n'avait pas poussé le bouchon trop loin, car Couleur demeurait impassible, immobilisant toujours son visage en face du sien. Un doute horrible s'insinua dans ses pensées : s'il lui prenait envie d'en finir une bonne fois pour toutes avec elle, l'endroit était parfaitement choisi et personne ne le lui reprocherait, pas même Obrasian. Lil ravala sa salive. Finalement, Couleur parla :

« C'est entendu. Tu as ma parole. »

La pression sur son menton disparut. Lil faillit hurler de joie. Elle se retint in extremis. Inutile d'ajouter à l'humiliation du Roi.

Arrange-toi pour ne pas me décevoir, Lillshellyann, menaça le vent, presque inaudible déjà.

L'entretien était terminé. La Couleur reflua subitement, désertant la clairière.

Lil eut encore le temps d'apercevoir les pans du manteau qui volaient l'un vers l'autre, telles les ailes d'une improbable chauve-souris. Elle perçut le claquement du cuir, puis le silence retomba, comme l'obscurité s'abattait sur le monde alentour. L'odeur des feuilles et de la sylve s'évanouit dans l'instant, remplacée par celle de la graisse et du métal.

Le vantail du fourgon s'ouvrit sur un Biborg tout sourire derrière la broussaille en feu qui lui mangeait la bouille.

« Satisfaite, ma jolie ?

— Je crois que ça ira », dit Lil en reposant le pied sur le trottoir. Elle dut s'appuyer contre la carrosserie, légèrement étourdie. Le Roi Couleur ne laissait jamais ses interlocuteurs indifférents.

Lil grimaça en découvrant son visage dans le cercle du rétroviseur accroché à la portière du conducteur. Deux marques, qui auraient pu passer pour des bleus, ornaient son menton.

« Ça disparaîtra vite, l'informa Biborg. Bon, je me sauve avant que la vioque d'à côté soit de retour. »

Le nain grimpa sur le siège, face au volant de Bakélite, aussi rond que sa bedaine. Une pile de bottins datant des années 1960 lui permettait d'atteindre le niveau du pare-brise. Des cales de bois étaient sanglées sur les pédales pour qu'il puisse manœuvrer.

« Tiens, fit-il, tendant un petit rectangle de carton crème à la fey. Si jamais tu avais besoin de quelque chose… Enfin, c'est toi qui vois. »

Il claqua la portière. La seconde suivante, le moteur asthmatique du Tube Citroën expectorait un râle mécanique. Une vitesse grinça. La camionnette s'ébranla et disparut à l'angle de la rue. Une brise tiède se leva, chassant les papiers gras autour des containers du tri sélectif installés de l'autre côté de la chaussée.

Lil jeta un œil à la carte remise par Biborg. Sur le carton jauni, tâché, écorné, on avait imprimé avec un effet de gaufrage :

C'est ancien, vieux, archaïque
Et ça vous embarrasse ?
Croyez-moi, ça peut encore servir !
Appelez-moi pour connaître mes conditions de reprise.

Suivait un numéro à six chiffres. Encore heureux qu'il n'ait pas fallu contacter une demoiselle des Postes, soupira Lil.

***

Le glissement de la lame sur la peau évoquait le bruit produit par la pulpe de l'index frottant le rebord d'un verre humide. Le ronronnement du garçon y répondait, comme un prélude à l'orgasme. Une estafilade courait de la pointe de son téton droit jusqu'à la base des côtes, sur le flanc opposé, barrant sa poitrine musclée d'un trait écarlate. Un sang fluide débordait l'incision, pratiquée de manière à éviter les cicatrices décoratives qui bardaient les abdominaux.

« La peau est un organe fascinant, commenta Maser, suspendant son geste. Car c'est bien d'un organe qu'il s'agit, au même titre que le cœur, le foie ou bien les reins. Mais c'est beaucoup plus que ça. Une interface entre le monde et l'individu. Un rempart entre la réalité et son appréhension. La véritable conscience du corps.

— Continue, intima Frank, frémissant contre la dalle de grès où il était allongé.

— Elle vit, elle meurt et abandonne des milliers de fragments minuscules chaque jour, et se régénère sans cesse. Elle est en première ligne pour subir la douleur. »

Maser déposa la pointe de son couteau Speedlock sous le téton gauche. Il exerça une légère pression. Frank frissonna et gémit.

« Plus encore, reprit Maser, la peau est une bénédiction. Elle habille les anges comme les hommes. As-tu jamais vu une représentation de créature céleste allant dépouillée ?

— Non », admit Frank. Il grimaça au moment où la lame aussi affûtée qu'un rasoir tranchait le fragile épiderme et plongeait jusqu'à l'hypoderme, cisaillant les fibres nerveuses contenues dans la couche intermédiaire du derme.

« Il y a une raison simple à cet état de fait, expliqua doctement Maser. Il s'agit de cacher la véritable nature de ce qui vit. Et surtout d'emprisonner les êtres dans un monde fait pour la beauté. Mais toi et moi savons que l'on peut s'évader, pour peu que l'on ne craigne pas d'étaler au grand jour la noirceur de ce que dissimule la peau.

— Ouais, s'évader… »

Le corps de Frank s'arc-bouta sur la pierre tombale

quand le tranchant du Speedlock traça un deuxième sillon dans sa chair. Une croix sanglante marquait son torse. Les branches se croisaient juste sous le sternum, à l'endroit où les abdominaux supérieurs se gonflaient et se dégonflaient en cadence, au rythme de la respiration saccadée du jeune goth'.

Maser frotta le plat de la lame contre la cuisse gainée de cuir de sa victime. Il constata l'effet de ce nettoyage sommaire en portant le couteau à hauteur de visage. L'alliage de métaux accrocha un rayon de soleil mourant, jeté par le disque orangé qui s'abîmait sur les toits, à l'ouest de Paris. Satisfait, Maser replia la lame avec un claquement sec et rangea le Speedlock dans une poche de sa veste.

« Et maintenant ? » interrogea Frank. Il souffla par les narines une longue exhalation. Des perles de sueur roulaient sur son crâne, glissaient le long des sourcils en demi-cercle, au-dessus du regard exorbité, pupilles dilatées à l'extrême.

« Je vais te montrer comment passer outre l'obstacle de la peau. Franchir la frontière la plus naturelle qui soit et rejoindre un monde insoupçonné.

— Oui ! »

Frank affermit sa prise autour des lanières de cuir qui entravaient ses poignets et le maintenaient solidement arrimé à la dalle du tombeau.

« Ta peau possède un grand pouvoir, pour un humain. Une peau prête à s'ouvrir d'elle-même sur l'inconnu. Toutes ces marques, ces scarifications, ces tatouages, ces brûlures que tu lui as infligés… En réalité, c'est elle qui les a voulus. En réalité, c'est elle qui te possède. Il faudrait apprendre à se défaire d'un tel joug. Mais je n'ai ni le temps ni l'envie de te faire la leçon. »

Frank releva la tête, bandant les muscles de son torse et de son cou. Ce qui déclencha un saignement intempestif au niveau de ses blessures. Maser ôta sa veste et la suspendit précautionneusement à la croix de fer forgé plantée à la tête de la sépulture voisine. Il retira ensuite ses lunettes noires et les glissa dans la poche extérieure du coûteux vêtement.

« Tu vas souffrir, énormément, expliqua-t-il, didactique, en se retournant vers le gisant. Essaie de rester concentré, malgré la douleur. Si tu y parviens, tu quitteras ce monde en emportant une révélation digne de ce nom. »

Tout en parlant, Maser commença de déboutonner sa chemise. Il défit ensuite sa boucle de ceinture et abaissa son pantalon, qu'il prit soin de plier et de déposer sur un angle de pierre tombale dont il chassa la poussière d'un revers de main. Chaussures et sous-vêtements rejoignirent bientôt le costume. Nu, le colosse offrait un spectacle hors du commun, dans ce coin perdu du cimetière de Montmartre, où il s'était introduit subrepticement à la suite des corbeaux.

***

Dans le silence relatif des allées désertées par le public (fermeture officielle à 17h30, comme le proclamaient les panonceaux entraperçus près de l'entrée), la bande avait improvisé un sabbat de pacotille. Avenue Cordier, la tombe de Théophile Gautier avait fait les frais de la cérémonie macabre. Des cierges volés aux églises du quartier avaient été allumés et disposés de façon anarchique sur le monument, sans que l'auteur de *La Momie* y trouvât à redire. Un lecteur de CD portatif était apparu et les arpèges nauséeux d'un *dark band* avaient donné le ton de la fête.

Maser avait pris Frank à part, comme garçons et filles se laissaient aller aux transes hypnotiques d'un chant féminin désincarné, soutenu par des cordes d'inspiration médiévale.

« Enlève ça », avait-il ordonné, désignant la cotte de maille. Frank avait obéi, abandonnant l'objet à Rachel, farouchement interposée entre les deux hommes.

« Ça ne sera pas long, l'avait rassurée Maser. Je te rendrai ton ami dans quelques minutes. »

Il avait sorti le Speedlock et déployé la lame. « Auparavant, j'aurais besoin de ceci… »

D'un geste trop vif pour être anticipé, il avait tranché plusieurs tresses à la panoplie SM de la jeune fille. « J'espère que ça ne te manquera pas trop.

— Connard. »

Frank avait ri et ils s'étaient éloignés de la messe noire improvisée sur l'autel de la dernière demeure de Gautier. Ils avaient parcouru plusieurs centaines de mètres sans rien dire. Puis, quand la rumeur de la complainte moyenâgeuse se fut dissipée dans le babil de la ville, ils s'étaient arrêtés devant une grande dalle de grès toute simple. Frank s'était allongé et laissé entraver bras et jambes sans protester, avide de découvrir le secret celé par la chemise du colosse et seulement effleuré un peu plus tôt dans la soirée.

***

À présent, Frank voyait. Et pleurait, un cri coincé sous sa pomme d'Adam, tendue à rompre par la tension de ses nerfs et de ses muscles.

« Sois plus attentif, le morigéna Maser. Ça va aller très vite. »

Un doigt jaillit, pointant sur l'intersection des branches de la croix dessinée sur la poitrine du goth'. Il s'enfonça jusqu'à la deuxième phalange sous le sternum. Maser écarta alors consciencieusement les rabats de peau triangulaires découpés avec application, découvrant les entrailles palpitantes sous la couche de muscles abdominaux.

« C'est maintenant que ça se passe », informa-t-il encore sa victime. Puis, ignorant les spasmes de folie qui secouaient Frank, il plongea et disparut, avalé par la masse de chair tiède et puante – les déjections du goth' souillaient maintenant la pierre tombale.

***

Les mots qui s'écoulaient d'entre les lèvres bleuies de l'homme tissaient la toile d'une logorrhée incompréhensible pour les nécromants. La roideur cadavérique n'arrangeait évidemment pas l'élocution du mort. Muscles et nerfs étaient en voie de fossilisation. Chaque minute volée à la Camarde mobilisait davantage d'énergie pour dénouer ce qui devait être lié au néant.

Tout entiers concentrés sur leur tâche, les nécromants ne percevaient pas la subtile altération de la Couleur qui nimbait les parois de la grotte artificielle, creusée dans le secret d'un bosquet perdu dans les jardins du Palais. À peine si les flammèches des innombrables bougies brûlant à même le sol vacillèrent quand souffla l'haleine putride de l'Infrasombre.

Ils étaient trois, petits, velus, ridés, les chairs racornies, qui avaient appris leur art sinistre sur les charniers des champs des Anciennes Batailles. À eux trois, ils avaient le pouvoir de lever une armée de créatures déjà tombées une fois sous les coups de l'ennemi. Mais diriger cent mille soldats nés du Royaume n'était rien en comparaison de la mission confiée par le Roi. Pour commander à un reître, s'adresser au cerveau reptilien suffisait. En revanche, faire parler un humain né en Surface était une autre paire de manche ! Surtout quand celui-ci s'exprimait dans un sabir sans égal dans tout le Royaume.

Bogue ? *Interface* ? *Plantage* ? *Déconnexion* ?

Perplexité et fatigue avaient amoindri les facultés des nécromants. Alors, quand le démon nu et dépouillé s'immisça dans le cercle formé autour du cadavre bavard, ils réagirent avec lenteur. Déjà, l'apparition se redressait de toute sa hauteur et les dominait, grimaçante, tandis que ses griffes volaient à la rencontre du cou humain. Un geste, et c'était fini. La tête du mort roula à ses pieds. Ses lèvres s'agitèrent encore, à la manière de deux vers séchés au soleil en train d'agoniser.

Un talon à l'os saillant s'abattit sur le crâne décolleté qui explosa comme un fruit mûr, rompant le charme des nécromants. Le démon se tourna ensuite vers ces derniers. Il exhibait l'horreur de son anatomie interne, amalgame d'os et d'organes contrefaisant odieusement l'agencement d'un corps sain. Comme tous les êtres torturés par sa nature et ayant séjourné au Rebut, il n'était que la caricature de l'habitant du Royaume qu'il avait pourtant été, une éternité plus tôt.

Les trois minuscules nécromants échangèrent des regards interloqués. Ils avaient compris qu'ils n'auraient pas le temps d'appeler la Couleur à la rescousse. Ils étaient déterminés toutefois à vendre chèrement leurs peaux, et ce n'était pas une métaphore…

***

Frank et l'immense connard avaient disparu depuis une demi-heure. Rachel décida de partir à leur recherche. Tant pis si elle les dérangeait pendant qu'ils se faisaient des saloperies ; ça lui apprendrait à ne pas se foutre d'elle, à ce taré peinturluré et scarifié qu'elle ne partageait qu'à contre-cœur avec d'autres. Frank avait beau la traiter comme une merde, elle y était accroc, à son homme, son guerrier…

Fulminant sous l'effet de la colère et des substances ingérées à la santé de Théophile Gautier, Rachel abandonna les corbeaux défoncés qui dansaient sur la tombe du poète. Elle remonta l'avenue empruntée par son mec et son « invité », scrutant les allées secondaires d'un œil trouble. L'acide commençait à agir sur son organisme ; les informations qui parvenaient à son cerveau passaient par le prisme déformant de la solution de diéthylamide.

Avec le jour déclinant, les travées semblaient mener à des bouches d'ombres ouvertes sur les cryptes qui l'entouraient. Rachel se sentait lourde, elle avait l'impression que ses membres pesaient chacun une tonne, comme toujours dans les premiers instants du trip.

« Marre de ces conneries », marmonna-t-elle, avant d'appeler : « Frank ? Oh, répond, c'est moi. Où tu es ? »

L'écho de sa propre voix lui revint distordu, avec un monstrueux effet de réverbération. Rachel frissonna. Elle n'aimait pas, mais alors pas du tout, la sensation désagréable qui la collait au sol, l'engluait dans la mélasse obscure vomie par les tombeaux. La partie rationnelle de son esprit lui soufflait que ce malaise ne tarderait pas à se dissiper, pour céder la place à une phase d'euphorie et de légèreté. Mais l'*autre* partie se moquait d'elle et de son délire, avec la voix de Frank.

« Va te faire mettre ! », lança-t-elle, majeur dressé à la face des statues qui dardaient leurs regards minéraux sur la pauvre poupée SM. Rachel se força à rire. Le malaise reflua, telle une marée descendante qui emporte avec elle les scories d'une plage polluée.

Rachel reprit peu à peu empire sur ses sens. Elle fit quelques pas dans l'avenue, délivrée du carcan qui appesantissait sa carcasse. Elle crut entendre des bruits de pas sur le gravier, comme une succession rapide de petites échines brisées d'un coup sec, qui décrut dans le lointain. Obliquant dans une travée entre deux rangées de pierres tombales, Rachel manqua se tordre la cheville quand sa semelle ripa contre le marbre d'un socle patiné.

« Et merde. »

Elle parvint à conserver l'équilibre, au terme d'une lutte contre le monde extérieur et la vision hallucinante qu'il lui imposait – flot ininterrompu de jaillissements, tournoiements et étincellements d'une aveuglante luminosité. Rachel s'immobilisa pour mieux goûter le trip. Elle laissa l'hallucination se stabiliser, puis se dissoudre progressivement dans le décor du cimetière.

« Frank ! » appela-t-elle encore. « J'ai pas envie de jouer à cache-cache. Montre-toi. »

Elle l'aperçut en relevant la tête, après s'être baissée pour vérifier l'état de sa résille, qu'elle croyait filée. Il était allongé à moins d'un mètre sur sa droite, comme endormi, sur une grande table noire luisante sous les derniers feux du soleil. Rachel le trouva curieusement alangui, dans une pose qui amollissait cette silhouette qu'elle aurait reconnue dans n'importe quelles circonstances.

En s'approchant, Rachel prit conscience de deux faits

simultanément : elle avait glissé sur quelque chose d'humide et spongieux qui s'accrochait désormais à la trame de ses bas, et Frank n'était pas présent *entièrement* sur cette tombe. En vérité, ce qui avait empli Frank était dispersé sur les stèles alentour, mêlé aux manifestations d'amour des vivants venus honorer leurs disparus – bouquets, couronnes, photos enchâssées dans des cadres précieux.

Pour le reste, Frank n'était plus qu'une plaie, privée des marques de ralliement à sa tribu ; piercings, branding, tatouages : l'immense connard, le fumier psychopathe avait tout épluché avant de prendre la fuite.

La dernière phase du trip lui fit l'effet d'un couperet de guillotine ; la dépression emporta Rachel plus loin qu'elle ne l'aurait cru possible, définitivement hors de portée des rivages de la raison.

***

« Ça te plaît ? demanda Marcus.

— Beaucoup, monsieur Kesner. »

Fabien ne mentait pas. Comment aurait-il pu ne pas être séduit ? Tout s'était emballé depuis ce matin, et la tête lui tournait. Maser l'avait tiré du lit aux aurores, pour le ramener au bunker. Le colosse semblait avoir passé une nuit blanche, lui aussi, mais pas pour les mêmes raisons. Du moins, s'il y avait eu excitation de son côté, elle n'avait pas été purement intellectuelle. Son costume avait gagné quelques plis et son teint avait viré au gris cendré. Plus curieusement, il avait profité de la nuit pour se faire apposer un ensemble de marques rituelles sur le front et le sommet du crâne, mélange de tatouages et de brûlures artistement dessinés. Après tout, chacun son vice, avait conclu Fabien, jugeant toutefois plus prudent de ne pas interroger son chauffeur sur ses frasques nocturnes.

Ils avaient roulé vite, dans le plus parfait silence. Arrivé au bunker, Maser s'était éclipsé, après qu'un vigile lui avait remis une enveloppe kraft grand format. « C'est arrivé par coursier à la première heure, monsieur. À vous remettre en main propre. » Maser avait déchiqueté l'enveloppe et extrait une série de photos, examinées à la hâte. Puis, il avait eu un sourire à mi-chemin entre celui du Joker et la crispation involontaire de la mâchoire sous l'effet d'une rage de dents.

« Marcus va s'occuper de toi, maintenant », avait-il lancé en tournant les talons. « Tu lui diras que j'ai rendez-vous avec un vieux copain. Un très vieux copain, d'accord ? »

Et il était reparti. Fabien avait rejoint son poste, encore sous le coup de l'émotion. Alors, ça y était. Il avait fait bonne impression, d'une manière ou d'une autre, et il allait prendre du galon.

Trop fébrile pour rester à ne rien faire, il se mit à griffonner, reprenant les ébauches sur lesquelles il travaillait depuis son arrivée dans le staff des graphistes.

La tête de ses collègues quand Marcus Kesner en personne déboula dans la *salle des artistes* ! Située au rez-de-chaussée, elle occupait l'aile gauche du bunker, la droite étant dévolue aux parties communes entre les services : salle de conférence, bar, gymnase – Kesner avait une conception pour le moins libérale du bizness. Le premier étage était le domaine des programmeurs, les véritables grosses têtes de la boîte, par opposition avec les « artistes » du niveau 0. Deux populations distinctes, qui ne se mêlaient que rarement – le raout de la veille était une de ces rares exceptions. Les commerciaux, la com et la gestion dominaient ce petit monde, au deuxième étage. Enfin, le troisième était réservé à l'usage exclusif de Kesner et des chefs de projet – ceux-là même qui avaient imaginé *Faerie Hackers*…

Il fallait y être invité et posséder les sésames idoines pour y pénétrer. Et Marcus avait fait le déplacement exprès pour lui, Fabien Sorgue, soudain promu parmi les élus.

« Pas la peine d'emballer tes affaires. Tu trouveras tout ce dont tu as besoin *là-haut*. »

Ces derniers mots avaient coulé comme du miel de la bouche de Kesner. Penchés sur leurs palettes graphiques, les jeunes gens rassemblés dans la salle avaient un temps suspendu leurs activités. Des regards en biais avaient planté des lames de rasoir entre les omoplates de Fabien au moment où Marcus lui assénait une tape complice sur l'avant-bras.

« Allez, hop, on y va !

— Et mon boulot ? avait demandé Fabien, par réflexe plus que par conscience professionnelle.

— Sur quoi tu bosses ? Fais voir.

— C'est pour *Urban Chaos*, la séquence de course sur les grands boulevards à l'heure de pointe. Là, c'est mon idée pour les autos des gangs, tu vois ? »

Il s'était délecté de ce tutoiement, qu'il avait voulu naturel et spontané, même s'il l'avait mûri depuis la veille et si l'emploi du pronom à la seconde personne du singulier avait emballé son rythme cardiaque. Mais ça valait le coup, rien que pour la grimace du grand con à queue de cheval, qui le snobait derrière la planche de travail voisine.

« Pas mal, admit Kesner, étirant son sourire incroyable en reconnaissant l'épure du modèle Sbarro fétiche de Maser. Laurent, tu pourras terminer ? », avait-il ajouté, en se tournant vers Queue-de-Cheval. Celui-ci avait bafouillé un vague acquiescement.

Sans attendre la réponse, Marcus avait entraîné Fabien vers la cabine de l'ascenseur, ouverte directement au beau milieu de la salle, dans un pilier de béton brut agrémenté de carreaux en verre dépoli.

***

Le troisième étage offrait une ambiance feutrée digne d'un club d'authentiques gentlemen victoriens. Ici, nul charivari né du télescopage sonore des goûts éclectiques des créatifs – cocktail détonnant de hardcore, fusion jazz et indus, qui tissait une trame anarchique d'un tympan à un autre dans toute la salle du rez-de-chaussée. Le plus parfait silence régnait sur le vaste espace parqueté qui distribuait, main gauche et main droite, deux rangées jumelles de boxes de travail, séparés par des cloisons de papier coulissantes, à la mode japonaise. Des interstices pratiqués dans le plafond procuraient un éclairage *a giorno* soutenu occasionnellement par de discrètes appliques halogènes.

Le plus dingue, c'était encore le véritable jardin japonais avec son bassin et ses carpes vivantes, qui occupait le centre de cette espèce de loft zen. Au troisième étage !

« C'est magnifique, commenta Fabien. Je ne m'attendais pas à trouver ça ici.

— Évidemment. Cet endroit est une abstraction de la réalité. Il a été conçu pour faire oublier qu'il existe un dehors. Tiens, prends ça.

— Qu'est-ce que c'est ? »

Fabien contemplait le rectangle plastifié que Kesner lui avait d'autorité fourré dans la paume.

« Ton sésame. Cette carte autorise l'accès à l'ascenseur, si tu es seul. On va te trouver un box, maintenant. Ici, pas d'horaires. Tu viens quand tu le veux. Tu restes aussi longtemps que tu le veux. Tu ne rends de comptes à personne du premier ou deuxième niveau. À moi seul. »

Ils longèrent les boxes alignés du côté gauche du jardin. Les silhouettes des nouveaux collègues de Fabien se découpaient en ombres chinoises sur la surface des pans de papier amovibles. Il avait escompté leur être présenté, mais ce n'était visiblement pas l'intention de son patron. Fabien supposa que le secret était un ingrédient ordinaire de la recette des projets menés au troisième étage du bunker.

Vaguement déçu, il profita de la balade pour détailler la composition minérale et végétale qui s'étendait au centre du loft. Sable, pierres polies, arbres miniatures et pièces d'eau formaient un paysage plus complexe qu'il n'y paraissait au premier coup d'œil. Des vallées et des plateaux de quelques mètres carrés s'imbriquaient les uns dans les autres, reliés par un réseau de communication terrestre et maritime – canaux, bras de rivières, routes et sentes, rien ne manquait.

« Voilà, nous y sommes. Ton espace personnel. »

Après avoir fait coulisser la porte de papier, Marcus

s'effaça pour laisser Fabien prendre la mesure des lieux. Parqueté de bois précieux, le box affectait la forme d'un carré de trois mètres de côté environ, éclairé par une unique lampe halogène incrustée au plafond. Le mur du fond était tapissé d'étagères et de tiroirs de rangement. Un plan de travail monté sur tréteaux faisait face à un futon d'apparence confortable, lui-même flanqué d'un meuble bas à l'usage indéterminé – table de nuit ou bien casier. Une théière électrique et un sucrier étaient posés en évidence sur ce dernier.

« Tu peux dormir ici, y prendre tes repas, y vivre si ça te plaît, il y a même une chiotte chimique dans le coin, là, fit Marcus. Si tu as faim ou soif, tu sonnes et on t'apporte ce qui te fait envie, ajouta-t-il en désignant l'interphone suspendu au mur du fond.

— Formidable. J'ai hâte de commencer.

— On va venir brancher ta machine. Prends le temps de te familiariser avec les lieux. Je veux que tu sois parfaitement détendu avant de t'immerger dans l'univers de *Faerie Hackers*. Tu le verras, c'est quelque chose de radicalement différent de ce qu'on peut trouver sur le marché. Il faut l'aborder en toute sérénité pour que l'expérience procure pleinement satisfaction. Au début, ton job est simple : tu t'y promènes, tu traques les imperfections et les incohérences qui sauteront à tes yeux de candide – je devrais dire à tes sens de candide, car tous seront mis à contribution. Joue et éclate-toi, aussi. Tu rencontreras d'autres flâneurs, comme toi. Aborde-les, engage la conversation, et essaie de trier le bon grain de l'ivraie, de reconnaître les joueurs véritables des personnages drivés par le programme. Note toutes tes impressions et tes remarques, même les plus anodines. Compris ?

— Oui. Ça a l'air sensationnel, s'enthousiasma Fabien. Le premier jeu à dépasser le postulat de Turing ! Des intelligences ludiques impossibles à différencier d'un véritable individu conscient.

— C'est dans l'esprit du projet. Mais il faut encore affiner certains détails. Dès lundi, on passe à une phase de test en réseau. J'ai organisé une petite cérémonie pour un millier de clients fidèles. Je vais leur demander d'explorer le premier niveau, d'y foutre le bordel maximum, histoire de pousser *Faerie* dans ses retranchements… Mais ça reste entre nous, partenaire ! »

Clin d'œil et coup de coude dans les côtes. Fabien piqua un fard, flatté. « La puissance de calcul de la bécane centrale doit être impressionnante, balbutia-t-il.

— Elle l'est. Mais ce n'est pas ton problème. Tu es là pour goûter la texture de cet univers. Une sorte d'espion envoyé par la réalité, tu piges ? Tu endosses le costume de ton personnage, et tu testes les différentes phases de jeu. Tu prendras vite le truc, tu verras. Bon, tu as des questions ?

— Oui, un millier au moins ! », s'esclaffa Fabien. Il rit, d'un rire un peu forcé, pour soulager la tension accumulée depuis la veille à la perspective de cette promotion. Marcus Kesner figea son sourire trop large en un rictus équivoque. Il fit demi-tour et franchit le seuil du box. Alors, Fabien rassembla son courage pour demander :

« Je voudrais quand même savoir… Qu'est-ce qui est arrivé au précédent occupant des lieux ? »

Il songeait à Minetti, et à la manière peu orthodoxe qu'avait Kesner d'épurer ses rangs. Au moins, il voulait savoir ce qu'il devait éviter de dire ou faire pour subir le même sort, surtout ici, maintenant qu'il avait atteint le sommet du bunker.

« Grosse dépression, fit Kesner. Le pauvre type a fini au trente-sixième dessous. Et il n'est pas prêt d'en remonter. »

Intermède

Paris, Le Printemps, années 1980

Elle errait, désorientée, dans les allées du grand magasin. Les objets et les gens hurlaient leur étrangeté à la face de la jeune femme apparue dans la cabine d'essayage cinq minutes plus tôt. Un pantalon de toile bleu, une tunique aux manches coupées sur le biceps et des sous-vêtements étaient accrochés à une patère. Elle s'était habillée dans un état de stupeur causé par la transition entre les mondes, tremblante, autant d'indignation que sous l'effet de la nausée. L'éclat de la Couleur se dissipait progressivement, révélant le miroir, le banc de bois, le rideau tiré, le carré de moquette à ses pieds. Disparus juges, sorcier, bourreau, et l'infâme nabot chez qui ils l'avaient conduite, nue, entravée, vulnérable.

« Bienvenue, ma jolie, avait minaudé le nain de sa voix de rogomme, posant un regard lubrique sur ses formes.

— Maître Biborg, l'avait coupé Glaive, nous sommes venus procéder à l'exécution de la sentence.

— Conformément à l'arrêté du jugement prononcé par le tribunal royal, avait renchéri Balance.

— Ouais, je sais, la renégate, l'exil, tout ça… Si vous voulez bien vous donner la peine. »

Au moment de franchir le pas de l'imposante demeure du nain, celui-ci s'était immobilisé, bloquant le passage, la main tendue.

« Couleur n'a qu'une parole et respecte le marché passé

avec mon défunt père sur les champs des Anciennes Batailles.

— Certes oui, Maître Biborg, avait admis Glaive du bout des lèvres, tandis que Balance dénouait la bourse pendue à sa ceinture.

— L'écot versé est un symbole, celui de l'union indéfectible entre nos peuples, avait pontifié le nain, soupesant la bourse avant de la faire disparaître dans un repli de sa robe de brocart.

— Ben voyons », avait soufflé le presque-dragon, qui se tenait à l'écart des deux juges.

Ils avaient suivi le nain dans un dédale de corridors et de salles richement décorées, où se trouvait exposée une partie des marchandises façonnées par les artisans de son peuple, à partir des matériaux fournis par les mines et carrières appartenant à ce même peuple. Biborg ne s'était d'ailleurs pas privé de le rappeler, faisant l'article aux juges comme à de vulgaires clients, tandis qu'ils gagnaient les étages de l'entrepôt où le nain avait installé ses quartiers citadins.

« Notre nouvelle gamme de machines à son, avait-il expliqué en pointant du doigt l'alignement de corolles métalliques épanouies sur le plateau d'un buffet. Revivez l'émotion du chant des sirènes à domicile, dans votre fauteuil favori, sans l'inconvénient du mal de mer et des paquets d'embruns. Un enregistrement exclusif de la mélopée la plus envoûtante qui soit. Si vous saviez le mal qu'on s'est donné pour l'obtenir !, avait-il ajouté, enthousiaste, comme Obrasian Phulmis semblait s'intéresser à la machine.

— Hum, avait fait Glaive.

— Poursuivons », avait renchéri Balance.

Ils avaient gravi un monumental escalier taillé dans une pierre nervurée qui jetait des reflets bleus et roses à la lueur des torches jalonnant l'escalade. Puis, un plus modeste escalier de bois aux degrés recouverts d'un tapis tissé par des mains expertes, dans quelque lointaine contrée méridionale du Royaume. Enfin, un colimaçon branlant et grinçant, patiné par l'usure des siècles.

Pendant l'ascension, Biborg avait tenté de plaider sa cause auprès des juges : « Les affaires ne sont plus ce qu'elles étaient, vous savez. Manque de main-d'œuvre qualifiée. Depuis la fin des guerres de conquête, la population d'esclaves diminue. À force de les laisser se reproduire entre eux, j'ai bientôt plus de débiles à ma charge que d'ouvriers capables. Mes confrères du petit peuple libéral souffrent eux aussi de la situation. On ne va tout de même pas délocaliser la production en Surface, hein ? Hem… Enfin, si vous pouviez en glisser un mot à ce vieux Couleur. Une simple audience sans chichi, histoire de s'entendre sur un moyen de renouveler le personnel. »

Glaive et Balance étaient demeurés cois, imperturbables. Raides comme la justice. Lil avait la gorge trop sèche pour cracher son mépris. Et puis, ils étaient arrivés à destination.

Ils s'étaient immobilisés au détour d'un couloir poussiéreux. Les poutres qui soutenaient la charpente de l'édifice se croisaient au plafond, plus noires encore que l'âme de Maître Biborg. « Je pense que ça fera l'affaire, avait dit ce dernier, ouvrant la porte d'un réduit capitonné de toiles d'araignées.

— Parfait. » D'un geste, Glaive avait ordonné au bourreau de pousser sa prisonnière dans le placard. « Lillshellyann, tu vas connaître le sort des proscrits. Les portes du Royaume vont se refermer derrière toi, jusqu'à ce que, dans sa clémence, le Roi te libère de l'exil. Tu vas devoir apprendre à vivre dans un monde où la Couleur est une denrée rare. Chaque minute que tu vivras hors de son influence coulera désormais pour toi au rythme de l'existence des hommes. Peut-être qu'en vieillissant, tu acquerras la sagesse et la pondération qui te font défaut. »

Balance avait claqué des doigts. Le bourreau avait dénoué ses liens et refermé la porte du réduit derrière la fey. L'obscurité, la colère et la peur l'avaient submergée aussitôt. Lil avait ouvert la bouche pour crier sa douleur mais aucun son n'en était sorti.

L'explosion de Couleur avait tout dévasté autour d'elle et la fey avait perdu connaissance.

***

Elle mobilisait le peu de volonté qui lui restait pour ne pas se mettre à courir en hurlant dans les allées du magasin.

Le bourdonnement incessant de la ruche humaine, les frôlements et la bousculade, les parfums intimes des centaines de créatures qui se pressaient autour d'elle, tout contribuait à accroître le vertige. Lil vacillait au bord du gouffre ouvert dans le socle de sa propre raison, qu'elle avait cru inébranlable. Elle se sentait comme un arbre arraché à l'humus qui avait nourri son épanouissement dans le secret d'une forêt primitive, soudain livré aux tranchants des haches d'une tribu barbare.

Les mots incompréhensibles, les lumières agressives qui ne devaient rien à la Couleur, les musiques effrayantes jouées par les machines nichées dans les hauteurs du bâtiment, autant de coups de cognée qui frappaient à la base ses racines.

Elle n'était plus chez elle. Elle comprenait l'horreur contenue dans la définition du mot ostracisme. À ce moment-là, elle aurait souhaité pouvoir mourir, mais ce privilège lui était par nature refusé.

« Vous voulez bien vous arrêter ? On ne va pas se courir après pendant des heures. »

D'abord, elle ne prit pas garde à la voix qui s'exprimait dans le dialecte commun aux habitants du Royaume, songeant à un mauvais tour de son esprit. Puis, quand l'homme se dressa devant elle, lui barrant la route, Lil recula pour éviter le contact.

« Tout le monde vous regarde. Ne faites pas l'enfant, Lillshellyann. Venez par ici, ne bloquez pas l'allée centrale. »

Elle le suivit entre les rayonnages dégorgeant de boîtes et de flacons de toutes sortes, d'accessoires de toilettes – brosses, lotions, pinceaux, et mille autres ustensiles d'un usage moins évident pour elle.

« Qui êtes-vous ?

— Ah, vous parlez, très bien. Je craignais que cette désagréable expérience ne vous ait troublé au point de vous faire perdre la parole. Ça s'est déjà vu. La plupart des pauvres bougres expédiés ici perdent la boule et échouent dans le caniveau ou dans une institution spécialisée, ce qui est peut-être pire. Bref, très peu s'en sortent. Mais je me doutais que vous étiez d'une autre trempe. Il fallait beaucoup de courage, certains diraient d'inconscience, pour oser crier au Roi ses quatre vérités et exiger la remise en cause de sa politique intérieure.

— Qui êtes-vous ? répéta Lil, sur le point de s'effondrer.

— Allons bon, vous psittacisez à présent. Là, inutile de... Enfin, si ça peut vous apaiser de fondre en larmes. Laissez-vous aller, mon enfant. »

Elle n'avait plus pleuré depuis les premières années de son existence, et plusieurs décennies s'étaient écoulées entre-temps. Cela lui fit du bien. C'était comme revenir sur les territoires apaisants de l'enfance, sous la protection familière des grands arbres de sa forêt natale.

L'homme paraissait gêné par ce débordement lacrymal. Il lui asséna une tape dans le dos. Lil renifla, essuya ses joues avec le dos de sa main, et le dévisagea. Il avait l'air humain, mais sa langue trahissait ses origines. Ni jeune, ni vieux, les traits marqués sans excès, le cheveu grisonnant, il était revêtu d'un costume gris aussi anonyme que sa silhouette passe-partout.

Il s'empara d'un miroir de poche dans le rayon sur sa gauche et le tendit à la fey.

« Voilà la réponse à votre question. »

D'abord perplexe, Lil comprit soudain ce qu'il attendait d'elle. Elle dirigea la surface étamée vers la face de son interlocuteur. Le miroir renvoyait l'image d'un museau effilé et squameux, surmonté par une paire d'yeux taillés en biseau, dans les orbites desquels luisaient des perles de jais. Une langue bifide frétillait par intermittence à la commissure d'un sourire carnassier.

« Puisque les présentations sont faites, dit le presque-dragon, je propose que nous allions discuter de votre nouvelle situation et des avantages qu'elle peut éventuellement représenter dans un endroit plus approprié. Vous vous apercevrez sous peu que la transition entre les mondes creuse l'estomac. Heureusement, le quartier de l'Opéra dispose d'excellents établissements où l'on dîne à toute heure. »

CHAPITRE IV

UN CRI UNIQUE ET DÉSESPÉRÉ

Le premier niveau tenait du bon vieux *shoot'em up*, aujourd'hui rebaptisé *wargame en temps réel* – formule pompeuse pour désigner un baston où tous les coups étaient permis.

La sensation d'un poids mort dans la main droite avertissait Fabien de la présence d'une arme. Levant le bras, il la fit apparaître sur l'écran. Il n'y connaissait rien, mais l'inscription « .38 Special Police » se mit à clignoter dans l'angle inférieur gauche, à côté de six balles symbolisant ses réserves de munitions.

Les concepteurs avaient opté pour une vision subjective, du genre caméra à l'épaule, comme c'était la norme pour ce genre de jeu. Le décor était plus original, en revanche.

En lieu et place de la banale enfilade de corridors constituant un labyrinthe semé d'embûches, ou de la friche urbaine abritant des gangs d'agités de la gâchette, Fabien contemplait la perspective d'une venelle éclairée par de rares lanternes, suspendues à des chaînes reliant les façades à colombage penchées l'une vers l'autre à hauteur des étages. Le sol pavé luisait faiblement. Un ruisselet d'eaux usées courait au creux de la légère dépression qui ouvrait un sillon au milieu de la ruelle. Nul doute qu'un système odorama aurait diffusé un remugle d'égout convaincant si la technologie l'avait autorisé.

C'était la nuit. Les couleurs apparaissaient délavées, jouant sur un nuancier de gris et d'ocre assez riche. La précision de l'image confinait néanmoins à la perfection. Fabien avait rarement connu pareil souci du détail. On devinait chaque gravier, chaque brin d'herbe poussé dans la jointure des pavés, mais aussi les rainures et les nœuds dans les poutres apparentes des façades. Les graphistes avaient vraiment peaufiné le boulot, jusqu'à l'obsession.

Fabien fit un pas en avant. Un fourmillement électrique chatouilla sa jambe nue, faisant frémir muscles et nerfs sollicités pour ce simple mouvement. Le décor effectua un bond léger au même moment. Satisfait par la rapidité du temps de réaction, Fabien se mit à trottiner sur place, comme à l'entraînement sur un tapis roulant en salle de gym. Son avatar pixelisé remonta la ruelle en joggant. L'illusion était parfaite, la coordination entre eux absolue. Fabien se prit alors au jeu. Qu'est-ce qui l'attendait au détour de la rue ? Quel monstre, quel type de guerrier allait surgir pour tenter de l'abattre ?

Il fit jouer les muscles de sa paume autour de la crosse invisible du .38, testa la résistance de la queue de détente en fléchissant l'index, avant de le ramener contre le pontet. Fascinant ! Il avait vraiment l'impression de tenir le revolver, lui qui n'avait jamais approché une arme à moins de dix mètres.

Il arrivait à un angle formé avec une rue perpendiculaire. Prudent, Fabien décida de raser les murs, préférant surprendre son adversaire. Il n'avait pas correctement estimé les distances ni dosé son geste ; il s'abattit assez violemment contre la paroi chaulée. Aussitôt, son épaule et son dos émirent une plainte douloureuse, nerfs contractés sous l'impact.

« Aïe ! Bon Dieu, c'est un peu trop réaliste, ça ! »

Mais rien n'empêchait le jeu de se défendre, à sa manière, après tout. Les héros en chambre apprécieraient peut-être de se faire malmener par leur bécane, histoire de pimenter l'action.

Fabien tordit le cou pour jeter un œil dans la ruelle

adjacente. Une enseigne en fer forgé portant une inscription dans une langue inconnue ballottait mollement au bout d'une potence. Les panneaux de bois ornés de céramiques peintes qui condamnaient les rez-de-chaussée indiquaient une artère commerçante. Plusieurs fenêtres brillaient d'une lueur jaunâtre, dans les étages des boutiques à la mode hollandaise – hautes demeures étroites surmontées d'un toit pentu à angle suraigu.

Fabien hésita quelques instants avant de s'engager dans la rue. Il ignorait quel comportement adopter. Marcus ne lui avait pas révélé le scénario du jeu. Mais l'ambiance suggérait un environnement inquiétant, sinon hostile. La nuit, cette cité médiévale déserte, l'absence de repères familiers... Et puis, son personnage n'était sûrement pas armé pour rien !

Rasant toujours les murs, il progressa à pas feutrés le long des volets clos des échoppes. Il avait presque l'impression de sentir le froid mordant des carrés de céramique contre sa peau, la rugosité du bois ouvragé couvert d'une couche de crasse.

Soudain, un trio insolite fit son apparition, débouchant d'un passage sombre entre deux bâtiments, qui avait échappé à la vigilance du joueur. Pris en défaut, Fabien paniqua. D'instinct, il braqua le 38 sur l'homme qui avançait en tête du groupe. Celui-ci était harnaché d'une espèce de combinaison patchwork cuir et métal, les épaules enveloppées dans une cape de fourrure. L'épée qu'il portait au côté ne laissait aucun doute sur ses intentions belliqueuses. D'ailleurs, si Fabien en avait eu, les arbalètes des deux lascars qui suivaient le bretteur l'auraient dissipé dans la seconde.

L'homme à l'épée ralentit et s'immobilisa au milieu de la rue, scrutant l'endroit où Fabien se tenait rencogné dans une embrasure. Portant une main gantée à sa ceinture, il se mit à parler. Une voix étrange, rocailleuse, jaillit des haut-parleurs intégrés à l'écran. Une voix chargée de menaces, qui portait loin et fort.

Il allait ameuter tout le quartier ! Fabien réagit aussitôt. Visant la poitrine, il appuya sur la détente.

Le coup de feu claqua comme une gifle sèche. L'homme à la cape vacilla, prit un air étonné convaincant même à cette distance, et recula dans les bras d'un de ses comparses. En bas de l'écran, une balle s'effaça, remplacée par l'affichage du score : « *10 POINTS.* »

Galvanisé par cette incontestable réussite, Fabien jaillit de l'embrasure qui le dissimulait. Il courut à la rencontre de ses adversaires, le 38 en avant.

Le second arbalétrier mit un genou à terre et le coucha en joue. Fabien n'en avait cure. Le bras tendu à l'horizontale, il mima le geste du tireur. Le coup imprima dans tout son membre un mouvement de recul qu'il dut compenser par un rajustement de sa position. L'arbalétrier tira au même moment. Le carreau décoché par l'arme rudimentaire fusa avec un sifflement et vint se planter dans un volet, à l'endroit où la tête de Fabien se trouvait une seconde plus tôt.

Fabien fit feu une deuxième fois, anticipant le recul de l'arme. La tête de l'arbalétrier effectua un demi-tour vers la droite, comme la balle s'enfonçait dans sa joue, arrachant un lambeau de chair au passage. Le score passa à 20 points. Il restait encore trois balles dans le barillet. Sans cesser de courir, Fabien ajusta dans sa ligne de mire le soldat qui avait reçu l'homme à l'épée dans les bras. Il ne se trouvait plus qu'à cinq ou six mètres de sa cible, empêtrée dans les pans de la cape du bretteur.

C'était presque trop facile, même pour un premier niveau de jeu. Néanmoins, Fabien s'appliqua, cherchant à corser l'exercice. Il prit soin de viser le front, entre les deux yeux, curieux de voir l'effet produit. D'ordinaire, les concepteurs ne lésinaient pas sur les effets gore, jet d'hémoglobine et fragments de cervelle maculant les murs alentour. Il fut un peu déçu en constatant que la balle fatale se contenta de percer un trou bien net dans le crâne de l'arbalétrier, tétanisé, qui s'affala comme une chiffe molle sur le corps de son supérieur.

Le score augmenta de 10 nouveaux points. Fabien haletait, gorgé d'adrénaline. Il s'était débarrassé efficacement de trois ennemis certainement redoutables, sans gaspillages inutiles. Le 38 contenait encore deux balles. Et Fabien pouvait à présent disposer des armes de l'ennemi.

Il devait agir vite. Des volets claquaient au-dessus de sa tête, des visages apparaissaient derrière les fenêtres, des trombines peu amènes. Bientôt, il aurait toute la ville à ses trousses. Fabien se pencha sur sa première victime et s'empara du pommeau de l'épée. Il tira d'un coup sec pour dégager la lame de sa gaine et brandit une magnifique flamberge d'une légèreté surprenante pour une lame aussi longue.

À présent, il était prêt à affronter ses ennemis avec leurs propres armes. Mais pas dans l'immédiat. Pointant l'index sur la zone des icônes fonctionnelles de l'écran, il commanda une pause dans le jeu.

Sa peau le démangeait atrocement. Fabien avait l'impression d'être plongé dans une fourmilière, le corps enduit de confiture. Pas un millimètre carré d'épiderme qui ne lui donnât envie de se gratter jusqu'au sang.

« Saloperie, murmura-t-il, préférant ne pas alerter ses voisins de box en troublant le silence du troisième étage. Comment ils font pour supporter ça ? »

Ça, en l'occurrence, se présentait sous la forme de pastilles autocollantes de la taille d'une pièce de deux euros, découpées dans un matériau souple et conducteur aussi léger que le papier, et bardait littéralement son corps, de la tête aux pieds.

Quand il avait découvert le schéma détaillant les préparatifs de la connexion, Fabien avait cru à une blague, une sorte de bizutage de la part de ses nouveaux collègues. Mais personne n'avait fait irruption dans son box pour se moquer de lui. D'ailleurs, personne n'était venu le saluer, ou s'enquérir de ce que tout se passait bien. Simplement, il avait trouvé la machine et son mode d'emploi sur le bureau, de retour dans son espace de travail, après avoir récupéré quelques affaires au rez-de-chaussée.

L'écran plat 17 pouces affichait un message de bienvenue, signé par Marcus Kesner. Un clavier sans fil était posé au pied télescopique de l'écran. Nulle trace d'unité centrale. Un unique câble ultrafin s'échappait de la base du pied et rejoignait une fiche dans le mur du fond. Une boîte en plastique translucide contenait le dispositif de connexion et son schéma explicatif.

« Nom de Dieu, sur le gland aussi ? », s'était exclamé Fabien, hésitant à apposer une pastille à cet endroit sensible. Marcus n'avait jamais fait allusion au caractère X de *Faerie Hackers*. D'un autre côté, il n'avait pas prétendu non plus que le jeu s'adressât à un public d'enfants de chœur. En réalité, il n'avait rien précisé du tout. Fabien avait donc surmonté sa pudeur. À présent, il le regrettait. La stimulation nerveuse atteignait les limites du supportable.

Il arracha les pastilles une à une, résistant à l'envie de se rouler par terre pour apaiser les démangeaisons. Puis, il se rhabilla et mit de l'eau à chauffer dans la théière abandonnée par son prédécesseur. Il avait bien mérité un moment de détente, après cette brillante réussite : trois coups au but, une seule balle perdue.

***

« Ils se sont arrêtés à l'hôpital. Seule la fille est ressortie, une heure après. Je l'ai encore suivie jusque-là. Chez elle, apparemment. Elle doit toujours y être, sa bagnole est garée juste devant.

— Tu es certain que l'homme à la casquette n'est pas sorti de l'hôpital ?

— Du moins, pas avant la fille. Dîtes, ils viennent de Faërie, hein ? »

Maser ne répondit pas. Il examina une fois encore les photos tirées en noir et blanc, envoyées le matin par celui qui se trouvait présentement vautré dans le siège passager du bolide italien. L'homme à la casquette et la femme à l'abondante chevelure claire, nimbés de leur auréole, capturée par l'objectif spécial utilisé par le photographe. Les gros plans de leurs visages, avec tous les détails. La cicatrice qui couturait la joue de l'homme.

Maser eut un frémissement de pur plaisir. Il reconnaîtrait le champion qui l'avait laissé pour mort un demi-siècle plus tôt quel que soit son accoutrement. Un champion du Roi Couleur, à n'en pas douter. Et qui savait certainement où se trouvait quelque chose d'une valeur inestimable pour Maser, quelque chose qui lui manquait beaucoup depuis cinquante ans, et dont un fragment lui avait permis de le retrouver parmi les humains : sa propre peau.

« À quoi ressemblaient les autres ? Pourquoi ne les as-tu pas pris eux aussi ?

— Je pouvais pas conduire et tenir mon appareil en même temps… Surtout qu'ils ont été drôlement rapides ! La gonzesse est un vrai casse-cou. Dîtes, monsieur Maser, c'est vraiment une espèce de sorcière ?

— Ferme là. »

Une espèce de sorcière ! Maser ne jugea pas utile de détromper le guignol qu'il avait engagé pour surveiller les alentours de Versailles. Tout comme les autres espions postés aux endroits stratégiques de la capitale, ces lieux de transition privilégiés entre le Royaume et la Surface, il l'avait recruté en écumant les rassemblements de tarés fanas de sorcellerie, ésotérisme et occultisme poudre aux yeux. Ce genre de type, crédule et aisément manipulable sous un apparent verni de culture kabbalistique, était toujours prêt à collaborer avec qui se faisait passer pour un Maître. Maser n'avait eu aucun mal à endosser ce rôle-là. Une simple démonstration de ce qui se cachait sous l'apparence des choses avait suffi, pas la peine de jouer le numéro en entier, comme au cimetière de Montmartre.

« Qu'est-ce qu'on fait, maintenant ?

— Toi, rien. Tu ne bouges pas d'ici. Tu ne te montres pas. »

Maser s'extirpa de l'habitacle et fit quelques pas sur le trottoir. Une féroce envie de traverser la rue et de se ruer à l'intérieur du pavillon de la fey toutes griffes dehors le tenaillait. Il parvint néanmoins à réfréner son instinct de prédateur. La fille ne l'intéressait guère – un court instant de lutte, suivi d'un peu de plaisir, et plus rien…

Et puis, il pouvait sentir les effets de la Couleur même à cette distance, comme des micro chocs électriques qui le picotaient de la tête aux pieds. L'antre d'une fey n'était pas à proprement parler mortel pour une créature possédant le pouvoir de Maser – d'ailleurs, peu de choses l'étaient –, mais l'immersion dans un bain de Couleur ne figurait pas en tête de liste de ses activités favorites, d'autant que son escapade nocturne avait déjà pas mal sollicité ses forces.

Il remonta la rue sur une cinquantaine de mètres avant de changer de trottoir et de revenir sur ses pas. Le quartier, résidentiel, n'était pas animé pendant les heures de travail. Pas question de baguenauder sans paraître louche. La voiture de la fey, une berline marine qui détonait avec l'époque, obligeait à faire un détour sur la chaussée. En passant à côté, Maser inspecta l'intérieur d'un coup d'œil. Les indices relevés lui indiquèrent que sa compatriote avait contracté certaines habitudes humaines : goût d'un certain négligé (fouillis dans la poche de rangement sous le tableau de bord, livres et cartes routières étalés sur la plage arrière), tabagisme outrancier (mégots débordant le cendrier, couche grasse à l'intérieur des vitres) ou encore propension à l'humour douteux (l'autocollant « tais-toi et double ! » apposé sur la lucarne arrière, le personnage de dessin animé qui montrait ses fesses sur le revers du pare-soleil).

Maser s'arrêta seulement après avoir dépassé le pavillon voisin. À quoi rimait cette mise en scène ? Qu'est-ce qu'une fey pouvait bien trafiquer en Surface, sous une couverture aussi démonstrativement anodine ?

Il n'avait aucun doute sur la nature de la créature, pour avoir côtoyé suffisamment de ses consœurs en des temps plus anciens. Le Royaume ne trichait pas avec les apparences : de génération en génération, les feys se transmettaient un patrimoine génétique qui ne variait pas d'un iota, et reconduisaient *ad vitam æternam* le même canon – dont la beauté époustouflante n'était pas le moindre atout. La jeune femme de la photo était bien l'une d'elles.

Au moment de traverser à nouveau pour rejoindre sa voiture, Maser se sentit épié. La paranoïa lui tenait lieu de sens surnuméraire, en plus d'une foule d'autres aptitudes inscrites dans son comportement. Il n'eut pas besoin de longtemps chercher pour repérer la cachette de celui ou celle qui le dévorait des yeux. Au lieu de fuir, il fit volte-face et s'avança vers l'espion d'un pas décidé, sourire aux lèvres et main tendue.

La femelle humaine tressaillit en le voyant arriver. Elle eut un instant d'hésitation, le cou tordu vers la porte d'entrée de son pavillon, comme si elle jaugeait la distance à parcourir, envisageant de la couvrir d'un bond pour échapper à l'inconnu qui violait soudainement son territoire et remontait sa pelouse. Le temps qu'elle se décide, le visiteur avait saisi la main molle qu'elle lui tendait, dans un réflexe de sociabilité.

« Chère madame, bonjour, fit Maser, modulant les basses de son timbre de voix. Une bien jolie maison que vous avez là.

— Euh… Merci, articula Mme Bernier, partagée entre crainte (quelle allure ! Un si beau costume et ces horribles tatouages !) et fierté (elle prenait soin de son foyer, et *certaines* dans le voisinage feraient bien d'en prendre de la graine !).

— Je représente la société chargée de la réhabilitation du quartier. Nous procédons actuellement à la consultation des riverains, dans le cadre de l'étude préalable aux travaux. En effet, qui est le mieux placé pour savoir ce qu'il faut améliorer, sinon les habitants eux-mêmes ? Mais nous serons certainement plus à l'aise à l'intérieur pour évoquer ensemble tout ce qui va changer dans votre vie, plus tôt que vous ne le pensez, chère petite madame. »

Ce disant, Maser avait entraîné son interlocutrice vers le seuil du pavillon. Dépassée par la rapidité des événements,

Mme Bernier n’avait pas encore assimilé l’ensemble du discours, ni décidé si elle avait à faire à un charlatan (tout de même, ce *look* !) ou un homme d’affaires (catégorie dans laquelle elle classait systématiquement les propriétaires de costumes chics) au tempérament *artiste* (après tout, certains jeunes gens très bien portaient aujourd’hui des morceaux de ferraille plantés dans le nez ou dans la lèvre, quand ce n’était pas dans un endroit plus intime !).

Avant de refermer la porte, Maser jeta un dernier coup d’œil circulaire sur la rue et la maison voisine, pour s’assurer que l’enlèvement auquel il venait de procéder sur le terrain même de sa victime n’avait eu aucun témoin.

Satisfait, il repoussa l’huis tout en douceur.

***

Elle achevait de déjeuner quand le téléphone sonna. Lil avala une dernière bouchée de croissant avant de décrocher.

« C’est moi, ma chérie, se présenta son interlocuteur.

— Ob ? D’où est-ce que tu appelles ? Il y a une de ces fritures sur la ligne.

— Estime-toi déjà heureuse que j’aie pu établir la communication depuis le Palais. Leur phono n’est pas du dernier cri… Il y a du nouveau ici. L’assassin du Dauphin est mort.

— Ce n’est pas une nouveauté, ça. Lartagne l’a bel et bien trucidé, je te rappelle.

— Je veux dire que cette fois, même les nécromants ne pourront plus persuader son esprit qu’il est toujours vivant. Parce qu’il n’a plus de lieu d’accueil pour celui-ci depuis qu’on lui a écrabouillé le crâne. Et parce que les nécromants du Palais ont subi le même sort, après s’être fait écorcher.

— Écorcher, hein ?

— Oui. Ce qui signifie que l’assassin de l’assassin, si tu me permets l’expression, a fui le Royaume et se balade en Surface.

— On peut donc en déduire sans trop s’avancer que le

commanditaire du premier assassin est venu régler cette affaire une bonne fois pour toutes.

— Surtout, le Roi s'inquiète de savoir qu'il se balade dans le même plan de réalité que son fils.

— Mais il ne peut pas savoir que le Dauphin se trouve en Surface. Ni où exactement. N'est-ce pas ? »

Le grésil s'intensifia dans l'écouteur, comme si celui-ci était branché en direct sur une poêle de bacon en train de frire.

« C'est un peu plus compliqué que ça, ma chérie. D'autant que d'autres événements se sont produits, cette nuit. Quelqu'un a fait un carton sur une patrouille du guet.

— Un carton ?

— Deux agents et leur capitaine proprement révolvérisés. Je n'ai pas procédé à une expertise balistique, mais les balles retrouvées ressemblent fichtrement à du calibre .38.

— Merde. Un coup de l'assassin de l'assassin ?

— Je ne crois pas. Ça s'est passé un peu plus tard, assez loin du Palais. Je ne vois pas ce qui aurait pu le pousser à commettre ce genre de crime gratuit.

— Si ce n'est pas lui, ça veut dire que d'autres types venus de la Surface peuvent se balader dans le Royaume avec un flingue et buter les habitants au hasard. Pas très réjouissant, comme perspective. On n'avait encore jamais eu nos *snipers* fous.

— Il faut un début à tout. On ne peut pas côtoyer la Surface et bénéficier de ses avantages sans souffrir tôt ou tard de ses inconvénients. Le problème n'est pas tant l'attitude du détraqué que la possibilité qu'il a eue de franchir nos frontières.

— Je vois. Si on ne peut plus avoir confiance en l'imperméabilité de la Couleur, la confidentialité du Royaume risque d'être compromise.

— Avant d'en arriver là, on peut essayer de débusquer qui se cache derrière tout ça. Retrouve-moi chez Grübel dès que possible. J'y ai convoqué les témoins du triple meurtre. On va tâcher de les cuisiner à notre façon. »

Obrasian raccrocha ce qui lui tenait lieu de combiné métaphorique. Sa maîtrise des technologies de Surface s'affinait au fur et à mesure des convocations qu'il lui adressait. Lil ne s'en plaignait pas. Au moins, elle n'avait plus à subir les conséquences des incursions aléatoires du sorcier dans les appareils connectés au réseau, ni son penchant pour les musiques bruyantes et les titres évoquant l'existence d'un royaume souterrain.

Elle gagna la chambre, pour y achever de s'habiller. En passant devant la baie vitrée du salon, elle eut un regard machinal vers la propriété de sa voisine. Lil constata avec soulagement que Mme Bernier n'était pas occupée à tenter de s'immiscer dans sa vie privée, comme à son habitude, postée derrière la haie de thuyas.

Elle revint au salon et inséra dans la chaîne un CD choisi au hasard parmi sa collection d'artistes colorés. La voix chaude et vibrante d'émotion de Serge Reggiani attaqua *L'Italien*. Parfait.

Lil effectua la transition avec le Royaume au moment où le cri unique et désespéré de Mme Bernier s'éleva du soussol, couvert par le vrombissement soudain d'une perceuse électrique.

INTERMÈDE

INSERTION. PARIS, DÉBUT DES ANNÉES 1980

« J'ai vraiment besoin d'un engin pareil ?

— Essayez de vous envoler, pour voir…

— Bon (…). Aïe !

— Vous voyez ? On appelle ça la loi de gravité, en Surface. On a la même chez nous, à cette différence près que la Couleur compense aisément les caprices des forces fondamentales de l'univers à l'œuvre en Faërie. Si vous voulez jouer la fille de l'air dans le coin, au sens propre, veillez à demeurer dans le champ d'action d'un monument gorgé de Couleur, sinon vous risquez de tomber de haut, toujours au sens propre. Alors, pour vous déplacer sans trop perdre de temps, autant vous conformer aux usages en vigueur chez les humains. Ce modèle me paraît vous convenir à merveille. C'est une véritable occasion, pas plus de sept ans et moins de trois cent mille au compteur – les petits numéros, là, derrière le truc rond.

— D'accord. Salut, F-O-R-D E-S-C-O-R-T G-H-Y-A… C'est bien son nom ?

— Heu, oui. Mais elle ne vous répondra pas. C'est juste de la tôle et un peu de plastique, sans magie. Sinon celle des réglages du carburateur, qui nécessitent l'intervention d'une espèce de mage craint et respecté pour son savoir-faire ésotérique… Allez, installez-vous, je vais prendre le volant. »

Obrasian Phulmis prit place dans la voiture. La jeune fey l'imita.

« Pourquoi est-ce qu'il se retient d'éclater de rire, cet humain ?

— Oh. Parce qu'il est persuadé d'avoir fait l'affaire du siècle en nous vendant cette voiture. Parce que nous n'avons même pas discuté le prix, certainement exorbitant. Mais il n'aura plus envie de rire quand il essaiera d'encaisser le chèque. L'encre utilisée par ce cher Connoisseur a des vertus fort sympathiques ! »

Obrasian ne cacha pas son hilarité. Lil ne la partagea pas, trop concentrée sur le ballet des mains et des pieds du sorcier, qui voletaient autour des instruments de contrôle de la voiture. Et puis, elle n'avait pas compris la blague.

« Je crois que je vois comment ça marche, dit-elle au bout d'un moment. Je peux essayer ?

— Ma foi, pourquoi pas ? Il faudra bien vous y mettre un jour. »

Ils profitèrent d'un arrêt à un feu pour échanger leur siège. Comme Lil cala au démarrage, un concert d'avertisseurs salua sa piètre performance. Le sorcier abaissa la vitre de son côté et sortit le bras, majeur raidi.

« Une coutume en phase avec l'époque, ma chère enfant. Appropriée à la situation présente. Bien, enclenchez la première et écrasez-moi cette pédale d'accélération. »

La Ford bondit en avant dans un grondement de soupapes emballées, grillant la priorité aux véhicules qui arrivaient de l'avenue perpendiculaire à la leur. D'autres klaxons ajoutèrent leurs plaintes à la cacophonie ambiante. Lil commençait à trouver la conduite amusante.

Cinq minutes plus tard, coincée dans les embouteillages, elle déchantait. Néanmoins, elle maîtrisait suffisamment les subtilités de cet art mécanique pour qu'on la considérât comme une pratiquante confirmée, et non plus une novice.

« Pas mal, admit Obrasian. J'étais sûr que vous étiez douée. Vous vous habituerez vite au reste. »

Il alluma l'autoradio, sélectionna les fréquences jusqu'à tomber sur une musique haute en Couleur. L'habitacle s'illumina à leur intention exclusive. Des flèches de lumière blanche fusaient des haut-parleurs encastrés dans les portières. La voix du chanteur s'éleva à son tour et des éclairs carmin se mirent à pétiller devant le tableau de bord.

« Qu'est-ce qu'il raconte ? demanda Lil. C'est un magicien ?

— À sa manière, si l'on veut. Il ignore cependant son réel pouvoir. C'est le cas de bien des humains. Leurs yeux ne voient plus la Couleur depuis belle lurette. Parfois, cependant, celle-ci rejaillit là où on ne l'attendait plus. Ainsi, chez les artistes, quand ils savent toucher directement le cœur des hommes, parler à leurs sens autant qu'à leur esprit. Ce chanteur, par exemple. Son corps repose dans la terre d'une île aux antipodes de cette ville, mais il continue à faire vivre la Couleur. Sa chanson évoque l'amour qu'il portait à l'ensemble de l'humanité en dépit des bassesses d'une part non négligeable de cette dernière. Si vous voulez apprendre la langue de vos futurs compatriotes, écoutez-le attentivement. Laissez la Couleur porter les mots jusqu'à votre cerveau. Mobilisez votre talent. »

Lil suivit les conseils du sorcier. À la fin de la chanson, elle avait dans la tête des images inédites. Elle écouta avec une attention accrue la suite du programme, tandis qu'Obrasian lui indiquait par gestes la direction à suivre. Quand il lui fit signe de se ranger, une demi-heure plus tard, elle connaissait les bases de la grammaire locale et avait enrichi son lexique du vocabulaire approprié. À vrai dire, elle était désormais capable de mieux s'exprimer que la plupart de ses nouveaux voisins, mais elle n'avait aucun mérite ; d'une part, son talent l'y avait grandement aidé, et, d'autre part, Brel avait été un professeur hors pair.

« Où sommes-nous ? demanda-t-elle, en français cette fois.

— À votre porte, ma chère. J'ai acheté cette modeste demeure en prévision de votre arrivée quelques jours avant votre procès.

— Vous étiez donc certain qu'on allait me condamner à l'exil ?

— L'issue ne faisait aucun doute. Ce vieux Couleur vous aurait bien graciée, car le sacripant n'a pas été insensible à, disons, la verdeur de votre engagement, mais je l'ai persuadé de n'en rien faire.

— Vous l'avez persuadé ? ! Qu'est-ce que…

— Tss tss, du calme. Inutile de se donner en spectacle dans la rue. Entrons, voulez-vous ? »

Le pavillon appartenait à un lotissement récemment sorti de terre et de l'imagination peu féconde d'un cabinet d'architectes modérément corrompus, spécialisés dans le parcage des masses laborieuses de la banlieue rouge. Une terre ocre et friable délimitait l'emplacement des futures pelouses, censées garantir l'illusion d'un accès privilégié à un espace naturel. Lil eut un pincement au cœur en découvrant les jeunes pousses qui pointaient timidement le bout de leur bourgeon entre deux mottes. Elle se promit de les aider à croître et de leur apprendre le sens du mot sylve dès que possible.

Obrasian tira un trousseau de clés de sa poche et le lui remit. « À vous l'honneur. Vous êtes chez vous, désormais. »

Lil laissa éclater sa colère dans le vestibule, où flottait une odeur de colle à parquet et de diluant à peinture. « C'est votre faute si j'ai été bannie, saleté de dragon !

— Je ne vous ai pas encouragée à la sédition, que je sache. Blâmez d'abord vos emportements et votre fibre émancipatrice.

— Vous auriez pu m'éviter ce châtiment et vous n'avez rien fait !

— Mais je le peux encore. Un simple mot glissé à l'oreille du Roi, et vous réintégrez le Royaume. Oui-da, mademoiselle, comme je vous le dis. »

L'œil du sorcier pétillait de malice. Lil l'aurait étranglé, si cela avait servi à quelque chose.

« Pourquoi faites-vous ça ? Je savais que les dragons

détestaient les filles de la forêt, l'horreur ne supporte pas la beauté, mais là…

— Inutile de chercher à me faire sortir de mes gonds. Venez vous asseoir à côté, je vais vous expliquer ce que j'attends de vous. »

Ils passèrent au salon, à main gauche. Des rouleaux de papier peint entamés gisaient sur le carrelage posé de frais. Deux chaises pliantes et une table de camping tenaient lieu d'ameublement. « Plutôt spartiate, je l'avoue, fit Obrasian, mais vous pourrez arranger ça à votre guise.

— Vous êtes bien sûr de vous. Qui vous dit que je ne vais pas vous planter là, dans votre fichue bicoque ?

— Pour aller où ? Vous ne connaissez personne, vous pratiquez à peine la langue, vous n'avez pas d'identité officielle, et si vous racontiez le millième de ce que vous croyez savoir du Royaume, on vous enfermera avec les autres dingues – les vrais, les sérieux, ceux qui s'amusent à s'arracher les oreilles à coups de dents pour passer le temps. Bon, vous vous asseyez, oui ou non ? »

Il avait raison, évidemment. Lil obéit. Elle ne s'était jamais sentie aussi seule et abandonnée, même le jour où elle avait comparu devant Glaive et Balance. Le procès avait été inique, certes, mais il avait eu lieu en Faërie, au moins…

« Comme vous l'avez peut-être remarqué, la Surface a inventé un concept qui nous est encore étranger, commença Obrasian. Quelque chose qui améliore considérablement le quotidien. Qui pallie l'absence de magie opératoire. Qui, en fait, surpasse dans bien des domaines nos propres capacités d'interférence sur l'ordre des choses. Ce truc s'appelle le progrès.

— Avec ça, on ne reste pas figé dans les traditions débiles, persifla Lil.

— Je vous l'accorde. Je me doutais que vous étiez particulièrement sensible à cette notion. Considérons les faits dans leur brutalité objective : les habitants du Royaume sont en théorie immortels, parce qu'ils baignent dans la Couleur en permanence. Mais si cela suffit pour repousser l'attaque d'un banal virus et empêcher une épidémie de variole, par exemple, notre système de protection trouve vite ses limites. La belle affaire d'être immortel, si le moindre bobo plus sérieux qu'un nez qui goutte peut vous pourrir la vie. Les amputations sont monnaies courantes, les blessures mal soignées handicapent un grand nombre de nos concitoyens. Le mot prophylaxie reste une insulte, même pour les plus éclairés d'entre nous. Or, les habitants de la Surface sont passés maîtres dans l'art du soin et du rétablissement.

— Grand bien leur fasse. Je ne vois toujours pas en quoi ça me concerne.

— Il se trouve que mes fonctions auprès du Roi m'amènent à impliquer certains de mes collaborateurs dans des situations dommageables pour leur intégrité physique.

— Ouais. Vous tirez les ficelles des complots de la Cour et vous envoyez vos braves petits soldats au casse-pipe. Dans votre langage, ça s'appelle la diplomatie, non ?

— Je crois que nous allons nous entendre. Vous comprendrez que dans certaines occasions je doive prendre soin de mon personnel, en toute discrétion. Rien de tel qu'un séjour dans un hôpital en Surface pour cela. J'ai besoin de quelqu'un sur place pour assurer le transfert de mes troupes, veiller sur eux, afin qu'ils ne soient pas trop déboussolés par l'expérience. Quelqu'un issu du Royaume, comme eux, mais parfaitement adapté au monde des humains. Quelqu'un, enfin, qui soit capable de manipuler la Couleur, pour répondre à mes appels, ou parer au plus pressé en cas de coup dur. Bref, ma petite, vous m'êtes tombée du ciel au moment opportun, avec votre révolte de suffragette !

— Une nounou pour vos sbires, c'est ce que vous voulez ? En échange, vous me ferez réintégrer le Royaume. Ce sont bien les termes du chantage ? »

Lil serrait les dents pour contenir son indignation. L'ignoble crapule ! Si elle avait encore disposé ne serait-ce que du dixième de ses pouvoirs…

« En effet. Si vous me donnez satisfaction, je m'arrangerai

d'abord pour que vous puissiez faire une visite de temps à autres à vos proches, et, par la suite, pour vous garantir un accès illimité au monde d'en bas. Mais il faudra filer droit, ma petite !

— Pfff. Laissez tomber le paternalisme, espèce de lézard à la manque. Je commence quand ?

— Illico. » Obrasian déposa une enveloppe sur la table. « Voilà le dossier de votre premier client. Je vais vous exposer la marche à suivre. »

Chapitre V

Un bon couteau de boucher

« Glauque, comme ambiance, hein ? Pas très humain, non plus, je trouve. »

Lartagne opina mollement. L'homme s'était assis sur le fauteuil voisin, un gobelet de café fumant dans une main, un magazine dans l'autre.

« Pas l'endroit idéal pour lire, non plus. L'hôpital. Pas facile de se changer les idées quand quelqu'un à qui on tient passe sur le billard. »

Lartagne hésita à se lever et changer de siège. Il ne voulait pas paraître impoli et s'attirer les foudres du bonhomme, mais il n'avait aucune envie de s'engager dans ce genre de conversation. Le genre où il est facile de perdre pied quand on ignore les règles de la grammaire sociale. Lartagne jeta un regard furtif quelques mètres sur sa gauche, vers la porte de la chambre réservée au Dauphin depuis son retour de la salle d'opération. Le garçon était toujours inconscient, mais tiré d'affaire. Néanmoins, les chirurgiens n'avaient pas pu sauver son œil, explosé par la balle de l'assassin. Ils possédaient une technique efficace, dûment éprouvée, mais pas miraculeuse pour autant.

« Moi, c'est ma femme. Une tumeur au cerveau. On l'a détectée à temps, heureusement. Pas de quoi s'affoler, m'a dit le toubib. Tu parles ! Je voudrais bien l'y voir, lui. Et vous ?

— Quoi ? Voir le médecin ?

— Nan, vous attendez pour qui ? Un ami, un parent ?

— C'est ça. Un parent. Mon neveu.

— Oh, c'est encore pire quand c'est un gamin, pas vrai ? »

Lartagne grommela un vague assentiment. Quel emmerdeur !

« Excusez-moi si je vous pose toutes ces questions. Je suis vraiment angoissé, quoi que disent les toubibs. Et quand j'angoisse, c'est plus fort que moi, il faut que je tchatche ! J'espère que ça vous dérange pas, monsieur… ? Euh, moi c'est Bouvier. Comme le chien.

— Moi pas. »

Il espérait que l'autre n'insisterait pas. Peine perdue. Bouvier, comme le chien, trempa ses lèvres dans le café et poursuivit : « Dégueulasse. Une tumeur aussi, votre neveu ?

— Non. Un accident.

— Ah ? Pas grave, j'espère.

— Il s'en tirera. J'attends qu'il se réveille. Qu'il voie une figure connue à ce moment-là. »

Lartagne marqua une pause au terme de ce qui relevait pour lui d'une véritable tirade. Il était épuisé par les heures interminables passées à attendre dans les couloirs de l'hôpital, des heures lourdes de conséquence pour son métabolisme habitué à l'extrême ralentissement du temps dans le Royaume. Il ignorait comment la fey avait réussi à tenir le coup, après toutes ces années d'exil. Lui avait mis des semaines à récupérer de son émersion prolongée en Surface, au sortir de la guerre qui avait ravagé le monde des humains. Il était resté près d'une année éloigné du Royaume, et cela avait suffi pour qu'il se sente aussi vieux que le Roi lui-même… Alors, après plus de vingt ans, Lillshellyann devait forcément avoir accusé le coup, même si ça ne sautait pas aux yeux, physiquement parlant.

« Vous voulez la voir ? Avant sa chimio, je veux dire. »

Lartagne réalisa que Bouvier n'avait pas cessé de lui parler pendant qu'il rêvassait. Il avait posé le gobelet à ses pieds, sur la couverture criarde du magazine, et fouillait les poches de son blouson.

« J'ai toujours des photos avec moi, pour pouvoir la regarder quand j'en ai envie. Attendez un peu… »

Il n'y échapperait pas, autant se faire une raison et céder aux exigences du casse-pieds. Lartagne se pencha sur la série de clichés que Bouvier lui exposait. Des grands formats, pliés en deux. La pliure formait une séparation nette entre les deux personnages capturés en gros plan. Un homme et une femme bras dessus-dessous, surpris de trois quarts par l'objectif, et entourés d'autres humains, suffisamment nombreux pour masquer l'arrière-plan en totalité. Malgré le grain grossier et l'absence de couleurs, ainsi que la surexposition qui dotait le couple d'une auréole de saint, Lartagne reconnut la femme instantanément.

Il réagit avec seulement une demi-seconde de retard. La fatigue et la tension accumulées depuis la tentative d'assassinat du Dauphin, la gêne éprouvée au contact de la souffrance presque palpable des patients de Georges Pompidou, autant de facteurs incriminant l'impardonnable défaut de vigilance auquel Lartagne succomba à ce moment précis.

L'ombre portée de son agresseur glissa sur le carrelage, enveloppant le capitaine et Bouvier-comme-le-chien. Les pupilles de ce dernier étaient braquées sur le plafond – en tout cas sur un point situé au-dessus du crâne de Lartagne.

Un coup unique s'abattit à la base de sa nuque. Avant de sombrer, le capitaine eut le temps de s'étonner : pourquoi avait-il reconnu Lillshellyann la première, et pas son cavalier ? La réponse lui apparut avec évidence, comme les ténèbres fondaient sur lui : il n'avait encore jamais été pris en photo, et surtout pas travesti en humain de la Surface.

***

Lil regagna sa chambre dans un éblouissement coloré, le cœur un peu malmené par l'accumulation de transitions des derniers jours. Elle hésita à allumer une cigarette, avisant le paquet qui traînait sur la table de nuit, retenue par le relent nauséeux qui empoissait sa gorge. Elle opta finalement pour une douche brûlante, histoire de se remettre les idées en place.

La salle de bain se trouvait juste de l'autre côté du couloir. Lil ne prit pas la peine de masquer sa nudité, comme aucune fenêtre ne s'ouvrait sur les regards indiscrets de sa voisine dans cette partie de la maison. Elle effectua un rapide détour par le salon, pour choisir un nouveau cédé – Caussimon eut alors sa préférence, grave et simple à la fois. La Couleur du poète oscillait entre mauve et outremer, parfaite pour les gueules de bois.

Lil pénétra ensuite dans la minuscule pièce carrelée en se frottant les yeux et en bâillant, aussi fraîche qu'au sortir d'un week-end passé sous la couette, avec ou sans partenaires. C'est à ce genre de détails qu'elle prenait conscience du temps écoulé depuis les débuts de l'exil. Quoi qu'en pensait le miroir, elle ne rajeunissait pas…

Lil se figea, les sens soudain en alerte. Un homme nu, lui aussi, sortait de la cabine de douche, une serviette de bain enroulée autour du crâne. Une impressionnante balafre barrait son torse musculeux, du nombril à la pointe du sein droit. D'autres cicatrices parsemaient les flancs et les membres de l'inconnu, véritable exposé anatomique des possibilités de blessure par arme blanche.

Les réflexes de la fey l'emportèrent sur l'émotion : elle arracha d'un moulinet de l'index un filament de Couleur suscitée par Caussimon, et lança une incantation offensive en direction de l'intrus.

« Non, att… », fit ce dernier, écartant les pans de la serviette juste à temps pour voir le jet d'énergie pure fuser vers sa poitrine et le cueillir comme le front d'un bélier. Il réintégra illico la cabine de douche au terme d'un bond en arrière, plié en deux, enrobé de magie furieuse et crépitante, tel un véritable feu de Saint-Elme. Son dos heurta avec violence la paroi de céramique et sa nuque manqua de peu le levier saillant du mitigeur. Il s'affaissa d'un coup, paquet de chiffons à forme humaine abandonné au fond du bac encore à demi empli d'eau savonneuse.

La serviette avait glissé du crâne pendant l'envol, révélant l'identité du visiteur.

« Merde », marmonna Lil. Elle n'avait pas pour habitude d'ainsi malmener les beaux bruns ténébreux qui usaient des commodités de son cabinet de toilette, en d'autres circonstances. Mais il est vrai que Lartagne faisait exception à la règle qui voulait que ceux-ci partagent auparavant avec elle un moment d'intimité crapuleuse.

***

« Comment vous sentez-vous, capitaine ? Pas trop de bobos ?

— Aïe ! »

Lil cessa d'appuyer la compresse sur sa nuque, ornée d'un magnifique hématome violacé. « Désolée, mais ce bleu-là n'est pas de mon cru.

— Vous auriez cogné encore plus fort, pas vrai ?

— Faux. Moi, je n'aurais pas laissé de traces. Et puis quelle idée de vous introduire ici par effraction ! »

Lartagne haussa les épaules et grimaça. La fey se remit à appliquer la poche pleine de glaçons par à-coups.

« J'ai d'abord sonné, mais vous n'avez pas répondu. Ouch… Doucement ! Rassurez-vous, personne ne m'a vu entrer. Je suis passé par la fenêtre du bureau, celle qui donne du côté du grand mur, derrière la maison.

— J'en serai quitte pour une vitre fracassée et un peu de ménage. Au fait, comment avez-vous eu mon adresse ?

— Qu'est-ce que vous croyez ? Que je me suis aventuré en Surface sans prendre de renseignements au préalable ? J'aime savoir à qui j'ai à faire quand je pars en mission. Obrasian Phulmis m'a remis un dossier très complet vous concernant.

— Très complet, hein ? »

Lil suspendit son geste. Elle sentit Lartagne se raidir sous la pression de sa paume. « Si un jour vous êtes intéressé par ma version des faits, faites-moi signe », lâcha-t-elle, plus sèchement qu'elle ne l'aurait voulu.

Le capitaine préféra changer de sujet, aborder des terrains moins propices aux glissements et autres catastrophes potentielles : « C'est vous qui m'avez transporté jusque sur le lit ? Et habillé ?

— Je n'utilise pas la magie uniquement pour terrasser les cambrioleurs. Pour déplacer des meubles encombrants aussi, parfois. »

Lartagne fit l'aumône d'un sourire, ce qui parut beaucoup lui coûter.

« Vous avez trouvé le papier dans ma poche, je suppose ? »

À quoi bon finasser ? « Oui. C'est un rendez-vous dans un lieu inattendu. Vous savez ce que c'est, le Père Lachaise ?

— Je ne suis pas si ignorant. J'ai déjà séjourné ici. Peut-être même qu'un jour je vous raconterai ma version de la Surface, si vous me faites signe. »

Lil ne releva pas le sarcasme. « Est-ce que j'ai bien compris la teneur du message ? Le Dauphin… »

Lartagne acquiesça d'un grondement. Repoussant la fey, il s'assit sur le rebord du lit, faisant craquer un ensemble d'articulations particulièrement maltraitées depuis qu'il avait fait irruption à Versailles. Une vieille habitude, songea-t-il. À croire que chaque séjour en Surface n'était qu'un prétexte à s'infliger son lot de rossées. Mousquetaire du roi, chasseur de prime, (piètre) garde du corps, quel que soit le costume endossé, il se couvrait immanquablement de bleus et de cicatrices. Quand il ne laissait pas son avatar se faire tuer en conduisant ses troupes à la bataille !

« C'est entièrement ma faute. Je me suis fait avoir en beauté. » Il rapporta les circonstances de son agression dans les couloirs de l'hôpital et conclut : « Nous étions sous surveillance depuis le début. Les clichés ont été pris au moment où nous quittions le château. On nous a suivis ensuite jusqu'à l'hôpital.

— Nous n'avions aucune raison de nous méfier, fit remarquer Lil.

— Nous aurions dû. Surtout, *j*'aurais dû.

— Obrasian et moi sommes tout aussi fautifs que vous pouvez l'être.

— Admettons. »

Lartagne avisa, sur la table de nuit, le feuillet arraché aux pages d'un calepin qu'il avait découvert dans la poche de son blouson à la place du poignard confisqué. Inutile de s'en emparer pour le lire, il en connaissait le texte par cœur. Il avait eu largement le temps de s'en imprégner dans le taxi qui l'avait conduit jusque chez la fey, après avoir faussé compagnie aux infirmières de Pompidou.

L'interne accouru à son chevet avait insisté pour qu'il passe des radios, suite au coup reçu, mais Lartagne soupçonnait qu'on cherchait à le retenir en attendant l'arrivée de la police – l'enlèvement d'un patient, mineur par surcroît, impliquant certainement une enquête. Le capitaine s'était éclipsé le plus naturellement du monde, revêtu de la blouse de l'interne, une fois celui-ci proprement estourbi et dissimulé dans un placard. Prudent, Lartagne avait d'abord mis quelques rues entre Pompidou et lui, afin de brouiller les pistes. Puis, il avait hélé le premier taxi venu, usant de l'autorité conférée par l'uniforme du praticien. Il avait donné une adresse proche de celle de la fey et profité de la course pour faire l'inventaire de ses maigres possessions, persuadé, à juste titre, qu'on l'avait délesté de son arme. Le message du kidnappeur était roulé en boule au fond d'une poche, anodin morceau de papier couvert d'une écriture d'aspect indéchiffrable.

Lartagne, toutefois, n'avait eu aucun mal à la décrypter, malgré la douleur lancinante à la base de sa nuque, qui irradiait dans tout son dos. Le dialecte utilisé par le ravisseur était pratiqué dans la majeure partie du Royaume. La signature gribouillée au bas du feuillet appartenait à un très vieil habitant des régions inférieures. Lartagne avait manqué souiller la banquette du taxi quand une bile acide lui était remontée à la gorge. Une brusque poussée de température avait trempé son front et ses aisselles, comme des images d'une autre époque se télescopaient à la surface de son esprit. La balafre sur son torse s'était mise à le démanger furieusement, et il n'eut plus qu'une idée en tête : se précipiter sous une douche bienfaisante et diluer les miasmes du passé dans l'eau glacée.

« Ce que je ne saisis pas, fit Lil, c'est cette histoire de rançon. C'est une blague ou quoi ? »

Le capitaine se leva et fit quelques pas sur la moquette, testant l'état de chacun de ses membres, encore engourdis par la décharge colorée reçue en sortant de la douche.

« Croyez-moi, l'auteur de ces lignes n'est pas du genre à plaisanter.

— Vous le connaissez ? s'étonna Lil.

— Je l'ai tué il y a plus de cinquante ans, ici même, dans cette ville. »

Lil trouva le moment opportun pour allumer la cigarette dont elle s'était privée tantôt. Elle se cala contre l'oreiller, emmitouflée dans son peignoir, et tira une bouffée inégalable – la première de la journée.

« Bon. Et si vous me racontiez tout ça, avant de décider quoi que ce soit ? »

Lartagne se planta au pied du lit, caressa ses moustaches, pesa le pour et le contre, se jeta finalement à l'eau. Il souleva sa chemise, révélant les stigmates qui meurtrissaient sa poitrine.

« Hé, vous croyez que l'instant est bien choisi pour la bagatelle ? demanda Lil, exhalant un parfait cercle de fumée.

— Arrêtez vos pitreries. » Il désigna la couture de chair boursouflée qui reliait son téton au nombril : « Ceci est la signature du démon Mass'Erzelt Rhadan Cranvagh. Je veux juste que vous sachiez ce dont il est capable.

— Un démon, hein ? Je croyais qu'on n'en trouvait plus qu'au Rebut, de nos jours. Un truc qui date des Anciennes Batailles et toutes ces vieilleries barbantes…

— Vous ne pouvez pas vous en empêcher ? s'agaça

Lartagne, rajustant sa chemise dans son pantalon. Je suis extrêmement sérieux. Le confinement au Rebut est la sanction pour les vaincus des Anciennes Batailles, considérés depuis comme des démons. Ce dernier terme n'est qu'une facilité sémantique, pour désigner ceux qui ont choisi l'Infrasombre après la séparation d'avec la Couleur. En théorie, le Rebut est un territoire inviolable, un niveau de non-existence absolu, une géhenne à l'usage exclusif des créatures révoltées et déchues. »

Lartagne lança un regard un peu trop appuyé à la fey en insistant sur ces deux qualificatifs ; Lil se contenta de lui renvoyer une volute bleutée, soufflée entre des lèvres arrondies comme pour un baiser. Il reprit : « Il y a environ soixante ans de cela, une brèche s'est ouverte entre le Rebut et le Royaume. Mass'Erzelt s'y est faufilé, abandonnant sa prison véritable derrière lui.

— Sa prison véritable ? Je ne pige pas. »

Lartagne eut un soupir déchirant. « Qu'est-ce qu'Obrasian vous a appris ? Je croyais qu'il s'occupait de vous, ici.

— Oh, ça oui. Il me chouchoute vraiment. Mais pour ce qui est de m'affranchir… C'est plutôt le genre « moins tu en sais, mieux tu te portes », vous savez. Et puis, je vous rappelle que j'ai grandi dans une forêt, privée comme mes sœurs d'un accès à l'éducation. Pas ma faute si je suis ignorante des subtilités du Royaume. Adressez-vous au Conseil de sa majesté pour les réclamations.

— Vous savez ce qui est arrivé à la femme du Connoisseur Grübel ? »

La question parut déstabiliser la fey. Lil resta un moment sans tirer sur sa cigarette, laissant un centimètre de cendre voleter sur la couette.

« Elle a été tuée, fit-elle enfin. On n'a jamais retrouvé le meurtrier, mais je ne vois pas… Oh. Si. Vous voulez dire que c'est ce démon, ce Mass'Er-machin-chose, qui a fait le coup ?

— Le Rebut a recraché Mass'Erzelt dans la cave de

Grübel. Retourné comme un gant, la peau arrachée, fou de douleur. Le sortilège de bannissement avait eu un raté. Il est attaché à l'enveloppe extérieure ; la prison des vaincus, leur propre peau, vous saisissez ? Voilà la punition des démons concoctée par Obrasian et ses collègues : le Rebut est pour chacun d'eux un univers de souffrances personnelles, qui leur colle littéralement à la chair. Aucun répit, aucune fuite possible, un rappel constant de leur faute, inscrit directement dans l'épiderme. Ou, si vous préférez, un univers à la fois infini et strictement confiné à la surface de leur chair, transporté partout avec eux.

— Ça n'a pas empêché au moins une évasion. De quelle manière Mass'Er-truc a-t-il gagné la Surface ? »

Elle avait posé la question en redoutant d'entendre la réponse.

« Malgré la douleur, le démon a compris la chance qui lui était offerte. Ou peut-être a-t-il agi par instinct, peu importe. Si sa propre peau, contaminée par l'Infrasombre, l'avait vouée aux régions inférieures de Faërie, alors celle d'une créature innocente, baignée dans la Couleur depuis toujours, lui ouvrirait l'accès du monde des humains, tant que le sortilège serait valide.

— Quelle horreur…

— Je ne vous le fais pas dire. C'est moi qui ai découvert ce qui restait de l'épouse du Connoisseur, dans la chambre entièrement couverte de son sang. Il ne l'avait pas tuée avant de la dépouiller à mains nues. Il a pris soin de la laisser vivre pendant qu'il l'écorchait à coups de griffes. La pauvre s'est traînée hors du lit et a rampé sur le plancher jusqu'à sa coiffeuse, pour abréger ses souffrances en se plantant une paire de ciseaux dans le cœur. Elle n'a eu aucun mal à viser juste : elle pouvait le voir palpiter derrière sa cage thoracique… Parfois, le pouvoir de la Couleur peut être la pire des tortures ; sans lui, elle serait morte dans les premiers instants de son supplice.

— Et Grübel ? »

La décrépitude du Connoisseur lui apparaissait sous un

jour nouveau. Lil éprouva un soudain élan de compassion pour le bon géant qui se mourait à petit feu, rongé par le plus impitoyable acide, celui du souvenir des êtres chers à jamais disparus.

« J'ai demandé à mes hommes de le tenir à l'écart pendant que je dissimulais le corps dans les couvertures gorgées de sang, du mieux que je pouvais. Mais ils n'ont pas pu lui résister, tant la douleur avait décuplé ses forces, déjà considérables. Il a fait irruption dans la chambre et a vu l'absence de visage de sa femme, avant que je ne rabatte le drap sur son crâne apparent. C'est en apercevant le masque de détresse absolue qui a déformé les traits du Connoisseur que je me suis fait le serment de poursuivre le démon à la Surface et de l'éliminer.

— C'est là qu'Obrasian entre en jeu.

— Il connaissait le couple formé par le Connoisseur et son épouse, mais son amitié sincère avec Grübel a vraiment débuté à l'instant où il a vu le cadavre de Magra. Je pense que la culpabilité n'était pas le moindre sentiment à les avoir alors rapprochés. D'autant que le Connoisseur a commencé à dépérir, sans que le sorcier puisse rien y faire… Toujours est-il que nous avons convenu de la manière dont il fallait s'y prendre pour supprimer Mass'Erzelt Rhadan Cranvagh. Obrasian l'a d'abord facilement identifié, grâce à la dépouille abandonnée dans la cave du Connoisseur. Ce n'est pas n'importe quel démon. Parmi les milliers de bannis envoyés au Rebut, il a fallu que nous tombions sur l'un des plus dangereux. Mass'Erzelt était le maître d'armes du général du clan de l'Infrasombre, son fou de guerre, l'adversaire le plus redouté sur les champs des Anciennes Batailles par nos troupes – et par les siennes même, dans une moindre mesure. À lui seul, il a décimé plus d'une Compagnie de héros. J'ai compris, plus tard, pourquoi il était logique que ce fut lui, et pas un autre. »

Lartagne marqua une pause. Il effectua une nouvelle série d'assouplissements, déclenchant quelques craquements au niveau des genoux. Lil s'impatienta :

« Alors ? Pourquoi lui ?

— Vous êtes peut-être d'une parfaite ignorance pour ce qui concerne l'histoire du Royaume, mais je pense que vous avez entendu parler des événements qui ont secoué la Surface au milieu du siècle dernier.

— Vous pensez à quoi, au juste, l'émancipation féminine, la banalisation de la pilule, ou plus prosaïquement la Seconde Guerre Mondiale ? »

Lartagne prit un air affligé. Il choisit de ne pas suivre la fey sur le terrain de la provocation.

« La guerre, donc... L'équivalent de nos Anciennes Batailles, pour les pertes et la destruction engendrées. Deux catastrophes similaires dans leurs conséquences, et pour la charge émotive qu'elles ont provoquées. Pour les humains, une première malheureuse. Une expérience irréductible et incomparable avait eu lieu : Shoah. L'impact a été tel qu'une vague d'Infrasombre a déferlé sur l'Europe pendant que l'on exterminait mécaniquement tout un peuple. Obrasian est d'accord avec moi : ce raz-de-marée a joué le rôle d'un puissant attracteur pour notre démon. En quelque sorte, l'ampleur des exactions commises a suscité l'apparition en Surface de Mass'Erzelt, comme si les nazis avaient tracé un pentacle à l'échelle du continent et allumé partout les cheminées de leurs crématoires en guise de bougies incantatoires. D'ailleurs, Mass'Erzelt a sévi dans les camps, sous diverses apparences. J'en ai eu confirmation par la suite.

— Vous avez retrouvé sa trace à Paris à la fin de la guerre ?

— Oui. Après la libération des camps, il a une nouvelle fois changé de peau. Il a enfilé celle d'un ancien haut fonctionnaire de l'État français qui était parvenu à survivre jusque-là, pour son malheur. Il s'est débrouillé pour intégrer les hautes sphères des ministères. Il a même participé activement à l'épuration. Il s'est ainsi débarrassé de témoins gênants, qui avaient réchappé des expériences menées sur certains prisonniers. Les camps lui ont fourni une occasion unique de tester les limites du pouvoir rémanent du sortilège.

Durant les quelques mois qu'il a passés dans les laboratoires nazis, Mass'Erzelt a mis au point son effroyable technique de dépouillement, et expérimenté les usages inédits de la peau de ses victimes.

— Obrasian n'a pas pu lever le sortilège ? s'étonna Lil. Il aurait suffi ensuite d'isoler le démon en Surface, avant de le traquer et de l'abattre comme une bête féroce.

— Nous avons essayé, qu'est-ce que vous croyez ? » Le capitaine arrivait au bout de ses réserves de patience. Il prit une profonde inspiration et continua : « Il semblerait que la rupture créée par Shoah ait produit une sorte d'interférence avec la Surface. Depuis, la Couleur du Royaume et celle du monde des humains se sont dissociées. Résultat, impossible d'agir depuis le Royaume, comme nous en avions l'habitude depuis le début des temps.

— C'est pour ça qu'Obrasian a eu l'idée d'envoyer des agents à la Surface et de manipuler directement les sources de Couleur émanant de la psyché humaine ?

— Oui. Désormais, il n'était plus question de se contenter d'avatars, de doubles modelés par la Couleur et dirigés depuis le Royaume. Il faut payer de nos personnes, et accepter le prix fort : l'usure du temps. »

Lartagne se rendit compte qu'il avait gaffé, mais la fey ne sembla pas lui en vouloir. « Peut-être gagne-t-on en intensité ce qu'on perd en sécurité, fit-elle.

— Peut-être, oui. Toujours est-il que j'ai inauguré le système. Je suis parti à la recherche de Mass'Erzelt, avec un fragment de sa dépouille comme guide. En présence de son propriétaire, celui-ci se met à saigner. Le meilleur moyen de ne pas se tromper de cible et exécuter un innocent.

— Vous l'avez donc retrouvé à Paris. Et tué.

— Du moins, je le croyais. Je l'ai piégé à la Coupole, en 1947. Je me souviens encore de l'instant où j'ai planté ma lame dans sa gorge, de la lui avoir tranchée, à l'en décolleter. Vous auriez dû voir ça ! La panique dans le restaurant, les hurlements et les imprécations, les cris de détresse de ceux qui se faisaient piétiner par les fuyards... Tout s'est passé très vite. Sur le moment, je n'ai même pas senti qu'il m'avait fendu la poitrine avec son propre couteau, tant je débordais de haine. Nous nous battions au milieu d'un nuage d'étincelles et de flammes né de la friction entre Couleur et Infrasombre, nos vêtements flambaient, nos peaux roussissaient, mais nous continuions à nous étriper, inconscients de l'incendie qui commençait à se propager dans la salle. »

Lil tentait d'imaginer la scène. Elle dut reconnaître que le champion du Roi n'usurpait pas son titre. Affronter un démon à l'arme blanche, sans le secours de la magie, supposait une propension à l'hypertrophie des gonades, métaphoriquement parlant. Elle eut la vision du capitaine, recroquevillé dans la cabine de douche, aussi nu qu'à son premier jour ; elle avait bien été obligée de remarquer certains détails de son anatomie en lui passant ses vêtements, avant de le conduire jusqu'à la chambre. Autant le dire tout net : Lartagne correspondait à ses critères de sélection physiques, dès lors qu'il s'agissait de prendre du bon temps. Toutefois, au niveau des critères moraux, Lil supputait quelque caractère rédhibitoire – elle n'envisageait pas de s'envoyer en l'air avec un type uniquement mû par l'esprit de sacrifice, le sens de l'honneur et du devoir, le genre à lui faire la morale au lieu de tenter d'abuser d'elle.

« Comment ça s'est terminé ?

— J'ai perdu connaissance et je me suis réveillé à l'infirmerie de la Santé. La prison. Le ventre recousu tant bien que mal. Personne n'aurait parié un sou sur mes chances de m'en tirer, mais les humains ne pouvaient pas connaître mon talent de guérison, ce qui fait de moi un authentique champion. Bref, on m'a averti que j'étais officiellement devenu un assassin. J'ai ressenti un immense soulagement. Bien sûr, les enquêteurs avaient passé sous silence certains faits troublants, dont le moindre n'était pas que l'adjoint au directeur de cabinet du Préfet de Police savait jouer du couteau mieux qu'un véritable Apache. Dès que j'ai pu me tenir debout, on m'a emmené à l'institut médico-légal, pour reconnaître le corps de ma victime. La tête de Mass'Erzelt était rangée dans un tiroir à part. Je n'ai pas pu m'empêcher de sourire en la découvrant. Un des policiers qui m'accompagnaient m'a fait remarquer que j'aurais certainement droit au même traitement, après mon procès. Quelques heures plus tard, Obrasian m'ouvrait un passage retour vers le Royaume. Que je sache, l'administration pénitentiaire a ensuite rayé toute trace de mon bref séjour en cellule de ses archives. Pour ma part, je n'ai plus remis les pieds en Surface depuis. Jusqu'à la tentative d'assassinat du Dauphin. »

Lil s'empara du feuillet remis par le ravisseur – Mass'Erzelt Rhadan Cranvagh, puisqu'il fallait le nommer. Elle se racla la gorge et lut, traduisant à voix haute : « Père Lachaise, entrée rue de la Réunion, vingt heures ce dimanche. Toi et la fey seulement. Le Dauphin en échange de ma peau. Nous finirons peut-être ce que nous avons commencé à la Coupole. »

La signature du démon occupait toute la partie inférieure de la page, arabesque prétentieuse comme en portaient la plupart des documents émanant du Palais qui avaient pu passer entre les mains de Lil.

« Il nous laisse moins de trois jours. Vous comptez lui remettre ce qu'il demande ?

— Non. D'abord, parce que j'ignore ce qu'Obrasian a fait de la dépouille et que je ne compte pas le mettre au courant de l'enlèvement du Dauphin ; ensuite, parce que cette peau est l'unique monnaie d'échange qui semble avoir de la valeur aux yeux de Mass'Erzelt. J'en déduis donc qu'elle possède un pouvoir particulier, qui pourrait s'avérer une arme efficace contre lui. Si nous nous en séparons, autant nous ouvrir la gorge nous-mêmes.

— Très bien. Mais si le Roi apprend que vous jouez ainsi avec la vie de son fils…

— Et comment l'apprendrait-il ? Par la bouche de sa plus acharnée opposante ? De plus, le Dauphin ne risque rien tant que Mass'Erzelt n'a pas ce qu'il réclame. J'en suis persuadé.

— Vous n'en feriez pas une affaire personnelle, par hasard ?

— À votre avis ? Bien sûr que oui ! Écoutez, nous avons une chance, minime certes mais réelle, de prendre cette ordure réchappée du Rebut à son propre piège. Ne la laissons pas passer. Et ça me coûte de vous l'avouer, mais j'ai vraiment besoin de votre aide sur ce coup-là. Vous pratiquez la Surface depuis vingt ans, vous savez manipuler la Couleur.

— OK. Mais quand on me coupe la tête, moi, je meurs ! Couleur ou pas Couleur, compris ? Soyez raisonnable : votre démon est un trop gros morceau pour nous deux.

— Alors, vous allez me laisser choir.

— Je n'ai rien dit de tel, bon sang ! Mais je tiens à m'assurer le soutien de la cavalerie en cas de besoin. »

Ce disant, Lil se leva et quitta la chambre. Lartagne l'entendit farfouiller dans le salon. Elle revint une minute plus tard en brandissant un rectangle de carton jauni.

« Le téléphone du chef des tuniques bleues, lâcha-t-elle avec un clin d'œil. Dites, un détail me chiffonne dans votre plan : s'il est hors de question de lui remettre sa propre peau, laquelle va-t-on lui refourguer ?

— Ça, j'en fais mon affaire. Vous avez un bon couteau de boucher dans votre cuisine ? »

Intermède

Versailles, années 1980

Lil n'aurait pas cru remettre les pieds au Palais aussi tôt, même s'il ne s'agissait que de son avatar de Surface. Au moins, cette fois, était-elle libre de ses mouvements ; personne ne s'avisait de lui manifester colère ou réprobation – elle gardait le souvenir vif des quolibets et des injures lancés par les courtisans, quand on l'avait emmenée devant ses juges.

La statue équestre plantée au milieu de l'immense cour ne rendait pas vraiment justice au vieux Couleur, plus imposant et mieux bâti que son double humain le plus célèbre, à qui il avait même fourni son patronyme de Roi Soleil. C'était ainsi : l'incarnation en Surface atténuait sensiblement les qualités des modèles originaux du Royaume. Quelque chose à voir avec la qualité de l'air, peut-être.

Lil accéda au guichet après une courte attente. La saison touristique tirait à sa fin. La rentrée des classes avait éloigné les familles des lieux de villégiature estivaux. Lil elle-même allait devoir se soumettre aux exigences des cycles humains, soumis aux impératifs économiques plutôt que naturels. Obrasian Phulmis lui avait fourni les documents nécessaires à ce qu'il appelait son insertion. « Eut égard à votre jeune âge, avait péroré le lézard, ainsi qu'à votre relative ignorance, je vous ai inscrit dans une excellente université locale.

— Vous voulez que j'aille à l'école ? s'était-elle effarée.

— La meilleure de toutes. J'ai bien connu ce vieux Robert de Sorbon. Je peux vous dire qu'en son temps on ne faisait rien de mieux ! J'espère qu'aujourd'hui il en est toujours de même, malgré la chienlit d'il y a quelques années… Bref, vous allez apprendre avec les plus grands maîtres humains, ma petite. Accessoirement, cela vous procurera par la suite un emploi. Vous verrez que c'est assez utile, par ici. »

Elle allait suivre ses premiers cours dans deux semaines. D'ici là, il lui fallait accomplir la mission-test élaborée par le sorcier. Elle traversa les bâtiments au pas de charge, ignorant le faste tape-à-l'œil de la Galerie des Glaces, et se dirigea droit vers les jardins. Obrasian lui avait fourni un plan détaillé, qu'elle avait parfaitement mémorisé. Avec humour, il avait choisi comme lieu de rendez-vous le Bassin du Dragon, au bout de l'Allée d'eau, à l'écart de la grande perspective centrale qui coupait le parc en deux.

Arrivée là, Lil s'assura de l'absence de témoins. Puis, obéissant aux directives d'Obrasian, elle mobilisa ce qu'il fallait de Couleur pour ouvrir une brèche entre les mondes. Elle n'eut pas le temps de s'y engouffrer, même si l'envie l'en démangeait. Le sorcier fit son apparition, membre après membre, comme s'il s'extirpait des plis d'un rideau tiré devant lui. Un énorme bonhomme enveloppé dans un pardessus le suivit, puis le rideau se referma sur Faërie.

Lil salua d'un vague hochement de tête le Connoisseur Grübel. Elle avait parcouru le mince dossier remis par le sorcier, quelques jours plus tôt. Le géant était un maître en écriture, un érudit respecté dans tout le Royaume – il avait d'ailleurs établi les documents indispensables à la fey pour son séjour en Surface. La maladie le rongeait, sans que les apothicaires royaux ne parviennent à circonscrire son mal. Les médecins lui avaient tiré des bassines de sang, sans autre résultat que d'accroître sa méchante humeur.

« Ponctuelle, bravo, fit Obrasian. Maintenant, direction

Cochin. Vous avez étudié la géographie parisienne ?

— Ne vous en faites pas. J'ai passé plus d'heures au volant ces derniers jours qu'un chauffeur de taxi dans toute une vie. J'ai appris un nombre considérable de nouvelles injures.

— Je vois que vous avez pris le pli. C'est bien. »

Lil acquiesça. Ils rejoignirent la voiture, au rythme tranquille de l'obèse. Obrasian eut un froncement de sourcils en découvrant les autocollants écologistes qui émaillaient la vitre arrière de la Ford, mais s'abstint de tout commentaire.

Le Connoisseur ne desserra pas les lèvres de tout le trajet. Lil l'observa à la dérobée, dans le rétroviseur, tandis qu'ils remontaient les grands boulevards en direction de l'hôpital. Grübel portait un masque de souffrance indicible. Ses joues s'affaissaient en avalanche de chair flasque, sa lippe perpétuellement tordue en rictus de douleur. Surtout, les lacs insondables de son regard laissaient entrevoir les abysses où s'était noyée son âme. Lil n'aurait pas voulu se perdre dans ces eaux-là.

Elle arrêta la Ford en travers du trottoir, sous l'œil impavide d'un panneau d'interdiction de stationner.

« Attendez-nous ici. Arrangez-vous pour ne pas vous faire remarquer et éviter les contraventions. »

Obrasian et le géant s'éclipsèrent. Lil alluma l'autoradio. Sur Inter, Brassens jouait les pornographes du phonographe. Parfait. En un tournemain, le panneau bleu barré de rouge changea de forme et s'orna d'un P majuscule immaculé.

La fey tua le temps en zappant d'une station à l'autre, à la recherche des artistes les plus colorés. Elle parvint à capter quelques bribes de radios libres, sans que cela générât, hélas, plus que de maigres étincelles. Mauvais signe pour leur avenir…

Le sorcier fut de retour une heure plus tard. Seul. La mine sombre.

« Démarrez. On va aller manger un morceau.

— Et Grübel ?

— Ils le gardent pour examens complémentaires. On repassera le chercher dans l'après-midi.

— C'est sérieux ? »

Obrasian ne répondit pas. Lil préféra ne pas insister. Abandonnant la Ford, ils gagnèrent à pied une brasserie de l'avenue Denfert-Rochereau. Le sorcier rompit finalement le silence avant d'attaquer son entrecôte.

« J'ai parlé au toubib pendant que Grübel passait son scanner. C'est un appareil qui effectue une sorte de peinture de l'intérieur du corps, précisa-t-il comme Lil affichait une moue étonnée. Si le Connoisseur avait été humain, il serait déjà mort et enterré. Il pourrit littéralement, dévoré par une multiplication de cellules nécrosées. Cancer généralisé. Aucun de ses organes n'est épargné. Le toubib n'en revenait pas qu'il puisse encore tenir debout.

— Ils vont le soigner, avança Lil. C'est pour ça que vous l'avez amené ici.

— Hélas, ils ne font pas encore de miracles. Et puis, même s'il existait un traitement efficace, ça ne servirait à rien.

— Pourquoi ?

— Grübel ne veut pas guérir. Il n'a aucune raison de le faire. Et croyez-moi, rien ni personne ne peut obliger un géant à aller à l'encontre de sa volonté. »

Ils terminèrent leur repas sans rien dire. Puis, le sorcier alla récupérer Grübel. Le retour à Versailles s'effectua dans une morne ambiance. Au moment de franchir la brèche entre les mondes dans le sens inverse, le Connoisseur s'adressa à la fey pour la première fois.

« Tenez bon. Un exil n'est jamais définitif. Vivez et profitez des joies de la Surface.

— Merci… » fut tout ce qu'elle trouva à dire. Elle se sentit immédiatement idiote et gauche.

Grübel disparut dans les plis de la Couleur. Obrasian parla à son tour : « Je vous ferai savoir quand j'aurai à nouveau besoin de vos services. Tenez-vous à l'écoute de votre radio. Je suis content de la manière dont ça s'est passé. Vous vous êtes assagie. »

Lil opina. Pauvre crétin, ajouta-t-elle, *in petto*.

Une fois la brèche comblée, elle fit mine de revenir sur ses pas, et s'attarda dans les jardins du château. Elle jetait de fréquents coups d'œil par-dessus son épaule pour s'assurer que le sorcier ne la filait pas. Mais non, il avait bel et bien réintégré le Royaume.

Lil prit la direction du Grand Canal, tout au fond du parc, afin de mettre un bon kilomètre entre le Bassin du Dragon et elle. Elle quitta l'allée centrale pour s'enfoncer dans les fourrés, et déboucher sur le Bosquet des Dômes, à l'abri d'une trouée dans la végétation. Comme elle s'y attendait, l'endroit était désert. Son cœur battait la chamade. Elle se força au calme avant d'agir.

Pourvu que ça fonctionne…

Elle leva l'index, l'agita, comme si elle touillait un fond de sauce. Un premier lambeau de Couleur s'enroula docilement autour de son doigt. Elle accéléra le mouvement, maintenant excitée. Un deuxième, puis un troisième lambeau s'arrachèrent à la trame entre les mondes. Elle tira un coup sec sur la pelote de Couleur. Il y eut un craquement, comme un coup de tonnerre lointain, assourdi par la distance. Une déchirure apparut, guère plus large qu'une lézarde sur un mur en ruine, comme une porte entrebâillée sur Faërie. Cela suffirait. Inutile de donner l'alerte en triturant davantage la Couleur. Heureusement, elle n'avait pas le même gabarit que le Connoisseur !

Elle se faufila dans la fissure. Adieu, monsieur le presque-dragon, voilà ce qu'il en coûte d'accorder bêtement votre confiance à une fille des forêts et de la liberté…

De l'autre côté, il faisait nuit noire. L'odeur abominable la prit à la gorge avant même que ses yeux se fussent habitués à l'obscurité. Elle avait l'impression d'être tombée dans une fosse à purin, où se décomposeraient par surcroît quelques cadavres.

Elle faillit rendre son déjeuner. Elle voulut faire un pas,

se dégager de ce cloaque ténébreux, mais elle resta engluée dans une espèce de mélasse coulée du ciel, absent. C'en était trop. Elle poussa un cri. Celui-ci lui revint aussitôt, démultiplié par mille gueules hurlantes, qui se moquaient de sa pitoyable détresse. Puis quelque chose se mit *à ramper dans sa bouche demeurée entrouverte.*

Lil perdit complètement les pédales. Elle se débattit, mais ses membres pesaient une tonne chacun. Elle tenta de recracher l'horreur enfilée dans sa bouche, mais le souffle lui manqua. Les ombres se mouvaient autour d'elle, dans une danse obscène et lancinante. La nuit n'était pas faite uniquement de ténèbres. Et ce qui habitait la nuit commençait à forcer l'entrée de ses autres orifices naturels…

Un rai de lumière tomba soudain du ciel, telle la lame d'une guillotine. Le paysage se fendit comme un fruit mûr gorgé de sucres, suffisamment éclairé pour qu'elle distinguât les trognes des habitants de la nuit. Son esprit enregistra le décor en arrière-plan, une succession de longs bâtiments bas plantés de hautes cheminées crachant une cendre épaisse – l'odeur épouvantable émanait du nuage compact obstruant le ciel.

Une main griffue jaillit de la déchirure, l'empoigna par les cheveux, et l'attira de l'autre côté du cauchemar sans ménagements.

« Aïe ! »

Quel bonheur de pouvoir crier, sans rien pour obstruer sa gorge et avaler ses mots avant qu'elle ne les forme !

« Hé bien, que dites-vous de ça, ma petite ? Ce trop bref séjour au Rebut vous a-t-il plu ? demanda Obrasian Phulmis. Il avait recouvré son apparence reptilienne. Lil en conclut qu'elle se trouvait en Faërie.

— Lâchez-moi.

— Avec plaisir. Mais pas ici, en Surface. La prochaine fois que vous essaierez de me doubler, je jure que je prendrai mon temps avant de venir vous chercher dans ce cul de basse-fosse. À présent, dégagez. Je vous contacterai bientôt. »

Il y eut un nouvel éblouissement et Lil se retrouva, penaude, dans le Bosquet des Dômes.

Elle rentra chez elle et passa la soirée à se savonner la bouche, sans parvenir à en chasser la pestilence du démon qui y avait élu domicile un instant.

Chapitre VI

La caresse d'un gant de crin

Cette promotion, c'était vraiment le pied. Fabien avait l'impression d'avoir mis des milliers d'années-lumière entre la salle des artistes et lui. Il terminait sa troisième tasse de thé, un mélange divin qu'il soupçonnait directement importé de l'Empire du Soleil Levant – Marcus Kesner avait les moyens d'une pareille folie.

Avachi sur le futon, face à la page Word encore vierge qui blanchissait l'écran, Fabien se mit à réfléchir. *Faerie Hackers* allait certainement révolutionner l'univers du jeu vidéo, ne serait-ce qu'en raison de la réelle interactivité qu'il imposait au joueur. Mener une quête à son terme depuis le fond de son canapé en sirotant un Coke et en se gavant de friandises créait une distance qui contribuait finalement à désengager le fan du joystick, avec pour conséquence un désintérêt traduisible en termes économiques : autant visionner des vidéos à la chaîne !

Tandis que si le joueur était physiquement impliqué, s'il devait fournir les mêmes efforts que son avatar pixelisé, en quelque sorte transfuser sa propre adrénaline dans le corps virtuel du héros, il y avait fort à parier qu'il ne décrocherait pas de sitôt. Car c'était alors un peu de son existence qui animait l'écran. Plus simplement une projection de quelconques fantasmes sur le guerrier/barbare/espion/soldat qui expérimentait par procuration des péripéties interdites au quotidien. Mais une véritable incarnation.

Muscles, nerfs et la plupart des sens étaient stimulés à l'identique. Si, par surcroît, les personnages rencontrés s'avéraient tout aussi impliqués, Marcus Kesner allait décrocher le jackpot.

Fabien résuma du mieux qu'il put le fruit de ses réflexions, pas très à l'aise avec un média aussi archaïque que l'alphabet et les règles de la langue écrite.

Au moment d'envoyer le fichier en pièce jointe dans la boîte de Marcus, il se demanda si parmi les victimes de sa virée dans la cité médiévale figuraient d'authentiques joueurs. La réaction des arbalétriers, par exemple, avait différé de celle, archétypale, d'un personnage artificiel. Tout était allé très vite, mais Fabien avait cru deviner dans leurs expressions certaines émotions inhabituelles : la surprise passée, l'exaspération l'avait emporté chez le plus prompt à réagir, en conséquence de quoi il avait mal ajusté son tir ; le second avait paru paralysé par la frousse, et choqué de recevoir le corps du bretteur entre les bras.

Des réactions assurément humaines.

Et s'il s'était agi des fameuses « intelligences ludiques » mises au point par les cracks de la boîte ? Comment s'en assurer ? Le mieux était peut-être d'aller interroger ses voisins de box. Prétexte fallacieux pour satisfaire sa curiosité et nouer le contact avec ses pairs, Fabien en avait parfaitement conscience. Après tout, il était ici libre de ses mouvements, pas vrai ? Pas obligé de rester rivé à sa palette graphique ni de demander la permission pour aller pisser.

Il s'arracha à l'étreinte du futon, reposa le clavier jusque-là en équilibre sur ses genoux. Le pan de papier qui fermait le box coulissa dans un chuintement, révélant une partie du jardin japonais. Fabien décida d'aller taquiner les carpes, d'abord, manière de mettre à l'épreuve cette liberté d'action qu'il goûtait comme un nectar.

Pour rejoindre le bassin principal, il fallait enjamber l'arceau d'un petit pont et traverser un désert de sable d'environ cinquante mètres carrés. Puis, on longeait un sentier bordé par les frondaisons d'une forêt dont la plus éminente ramure parvenait tout juste au genou du chemineau hasardé dans les parages. Enfin, la courbe molle des berges du lac se laissait aborder. Fabien posa précautionneusement le bout des fesses sur la rotondité d'un rocher posté là en sentinelle, veillant à ne pas effrayer les poissons.

S'il ne levait pas trop haut le nez et limitait son champ de vision à la ligne d'horizon du micro paysage, il aurait pu se croire transporté au cœur d'une contrée de légende, quelque Lilliput dont il serait un des Gulliver privilégiés. Il resta un moment à contempler le ballet indolent des carpes, tels des lampions allumés dans les profondeurs, qui diffusaient les rouges, orangés et argents de leurs reflets à la surface. Dire que deux étages plus bas les « artistes » trimaient sur leurs planches !

Fabien éprouvait une secrète jubilation à l'idée du labeur imposé aux soutiers du bunker, à présent qu'il avait rejoint la passerelle de commandement. Une revanche prise sur la médiocrité qui lui était promise par sa naissance et sa formation.

Un gémissement interrompit le cours de ses pensées. Fabien releva la tête. Il se trouvait seul dans l'espace dégagé au centre du loft. Quelques boxes étaient éclairés de l'intérieur ; les contours des silhouettes du mobilier se découpaient avec netteté sur les pans de papier qui en barraient l'accès. Parfois, une silhouette humaine faisait une apparition, arpentait la pièce de long en large ou passait du fauteuil de bureau au futon, ou l'inverse. Fabien pensa à une représentation de théâtre minimaliste entraperçue sur la chaîne culturelle au hasard d'une séance de zapping célibataire – activité nocturne qui avait sa prédilection depuis son installation dans la capitale. Une étrange chorégraphie d'ombres muettes, dans un décor réduit à sa plus simple expression. Il tendit l'oreille. Rien ne troublait plus le silence intemporel du loft. Il avait peut-être rêvé, ou alors les carpes avaient-elles produit cette espèce de geignement en frottant leurs écailles contre le rebord du bassin…

« Han ! »

Cette fois, c'était plus net. Le ahanement provenait de l'autre côté du jardin. Sur l'autre rive du bassin, un empilement de rochers moussus évoquait une colline de ferraille cabossée et oxydée, du sommet de laquelle jaillissait un filet d'eau. Fabien hésitait encore à se lever pour contourner l'obstacle quand la porte du box situé au bout de la rangée coulissa avec brusquerie, manquant déloger son rail de guidage.

Le type qui émergea du box n'était assurément pas impressionnant, guère épais et pas bien haut. D'une démarche incertaine, il se dirigea vers la colonne d'ascenseur, à l'autre extrémité du loft. Les semelles de ses escarpins couinaient en rythme sur le plancher. Il avait crocheté l'index au col de sa chemise et tirait sur le tissu, comme s'il manquait d'air – ce qui semblait d'ailleurs être le cas.

Apercevant Fabien, il dévia sa trajectoire et contourna le jardin pour venir à sa rencontre, vacillant toujours.

« Excusez-moi, lâcha-t-il du bout des lèvres, en s'immobilisant à une dizaine de mètres. Je vous ai pris pour quelqu'un d'autre. »

Malgré l'éclairage parcimonieux, Fabien réalisa que l'homme était plus âgé que son apparence pouvait le laisser supposer à distance. Le cou se délitait en caroncules de peaux flasques, comme chez les vieillards amaigris par la maladie. Les avalanches de ridules qui dévalaient les tempes témoignaient d'une série d'interventions chirurgicales destinées à affermir un visage sinon destiné à subir les contrecoups du temps. Un reste de chevelure filasse coiffait un crâne en forme d'obus, étiré vers l'arrière. Fabien songea aussitôt à E.T. Il s'attendit presque à ce que le nouveau venu lève l'index au plafond pour demander le chemin de sa maison.

« Bonjour. Fabien Sorgue. C'est mon premier jour au troisième. Vous êtes sûr que tout va bien ?

— C'est une bonne place, monsieur Sorgue, éluda

l'homme aux multiples liftings, avant de franchir à son tour le demi-cercle du pont qui menait au désert.

— Un bon boulot, c'est vrai.

— Non, je parlais de l'endroit que vous avez choisi pour méditer. Ce rocher. »

Fabien se sentit rougir jusqu'aux oreilles. « Oh. Je suis venu là pour voir les poissons. J'espère que ce n'est pas interdit.

— Non. C'est même nécessaire.

— Nécessaire ?

— Ce jardin possède des vertus insoupçonnées. Vous vous en rendrez compte à l'usage. Il n'est pas qu'une simple fantaisie.

— Je crois comprendre. C'est un endroit relaxant, parfait pour réfléchir. Ou méditer. »

E.T. le rejoignit au bord du bassin. Il semblait avoir recouvré un peu d'aplomb, mais respirait toujours avec difficulté. Fabien craignit que ce dialogue impromptu n'ait aggravé sa crise d'asthme – ou quoi que ce fût.

« Merci de vous inquiéter pour ma santé, fit l'autre, comme s'il avait lu dans les pensées de son interlocuteur. C'est juste que j'ai l'impression d'étouffer dans ce foutu box, au bout d'un moment. Je dois être claustrophobe, je pense. J'ai besoin de prendre l'air de plus en plus souvent. Le jardin ne me suffit plus. Mais dehors, c'est souvent pire. Je ne suis nulle part à ma place, ici.

— Je suis désolé. »

Fabien était sincère. Le pauvre type lui faisait pitié, avec sa dégaine de vieux beau égaré dans un univers où performance et élégance rimaient avec jeunesse et insolence.

« Vous travaillez pour Marcus depuis longtemps ?

— J'ai l'impression de ne jamais avoir rien fait d'autre. »

Le vieux bonhomme ricana. « Je ne me suis pas présenté : Tselnek. Oui, Marcus et moi, c'est une vieille histoire, maintenant.

— Pas tant que ça. Quatre ans, tout au plus, fit remarquer Fabien.

— Près de mille cinq cents journées, si vous considérez les choses sous un angle différent, monsieur Sorgue. Un sacré bail, en la compagnie de Marcus Kesner. »

Fabien n'était pas certain de comprendre le sens de la remarque. Il préféra changer de terrain :

« Vous avez toujours travaillé dans l'informatique ?

— Si on veut. La spintronique, vous connaissez ? »

Fabien secoua la tête, largué. Tselnek parut sur le point de se lancer dans une captivante explication, mais il se ravisa au dernier moment. « Je dois vous laisser. Nous reprendrons cette conversation plus tard. »

Il tourna les talons, fit un pas et chancela. Fabien se releva d'un bond et le saisit par le coude avant qu'il s'affale. « Ça ne va pas ?

— Rien de grave. Aidez-moi s'il vous plaît à gagner l'ascenseur. Je me débrouillerai, ensuite. »

Fabien obtempéra. Tselnek ne pesait pas bien lourd. À croire qu'il était empli d'air, une baudruche de peau à forme humaine, qui aurait eu besoin de quelques rustines et d'une bonne pompe pour se regonfler.

Ils contournèrent le bassin, reprirent pied sur le parquet du loft, et s'approchèrent de la colonne de béton qui communiquait avec les étages inférieurs.

« C'est idiot, je crois que j'ai oublié ma carte, se lamenta Tselnek.

— Ce n'est rien. Je vais utiliser la mienne. »

Fabien inséra la carte remise par Kesner dans la fente idoine et appuya sur le bouton d'appel. Au même moment, la porte de l'ascenseur s'ouvrit en silence. Tselnek et l'infographiste sursautèrent. La cabine n'était pas vide.

Maser émit un grondement sourd en apercevant Tselnek. Celui-ci s'arracha à l'étreinte de Fabien. Il baissa les yeux et fit demi-tour. « Désolé, ce sera pour une autre fois. Heureux d'avoir fait votre connaissance, monsieur Sorgue. On se reverra.

— Attendez… »

Mais Tselnek s'éloignait en direction de son box,

l'échine courbée. Il semblait avoir pris mille ans en l'espace d'une seconde. Interloqué, Fabien se tourna vers Maser. Le colosse lui fit signe de le rejoindre dans la cabine.

« Vous avez quelque chose de prévu pour ce week-end ? J'aurais besoin d'un baby-sitter. »

***

« Attention de ne pas tacher le siège. C'est vraiment dégoûtant ! Je n'en reviens toujours pas. Comment a-t-on pu faire un truc pareil ?

— Nécessité fait loi » rétorqua Lartagne. Il cala le sac plastique contenant ses paquets entre ses pieds. Puis, il s'enferma dans un mutisme boudeur tandis que la fey engageait la voiture sur le périphérique, par la Porte de la Villette.

C'était un beau dimanche de la fin août. La circulation demeurait fluide pour un début d'après-midi. Le soleil plombait l'atmosphère, l'asphalte mollissait et collait à la gomme des pneus. Les glandes sudoripares tournaient à plein régime. Les vitres baissées faisaient circuler un souffle brûlant à l'intérieur du véhicule, comme si un cinglé avait braqué un sèche-cheveux sur le conducteur et l'occupant de la place du mort.

Le matin, Lil et Lartagne avaient eu une sévère engueulade au retour de leur expédition.

« Je ne vois pas où est le problème. Ce type était volontaire. On l'a payé assez cher. Et puis, ça repoussera.

— Vous n'êtes qu'un foutu sadique ! s'était emporté Lil. Je suis sûre que vous y avez pris du plaisir.

— Je ne vous ai pas obligée à me suivre. Il fallait vous contenter de m'ouvrir le passage et de m'attendre, si vous êtes si sensible.

— Ouais. Sans magie, ce pauvre idiot aurait drôlement dégusté, tout géant soit-il. Vous connaissez le sens du mot anesthésie ?

— Tss tss. Vous fréquentez la Surface depuis trop

longtemps. Croyez-moi, il y a encore quelques siècles, les humains ne faisaient pas autant de chichis au moindre bobo. Vous auriez dû voir à quoi ressemblait un hôpital de campagne sous le règne de Louis XIII. L'instrument le plus délicat qu'on pouvait y trouver servirait aujourd'hui à un honnête bûcheron pour débiter un pin.

— La ferme. Allez vous doucher, vous êtes couvert de sang. Et rendez-moi ce couteau. »

Ils avaient encore échangé quelques amabilités pendant qu'ils réglaient les derniers détails de la rencontre avec le démon. Ils venaient de passer deux journées plutôt éprouvantes, et l'humeur de la fey s'en ressentait.

Pourtant, Lil devait admettre que l'idée du capitaine n'était pas mauvaise. Ils s'étaient coulés en douce dans le Royaume le vendredi matin, depuis un coin de cambrousse isolé, pour ne pas alerter Obrasian. Celui-ci gardait un œil ouvert sur chaque point de contact habituel, en ville et au Palais. La méfiance du sorcier s'était certes atténuée depuis l'unique tentative d'évasion de la fey, mais pas au point de la laisser aller et venir à sa guise ; Toutefois, Lil jouissait désormais d'une plus grande liberté d'action. Elle pouvait s'autoriser de courts séjours dans le Royaume sans passer par la case Rebut, à condition de se montrer discrète et de trouver des lieux de transition peu fréquentés. Elle s'était souvenue du grand chêne solitaire qui lui avait déjà rendu service au début de la semaine, quand le moteur de la Ford avait failli rendre l'âme.

Ils avaient gagné la demeure du capitaine sans se faire remarquer, dissimulés sous les pèlerines conservées par la fey dans sa garde-robe pour ce genre d'occasions. Lartagne avait rassemblé toute sa fortune, les économies d'une solde de capitaine de la garde royale ; pas grand-chose à la vérité, mais Couleur n'était pas réputé pour sa prodigalité. Il avait également mis la main sur un petit coffret de bois ouvragé, dont il n'avait pas révélé le contenu. Puis, ils avaient perdu de précieuses heures à errer dans les bas-quartiers, de tavernes en bouges infâmes, jusqu'à trouver le client idéal, tard dans la soirée.

Le géant appartenait à cette espèce d'aventuriers pas très regardants sur la nature des services qu'on leur proposait d'accomplir, pourvu que la rétribution s'avérât inversement proportionnelle au niveau de leurs exigences morales. Autrement dit, une brute dénuée de scrupules. Surtout, son gabarit correspondait aux intentions du capitaine. Lorsqu'il les lui eût révélées, le géant crut à une blague stupide et se mit en colère. Lil pondéra ses ardeurs en lançant un sort mineur d'échauffement sur un endroit particulier de son anatomie intime. Le géant comprit que ces deux-là ne plaisantaient pas quand il se mit à se tortiller sur son tabouret.

Le marchandage s'éternisa une partie de la nuit. Lartagne fut délesté de l'essentiel de ses économies, ce dont Lil se réjouit. Le lendemain, après quelques heures de mauvais sommeil dans un grabat qui coûta au capitaine le reste de sa fortune, ils procédèrent à l'écorchage du géant dans une clairière à l'écart des chemins forestiers.

Lil façonna une bulle de Couleur parfaitement insonorisée et Lartagne joua du couteau. Une fois l'opération achevée, la bulle se résorba en une pellicule gélatineuse qui enveloppa la plaie unique qu'était devenu le géant, agissant à la manière d'un baume analgésique.

***

« Au fait, fit Lartagne comme la Ford s'engageait avenue Gambetta après être sortie du périphérique Porte des Lilas, qu'est-ce qui vous empêche de laisser tomber Phulmis ? Il y a encore assez de Couleur dans le coin pour vous permettre de lui fausser compagnie et regagner votre forêt. »

Lil soupira. « Si c'était aussi simple, je me serais carapatée depuis longtemps. J'ai essayé, au début. Mais ce vieux lézard a pris ses précautions. Si je me montre trop près du Palais ou si j'essaie de rejoindre mes sœurs, je gagne un aller simple pour le Rebut. »

Elle raconta sa piteuse tentative d'évasion, vingt ans plus tôt.

« Oh », commenta sobrement Lartagne. Il jugea inutile d'insister. Il avait épuisé sa réserve de gaffes. La fey avait eu son compte d'émotions et les heures qui allaient suivre n'en seraient certainement pas avares, elles non plus.

Ils abordaient le rond-point de la place Gambetta. « On est tout près du cimetière, fit Lil. Je vais me garer dans le coin, on finira à pied.

— Pas évident de trouver une place.

— Vous dîtes ? »

Rue Landrin, un emplacement libre leur faisait de l'œil, idéalement situé. Le capitaine aurait pu jurer qu'une seconde plus tôt, il aurait été impossible de seulement glisser la main entre les pare-chocs des voitures alignées le long du trottoir. « Hmm. Je comprends pourquoi Mass'Erzlet nous a donné rendez-vous dans le coin. Pas mal de Couleur, hein ?

— Pas mal, ouais. Mais pas mal d'Infrasombre, aussi.

— Vous arrivez à faire la différence ? Pour moi, ce n'est pas très net. Je ne suis pas aussi sensible que vous.

— Dans les cas embrouillés, comme ici, ma peau fait la différence. La Couleur fait l'effet d'une caresse sur les zones les plus sensibles du corps. »

Lartagne se retint *in extremis* de lui demander où celles-ci se situaient. Elle aurait été capable de le lui montrer. « Et l'Infrasombre ?

— La même chose. Sauf que la caresse s'effectue au gant de crin. »

À question idiote…

Au terme d'un créneau impeccable, Lil coupa le contact. « Bon, allons-y. » Elle désigna le sac entre les genoux du capitaine. « Ce machin me met mal à l'aise. Vous êtes sûr de votre coup ?

— Vous êtes sûre de l'efficacité de votre magie ? »

Lil n'argumenta pas. Elle sortit la première et commença de remonter la rue Landrin en direction de la rue des

Rondeaux, qui longeait le côté ouest du cimetière. Lartagne la suivit à distance, son sac brimbalant à bout de bras. Au fond se trouvait le coffret. La peau du géant était quant à elle emballée dans du papier journal. Le paquet informe ainsi constitué emplissait une poche de congélation, roulée sur le coffret. Le capitaine campait un parfait *homo urbanis* de retour de chasse vers la caverne où l'attendait sa tribu.

L'entrée située au bout de l'avenue du Père Lachaise n'était pas la plus fréquentée par les touristes, qui débarquaient ordinairement du métro au niveau de Ménilmontant, sur le côté opposé du drôle de quadrilatère formé par le parc mortuaire.

Lil pénétra dans le cimetière sans croiser personne. Elle avait pris la précaution de chausser ses lunettes de soleil et ne le regretta pas. Les premières divisions n'étaient pas les plus colorées, mais les suivantes resplendissaient de manière difficilement soutenable. Il y avait là, parmi les anonymes, des défunts dont le souvenir s'était au fil des ans chargé des affects d'une kyrielle d'admirateurs et dont l'aura avait gagné en intensité depuis le jour de leur mise en terre. Chaque division prenait ainsi l'aspect d'un incroyable kaléidoscope déclinant les teintes de l'arc-en-ciel, pour qui savait voir au-delà des apparences monocordes du gris et du noir de la pierre tombale. Mais le Père Lachaise n'était pas qu'un champ débordant de Couleur. D'autres trépassés et leurs monuments funéraires irradiaient des fumerolles d'Infrasombre, tels autant de volcans mauvais sur le point d'exploser d'une colère trop longtemps refoulée.

La torture du gant de crin et les caresses de mille mains douces…

Lil acheta un plan du cimetière à l'accueil. Elle prit le temps de le consulter. Le lieu de rendez-vous fixé par le démon se trouvait quelques centaines de mètres sur sa gauche, à l'extrémité de l'avenue transversale n°2.

Quand elle lut les noms des gisants dans ce secteur, Lil comprit ce qui avait motivé ce choix. La plupart des Maréchaux d'Empire étaient postés sur l'éminence qui surplombait la muraille ouest, guettant les visiteurs qui arrivaient par l'entrée rue de la Réunion. Un peu plus haut, à l'angle formé avec le côté nord, le Mur des Fédérés, de sinistre réputation… C'est là qu'en 1871, après l'échec de la Commune, les derniers révoltés avaient été massacrés, passés par les armes des Versaillais, garants de la continuité républicaine. Ici qu'étaient en quelque sorte enterrées les illusions d'égalité et de fraternité entre les hommes, avec Paul Lafargue et son épouse, Jenny Marx – fille de Karl, Jean-Baptiste Clément, l'auteur du *Temps des Cerises*, ou encore Eugène Pottier, celui de l'*Internationale*, hymnes aujourd'hui encore des utopistes et doux rêveurs.

Lil suivit l'avenue de la Nouvelle Entrée en direction du colombarium. Sur sa droite, la division 85 luisait d'un éclat azuréen. Un coup d'œil au plan apprit à la fey que Marcel Proust reposait là. Elle continua d'avancer. Lartagne la rejoignit à hauteur de la division 86, pailletée de jaune d'or, celle-là ; Apollinaire devait y être pour beaucoup.

« C'est un endroit puissant, fit Lil. Plus que je ne l'imaginais. J'espère que nous ne nous sommes pas trompés.

— De toute façon, il est trop tard pour changer d'avis. Je n'ai pas de plan de rechange. »

Ils avaient encore plus de cinq heures devant eux, avant le rendez-vous fixé par Mass'Erzelt. Ils les mirent à profit en explorant le cimetière, s'imprégnant de sa géographie plus complexe qu'il n'y paraissait de prime abord. Surtout, la partie centrale, avec ses rondes-bosses et ses allées sinueuses, le chaos de ses sépultures plusieurs fois centenaires, la plupart mangées par une végétation parasite. Ils repérèrent les habitudes insolites de certains visiteurs : les roses déposées dans l'enceinte grillagée du tombeau d'Héloïse et Abélard par les couples d'amoureux – il semblait curieusement que le supplice subi par Abélard n'indisposât pas les jeunes hommes venus témoigner leur ferveur virile ; les baisers parsemant la frise du monolithe à l'effigie de Sphinx qui pesait sur le squelette d'Oscar Wilde ; les joints allumés par la troupe de néo-babas qui campait littéralement autour de la modeste stèle de Jim Morrison, sous l'œil indifférent d'une fliquette qui avait dû en voir d'autres, …

Chaque avenue, chaque chemin, chaque division recelait son lot de découvertes. Partout, Couleur et Infrasombre se partageaient le terrain. Lil avait tenté de rendre compte de cette cohabitation le plus fidèlement possible : son plan s'ornait de vastes zones hachurées de rouge et noir, délimitant respectivement les aires d'influence de la Couleur et de l'Infrasombre. Elle n'était pas étonnée de constater que l'angle Nord-Ouest avait considérablement noirci. Les monuments élevés aux victimes de la Seconde Guerre Mondiale et de la déportation y contribuaient pour beaucoup. La présence d'Éluard et de quelques résistants moins célèbres n'y changeait pas grand-chose. Le public ne s'y intéressait guère, privilégiant les grandes figures romantiques et artistiques aux héros véritables. La Couleur du souvenir se ternissait à mesure que les témoignages de gratitude des vivants se faisaient plus rares.

L'après-midi tirait à sa fin quand ils mirent un terme à leur exploration. Ils sortirent par l'entrée principale, traversèrent le boulevard de Ménilmontant et s'engouffrèrent dans la brasserie qui faisait face à la bouche de métro, à hauteur de la place Métivier.

Lil étala son plan sur la table, une fois que le serveur eût déposé sandwiches et cafés devant eux. « Alors ? interrogea Lartagne.

— Les cercles rouges indiquent les sources de Couleur les plus vives. Vous remarquez qu'il n'y en a pas là où nous devons rencontrer le démon. Conclusion : s'il avait voulu nous attirer dans un traquenard, il ne s'y serait pas pris autrement.

— Ce qui confirme nos soupçons.

— Je ne pourrai pas utiliser la magie dans toute cette partie du cimetière. Il faudra se débrouiller pour attirer Mass'Erzelt vers d'autres sections, plus au Sud. Là, nous avons une chance, mince mais réelle. Essayez de mémoriser les endroits où la Couleur afflue. Il ne s'agira pas de vous perdre dans une pelote d'Infrasombre, parce qu'alors le pouvoir du démon sera tel qu'il vous grillera sur place en levant le petit doigt !

— Je vous remercie de votre confiance. Comment être certain qu'il me suivra ?

— C'est mon affaire. Vous, occupez-vous de terminer le boulot commencé à la Coupole.

— Et le Dauphin ?

— La cavalerie s'en chargera. D'ailleurs, la voilà, toujours à l'heure… »

Un fourgon hors d'âge venait de stopper sur la voie réservée aux bus, devant la brasserie. Un petit homme replet en bleu de travail sauta du siège conducteur et accrocha une pancarte EN LIVRAISON à la poignée de la portière. Puis, le nain à l'abondante pilosité carotte se dirigea d'un pas tranquille vers les consommateurs attablés en terrasse.

« Formidable, fit Lartagne. Tout à fait ce qu'il nous fallait.

— Vous avez mieux à proposer ? Je ne porte pas particulièrement Maître Biborg dans mon cœur, mais il faut lui reconnaître deux qualités : son absolue vénalité et son absence totale de loyauté envers le Palais. On peut compter sur sa discrétion, il n'ira pas moucharder auprès du Roi ou d'Obrasian. Du moins, si nous parvenons à négocier son aide.

— Qu'est-ce que vous lui avez promis ? s'inquiéta le capitaine, comme Biborg se frayait un passage dans la salle prise d'assaut par les touristes, maintenant qu'approchait l'heure du dîner.

— Je ne possède rien qui puisse l'intéresser. Vous, par contre… Salut, Biborg ! Installe-toi. »

***

Le Père Lachaise fermait ses portes à 18 heures précises. Une heure plus tard, un Tube Citroën s'engouffra rue du Repos et s'arrêta à quelques mètres de l'entrée de la Conservation. Convaincre le verrou de s'entrouvrir pour laisser le passage au trio insolite descendu du fourgon s'avéra une simple formalité. De même, détourner l'attention des employés affectés à la surveillance du cimetière. Un peu de Couleur empruntée à l'amour fidèlement entretenu par des générations d'admirateurs d'Héloïse et Abélard suffit.

Le trio emprunta les allées extérieures, toutes en circonvolution, pour approcher les environs de l'entrée Rue de la Réunion. À main gauche, la butte arborée qui constituait l'essentiel du parc étirait jusqu'aux cieux son capharnaüm de monuments funéraires ; à main droite, le mur d'enceinte ne laissait entrevoir que les toits du côté de Bagnolet.

Le frottement du gant de crin mettait les nerfs de la fey à rude épreuve, à mesure qu'ils s'enfonçaient dans le territoire de l'Infrasombre. Lil luttait contre l'envie furieuse de se gratter. Elle dut faire un effort pour ne pas penser à l'espèce de glu urticante qui empoissait sa peau et ses vêtements, s'attaquait à sa nature intime comme un acide corrompt la pureté d'un métal. Elle se demanda si la Couleur procurait les mêmes sensations aux démons, ou si, au contraire, elle leur faisait l'effet d'un bain délassant, une sorte de thalasso de l'âme, et si cela ne s'avérait finalement pas plus insupportable pour eux.

« On y est », fit Lartagne, coupant court à ses élucubrations. Ils surplombaient la volée de marches qui descendaient jusqu'à l'entrée, grillée et barricadée. Dans leurs dos, la perspective de l'Avenue Transversale n°2 montait à l'assaut de la butte.

Ici, l'agencement des divisions recouvrait la rigueur géométrique qui faisait tant défaut au reste du cimetière. Biborg se dissimula derrière la stèle d'un inconnu fortuné, une œuvre ostentatoire et ridicule, où l'inspiration d'un artiste de la Belle Époque avait mêlé angelots, bouquets de roses, et extravagances orientalisantes. Lil et Lartagne s'assirent en haut des marches. Il était 19 heures 30 passées.

« Il n'y a plus qu'à attendre. J'espère que Mass'Erzelt a le sens de la ponctualité. Vous allez me montrer ce qu'il y a dans ce foutu coffret, maintenant ?

— Si vous y tenez. »

Le capitaine fouilla dans son sac et en extirpa l'objet. De la taille d'une boîte à chaussures, il était confectionné dans un bois rouge sombre. Les armoiries de la famille Lartagne ainsi que sa devise ornaient le couvercle. On distinguait la lame d'une épée et une espèce de masse d'arme, entrelacées dans un écusson frappé d'une croix et d'une plume. La devise, dans une version déjà datée de l'idiome du Royaume, pouvait se traduire ainsi : *Un seul défendra les autres, les autres défendront celui-là.*

« Marrant, ça me rappelle quelque chose », dit Lil.

Lartagne soupira. « Vous le faites exprès, ou quoi ? Je croyais que vous étiez professeur de littérature, ici. Ou alors, l'œuvre de mon vieux camarade Dumas a déjà été oubliée ?

— Oh. Lartagne… Mais c'est bien sûr ! Je n'avais pas fait le rapprochement. Alors, c'est vous qui avez créé l'avatar D'Artagnan. Bravo, bel exploit. Il est plutôt rare que nous laissions de telles traces dans la mémoire collective des humains, sauf à jouer les divinités, et encore.

— En fait, je n'y suis pas pour grand-chose. Je me suis battu sous Louis XIII, j'ai écrit mes mémoires, et voilà. Ensuite, c'est Alexandre Dumas qui a fait tout le boulot. Je me suis contenté de lui souffler quelques anecdotes, par le biais de son nègre, Auguste Maquet. Il est ici, d'ailleurs, de l'autre côté du cimetière, dans un coin drôlement coloré, d'après votre plan.

— Ouais. *Un pour tous, tous pour un*, ça en jette plus que votre truc, aussi. »

Lartagne ignora le sarcasme. Introduisant une petite clé tirée de sa poche dans la serrure, il ouvrit le couvercle du coffret. Lil sentit le gant de crin lui érafler les joues. « Woah, plutôt costaud, cette pelure…

— Cette pelure, comme vous dîtes, est un fragment de l'authentique dépouille de Mass'Erzelt. Celui que j'ai déjà utilisé, après-guerre. Considérez-le comme un appât, et un signal d'alarme. Dès qu'il se mettra à saigner, tenez-vous prête. Le démon ne sera plus très loin. »

Lil opina. Elle le regarda déballer précautionneusement le morceau d'épiderme rabougri. À l'intérieur, Lartagne avait empaqueté un poignard. Il s'en empara, effectua quelques mouvements rapides du poignet, comme s'il avait voulu découper l'Infrasombre ambiant en tranches.

« C'est l'arme avec laquelle vous vous êtes battu à la Coupole ?

— Mmm. Une lame coulée dans un alliage spécial par un Maître nécromant, un vétéran des Anciennes Batailles, sous la direction d'Obrasian. Rien d'autre ne peut entailler le cuir d'un démon, l'atteindre là où ça fait vraiment mal.

— Les parties ? Les démons ont d'énormes…

— Je suis sérieux. Pourquoi croyez-vous que Mass'Erzlet tient à ce point à récupérer sa peau, qu'il est prêt à l'échanger contre le Dauphin ?

— Je donne ma langue au démon.

— Grmph. Je vous ai expliqué la nature du sort qui lie les démons au Rebut, le rôle joué par leur peau. Écorchés, ils ne sont pas complètement délivrés. Une part d'eux-mêmes, la plus noire, la plus… infrasombre, si vous voulez, demeure prisonnière des régions inférieures. S'en prendre à leur seule enveloppe charnelle, en Surface, ne sert à rien. Il faut frapper aussi cette part sombre. Aucune arme conventionnelle n'en est capable. Celle-ci, oui. »

Lartagne brandit le poignard, étincelant sous les feux du soleil déclinant, dans leur dos.

« Pour que ça fonctionne, il faut que la lame soit en contact permanent avec sa cible. Ainsi, chaque coup porté en Surface à la carcasse de Mass'Erzelt le sera en même temps à sa part sombre du Rebut. »

La grille qui barrait l'entrée du cimetière fut soudain arrachée de ses gonds et propulsée jusqu'à mi-hauteur de l'escalier, où elle s'abattit dans un fracas de tous les diables, propre à réveiller les morts, si cela avait été possible.

Il était près de 20 heures. Mass'Erzelt avait la politesse des rois, et même un peu plus – il était en avance.

Intermède

Genève, début des années 1990

On frappa à la porte. Marcus consulta sa montre. Bientôt trois heures… Sans doute un voisin de retour de virée qui s'amusait à perturber le sommeil des autres étudiants. Auquel cas il en serait pour ses frais ; même s'il n'avait pas l'intention de se lever pour aller ouvrir, Marcus ne dormait pas. Il ne dormait plus vraiment depuis plusieurs semaines, d'ailleurs. Ses nuits n'étaient plus que de longues périodes de vie passée au ralenti, à contempler le plafond de sa chambre, entrecoupées de périodes de somnolences qui, loin de procurer le repos nécessaire, accentuaient sa nervosité et creusaient les cernes sous ses yeux.

Les coups redoublèrent. Cette fois, le panneau de la porte trembla sur ses gonds. « Fais chier… » marmonna Marcus. Néanmoins, il fit l'effort de se redresser sur son lit. Un instant, il craignit que le concierge de la cité universitaire ne vienne lui demander de rassembler ses affaires et de débarrasser le plancher. Il ne payait plus le loyer, pourtant modeste, depuis deux mois. Depuis, très exactement, que son manque d'assiduité en cours l'avait fait recaler aux examens du premier semestre et que son père lui avait coupé les vivres en représailles. Mais non, ce n'était pas possible. On ne délogeait pas les étudiants fauchés en plein milieu de la nuit !

« Qu'est-ce que c'est ?

— Ouvre, Marcus. »

Il ne reconnut pas la voix. Il était certain de ne jamais l'avoir entendue. Si ç'avait été le cas, il ne l'aurait pas oubliée ! Pas une voix pareille, qui s'adressait aux tripes autant qu'au cerveau.

Marcus traîna les pieds jusqu'à la porte. Il n'était pas inquiet, pas même troublé, juste exaspéré qu'on le dérange dans un de ces rares moments où les emmerdements semblaient avoir reflué avec le jour de l'autre côté de l'horizon.

« Qui est là ? Qu'est-ce que vous voulez ?

— Je veux qu'on parle tous les deux, Marcus.

— Nom de Dieu… Vous vous foutez de moi ? Si vous êtes en veine de conversation à une heure pareille, il y a des numéros de téléphone spécialisés. »

Le silence retomba quelques instants sur le bloc de la cité U. Marcus eut une soudaine bouffée de chaleur, en dépit de la température assez basse qui régnait dans la chambre. Le chauffage collectif tournait à l'économie. Dehors, l'hiver genevois avait pris ses aises.

Marcus sentit ses jambes flageoler et se demanda s'il n'allait pas tourner de l'œil avant d'atteindre son lit. Au lieu de le paniquer, cette perspective lui arracha un maigre sourire : une coupure même forcée avec la réalité le requinquerait plus certainement qu'une suite de nuit bâclées.

« Je pourrais forcer ta porte, Marcus, reprit la voix, mais cela ne servirait à rien. Il faut que tu m'ouvres de ta propre volonté. Je suis venu parce que je sais quelles idées te traversent l'esprit.

— Vous êtes dingue. Si c'est une blague…

— Ouvre, et tu le sauras. »

Cette fois, l'exaspération le cédait au malaise. Il avait bien besoin de ça ! Un cinglé qui le tarabustait à trois heures du matin, un étudiant à l'humour douteux, qui s'amusait de son infortune… S'il ouvrait, on lui enverrait un seau d'eau à la figure, ou pire. Le genre de gag débile qui faisait la joie des potaches, jusque dans les institutions les plus sérieuses – et l'Institut de Formation aux

Techniques Commerciales de Genève l'était on ne peut plus !

« Va te faire foutre !

— Ne me repousse pas, Marcus. Je suis venu t'offrir ce dont tu rêves. Retourne-toi et regarde le visage de l'homme sur la photo punaisée au-dessus de ton bureau. »

Marcus se mit à respirer plus fort, plus vite. Il ne fit pas un geste. Il connaissait dans ses moindres détails la couverture du magazine *Fortunes* à laquelle son visiteur faisait allusion, à force d'heures passées à contempler le sourire crispé de Bill Gates en s'imaginant à la place du boss de Microsoft.

« Comment savez-vous que… Vous êtes venu ici ? Bordel, je vais appeler quelqu'un et… »

Il s'interrompit. Il n'appellerait personne. L'autre se foutait de sa gueule. La moitié des étudiants de l'IFTC préféraient se branler sur une photo de Bill Gates plutôt que de Pamela Anderson !

« Je t'offre une réussite à la mesure de la sienne. Après tout, la recette est connue : il suffit de copier celle des autres, ou de se l'approprier. Pour cela, deux conditions suffisent : être dénué de scrupules et posséder les fonds nécessaires pour se lancer. Tu remplis la première, moi la seconde. »

Marcus décida de jouer le jeu de l'importun. « C'est le cas de la plupart des autres étudiants, monsieur… ?

— Peu importe mon nom pour le moment. Tu as raison. Mais les autres ne sont pas prêts à consentir au sacrifice que je vais exiger de toi.

— Ça ne m'amuse plus.

— Je ne joue pas. Je sais que tu caches un tube de somnifères et une plaquette de tranquillisants dans ta table de nuit, parce que tu n'auras pas le courage d'utiliser une lame de rasoir. »

Le sang de Marcus se figea dans ses veines. Personne ne pouvait être au courant. Il avait caché ses intentions aux rares camarades d'amphi qui lui adressaient la parole.

Quant à sa famille, elle n'était plus qu'un vague souvenir, une signature illisible au bas du chèque mensuel qui n'arrivait plus.

« Tu crains la douleur mais tu ne supportes plus de vivre dans les conditions qui sont les tiennes, condamné à l'échec, la misère. Accepte mon aide, laisse-moi te guider à la rencontre du nouveau Marcus Kesner.

— Comment comptez-vous vous y prendre ? »

Il avait parlé d'une voix blanche, avec l'impression de flotter à mille lieues de cette chambre d'étudiant sans attraits, comme s'il avait déjà mis son projet à exécution et que son corps gisait en travers du lit, enfin reposé.

Le visiteur expliqua dans le détail ce qu'il allait faire si Marcus consentait à le laisser entrer. Dehors, il s'était mis à neiger. Tout le bloc semblait avoir retenu sa respiration – on n'entendait même plus les ronflements des voisins.

Marcus resta longtemps à pleurer en silence, planté sur le seuil de sa chambre. Finalement, il ouvrit la porte d'une main tremblante.

CHAPITRE VI

ALL YOU NEED IS LOVE

La pierre tombale se fendit dans un grincement et explosa au passage de Lartagne. La déflagration créa une zone de turbulence dans l'accumulation d'Infrasombre qui pesait sur cette partie du cimetière. Le décor parut vaciller, se résorber, avant de recouvrer sa stabilité, un peu à la manière d'un bloc de gelée secoué en plein soleil. Une averse de fragments égratigna les tempes du capitaine. Un morceau plus lourd que les autres lui entama le cuir chevelu. Un sang frais empoissa les boucles de sa chevelure, avant de ruisseler sur son front et lui brouiller la vue. Néanmoins, il parvint à distinguer la silhouette qui s'extirpait de l'excavation révélée par l'éclatement du sépulcre. De forme vaguement humaine, elle évoquait un modelage enfantin réalisé dans la glèbe des ténèbres enveloppant le séjour des morts.

« Merde ! »

Lartagne fit un bond de côté pour éviter d'être assailli par le nouveau venu. L'âme tourmentée aperçut le capitaine et poussa une parodie de hurlement, long et lugubre raclement de crécelle qui se résolut en toux catarrhale. Lartagne essuya le sang devant ses yeux et reprit sa course.

Mass'Erzelt avait profité de l'incident pour prendre une vingtaine de mètres d'avance. Il remontait l'Avenue Transversale n°2, veillant à conserver une distance respectable avec son poursuivant. Dans le sillage du démon, les sépultures craquaient et s'ouvraient tels des fruits trop mûrs, vomissant en guise de suc une collection de spectres façonnés dans l'Infrasombre. Lartagne gardait un œil sur les créatures geignardes tout juste sorties de terre – nul doute qu'un ressortissant du Royaume devait constituer un mets appétissant pour une âme privée de Couleur depuis des décennies – et l'autre sur Mass'Erzelt.

Le démon obliqua dans une allée perpendiculaire, en direction du colombarium. Lartagne coupa à travers la division qui le séparait de sa cible, escaladant stèles et mausolées. Il échappa ainsi momentanément à ses poursuivants, empêtrés dans une mélasse d'Infrasombre dont ils parvenaient difficilement à s'extraire. Si certains portaient des noms illustres – ainsi Murat, Lefèvre ou Masséna –, Lartagne ne s'en émouvait guère, davantage préoccupé d'éviter de se prendre aux branches des croix dressées sur son chemin. L'une d'elles pivota sur son axe pour lui barrer la route. Il l'évita de justesse en faisant un écart, à la manière d'un torero, et manqua s'étaler sur le tombeau d'un inconnu.

« Merde ! », répéta-t-il. Le temps de retrouver l'équilibre, le démon avait disparu. Debout sur le plateau de marbre noir qui faisait un ciel d'encre au gisant enterré quelques pieds plus bas, Lartagne scruta les alentours.

Rien ne bougeait plus dans l'alignement des monuments qui bordaient l'Avenue Transversale. Les bâtiments du colombarium arrêtaient le regard cinquante mètres plus loin, allongeant leur ombre étirée par le soleil couchant sur le village de pierre qui élevait ses clochetons et ses tours à la mémoire des disparus. Par endroits, l'obscurité s'épaississait, comme si la nuit était tombée à l'avance sur certaines zones parfaitement délimitées du cimetière. Là, dans un frémissement de particules invisibles au non-initié, l'Infrasombre faisait pulser le cœur des ténèbres.

Le capitaine guettait l'explosion d'une autre stèle et l'apparition de nouveaux spectres, les sens en alerte. Depuis l'arrachage du portail grillé qui avait accompagné l'entrée en scène de Mass'Erzelt, un vent de folie soufflait dans les allées du cimetière. Les pouvoirs du démon s'étaient considérablement accrus depuis l'affrontement d'après guerre à la Coupole. Il est vrai qu'il avait bénéficié d'un demi-siècle d'entraînement, tandis que Lartagne s'amollissait dans la sinécure du poste honorifique confié par le Roi Couleur, quand il l'avait affecté à la garde personnelle du Dauphin.

« Salut capitaine, avait tonitrué le démon après son entrée fracassante. As-tu apporté ce que je t'ai demandé ? »

Lartagne avait agité le sac plastique.

« C'est là-dedans. Voilà un échantillon. »

Il avait lancé le fourreau sanguinolent de son poignard au colosse. Mass'Erzelt avait attrapé le carré de cuir en plein vol. Narines frémissantes, il avait longuement humé le fragment de sa propre dépouille. Un éclair de joie sauvage avait brièvement illuminé sa face bardée de stigmates artistement dessinés.

« Merci Capitaine, ça m'a beaucoup manqué. Maintenant, donne-moi le reste.

— Minute, était intervenue Lil. Rends-nous le Dauphin d'abord. »

Le démon avait seulement paru prendre conscience de la présence de la fey. « Bien sûr, ma belle. Le rejeton d'abord. » Il avait sifflé entre ses dents, un coup bref. Un jeune humain était alors apparu dans l'encadrement de la porte absente, traînant le Dauphin par la main. Mass'Erzelt lui avait fait signe de s'engager dans l'escalier, désignant le couple qui trépignait sur la dernière marche :

« Tu peux leur confier le gamin. Son oncle et sa tante en prendront soin. »

L'humain avait enjambé la grille expulsée de ses gonds d'un pas circonspect, guidant le Dauphin. Ce dernier avançait avec la raideur d'un automate, visiblement sous l'emprise d'une drogue quelconque. Bandages et compresses enveloppaient la moitié de son crâne, lui conférant des faux airs de momie. Malgré tout, le fils du monarque de Faërie semblait avoir récupéré des suites de l'intervention chirurgicale qui lui avait sauvé la vie. La Couleur inscrite dans son capital génétique l'avait soutenu dans l'épreuve et favorisait sa convalescence.

« Monsieur, Madame… »

L'humain était arrivé à la hauteur de la fey. Lui aussi semblait dans un état second – effet secondaire de l'Infrasombre, avait compris la fey en sentant les poils de son duvet se hérisser. Au moment où Lil avait esquissé un geste en direction du Dauphin, le démon avait abattu sa paluche sur l'épaule du garçon.

« Vous n'oubliez rien ? Le sac, capitaine. »

Lartagne avait interrogé la fey du regard. Lil avait acquiescé. L'humain continuait à sourire à ces oncle et tante si peu expansifs. Lartagne lui avait alors remis le sac contenant l'emballage de papier kraft.

« Très bien, avait approuvé Mass'Erzelt. Tu peux lâcher le gamin et redescendre. Dépose le sac au pied de l'escalier. Je te remercie pour le coup de main. Maintenant, tu peux rentrer chez toi. La suite ne te concerne pas : affaire de famille. »

L'humain avait obtempéré, apparemment satisfait de mettre un terme à cette insolite réunion, dans un endroit aussi incongru. Lil l'avait regardé s'en aller, après s'être délesté du sac et de la peau de géant qu'il renfermait. Une fugace impression de déjà-vu s'était emparée d'elle, comme si le jeune homme ne lui était pas inconnu, alors qu'elle aurait pu jurer n'avoir jamais croisé son chemin auparavant. La sensation n'avait pas duré. Quelques secondes après son départ, on avait entendu démarrer une voiture, qui s'était rapidement éloignée.

Tout avait alors basculé dans la confusion la plus totale.

***

Mass'Erzelt avait raffermi sa prise sur l'épaule du Dauphin et fait disparaître le carré de cuir sanglant dans une poche intérieure de son costume. Puis il avait commencé de gravir les dernières marches qui le séparaient de Lartagne, une après l'autre. Lil et le capitaine avaient reculé pas à pas, se rapprochant de l'endroit où Biborg patientait, tapi derrière une tombe, un solide marteau entre les pognes.

Le plan de Lil valait ce qu'il valait, et semblait se dérouler pas trop mal. La fey croisa les doigts dans son dos. Encore deux ou trois pas et le Dauphin serait à sa portée. Le gant de crin caressait le duvet de ses avant-bras à rebrousse-poil – la présence des maréchaux d'Empire pesait lourdement sur ce secteur du Père Lachaise.

Mass'Erzelt s'immobilisa au sommet de l'escalier. Le verre polarisé de ses lunettes reflétait la lueur orangée du couchant. Les pointes de métal fichées dans sa peau accrochaient elles aussi les derniers rayons du soleil abîmé sous la ligne d'horizon. Le démon sourit.

« Que dirais-tu, capitaine, de reprendre là où nous en étions restés ?

— Tu n'avais pas aussi fière allure la dernière fois que je t'ai vu, étendu dans un tiroir de la morgue, ironisa Lartagne, affermissant sa prise sur le manche du poignard.

— Tu aurais dû t'assurer que j'étais bien hors course, et ne pas laisser les humains faire le boulot à ta place… Il a fallu que je reparte de zéro, ensuite. Nouvelle identité, nouvelle vie. Tu m'as fait perdre l'influence acquise par mon avatar. Un fâcheux contretemps. Pas question de remettre ça aujourd'hui ! »

Il donna une bourrade dans le dos du Dauphin, précipitant le garçon dans les bras de la fey. Dans le même temps, il tirait un impressionnant couteau d'une poche de veste et déclamait : « Je sais aussi que tu n'es pas assez bête pour n'avoir pas pris tes précautions. Tu comprendras que j'ai moi-même assuré mes arrières… »

La main libre du démon dessina une figure complexe à hauteur de son nez. Lil sentit ses cheveux se dresser sur sa tête.

« Partez ! » hurla Lartagne, s'interposant entre Mass'Erzelt et la fey. Celle-ci ne se le fit pas répéter. Elle commença de remonter l'Avenue Tranversale, entraînant le Dauphin derrière elle. Au même moment, un mouvement agita la concentration d'Infrasombre qui planait alentour. La Couleur pervertie s'affaissa en une sorte d'avalanche muette, ensevelissant les plus proches divisions. Des coulures de ténèbres fondirent en rigoles dans les interstices entre les tombes. Lézardes et craquelures ne tardèrent pas à apparaître à la surface des monuments.

Mass'Erzelt porta son attaque avant même que sa main ait fini de tracer le signe incantatoire. La lame du speedlock déchira l'air en sifflant. Elle suivit une trajectoire courbe au niveau des entrailles du capitaine. Lartagne esquiva d'un bond en arrière, mais le talon de sa basket heurta le rebord du tombeau qui faisait l'angle de l'Avenue Transversale et de la Circulaire.

Déséquilibré, il lutta désespérément contre les lois de la gravité, qui usaient de toute leur influence pour l'attirer vers le sol. Sa chute parut durer un temps indéfini dans le déferlement d'Infrasombre qui envahissait maintenant les travées secondaires à l'intérieur des divisions. Des soubresauts inquiétants soulevaient certaines pierres tombales, déhanchaient les angelots de marbre et de stuc campés sur les portraits des défunts.

Lartagne se reçut plutôt rudement dans un parterre de chrysanthèmes, les côtes malmenées par les arêtes incisives des bacs à fleur. Le démon prit son élan et bondit, précédé par la lame du speedlock. Le capitaine serra les dents.

Un éclair métallique brilla soudain entre les adversaires. La masse du marteau de Biborg rencontra la joue de Mass'Erzelt au terme du lancer de précision effectué par le nain, jailli de sa cachette quand la crue d'Infrasombre l'en avait délogé quelques secondes plus tôt.

La pommette du démon éclata sous l'impact, le maxillaire réduit en charpie, comme l'outil contondant s'enfonçait de plusieurs centimètres à l'intérieur de sa bouche grande ouverte, déchirant la peau. Une pluie de sang et de salive s'abattit sur Lartagne. Mass'Erzelt bascula sur le côté. Sa lame crissa sur la dalle de grès où reposait le capitaine, produisant une gerbe d'étincelles.

Lartagne laissa ses réflexes agir. Se redressant à demi, il brandit son propre poignard, vibrant et chaud dedans sa paume, et plongea vingt-cinq centimètres d'un alliage trempé dans la magie du presque-dragon Obrasian Phulmis entre les omoplates du démon.

Mass'Erzelt rugit et se cambra, foudroyé par la douleur, épinglé comme un papillon dans la vitrine d'un entomologiste – un papillon d'un quintal, tout nerfs et muscles. Lartagne lui tomba à genoux sur le bas du dos pour tâcher de l'immobiliser, sans lâcher sa prise sur la garde de son arme. Il donna un demi-tour de poignet, fouaillant la cage thoracique perforée, puis agita le manche du poignard à la manière d'un levier, en avant et en arrière. Quelque part dans les régions inférieures, dans la nuit éternelle du Rebut, une brèche s'ouvrit, prête à accueillir le retour de l'évadé. Chaque centimètre ravagé par la lame consacrée était autant de vigueur amputée à la force du démon.

Mais Mass'Erzelt disposait de ressources quasiment inépuisables dans un pareil environnement. Poussant un cri de guerre, il rua et désarçonna le capitaine. Celui-ci roula dans le gravier de l'allée, où il se remit d'aplomb, prêt à repartir à la charge. Avisant Biborg un peu plus haut dans la Transversale, il lui commanda de déguerpir.

« Va aider la fey ! Mettez le Dauphin à l'abri. Je vais m'occuper de ce salopard. »

Le nain haussa les épaules, gratta sa barbe rouille et décampa en se dandinant dans la direction prise par Lil. Soulagé, Lartagne reporta son attention sur son adversaire.

Mass'Erzelt s'était lui aussi redressé, même s'il se tenait désormais de guingois. La garde du couteau dépassait d'entre ses omoplates, telle une flèche pointant la localisation de la blessure infligée par le capitaine. Une salive rougeâtre bouillonnait aux commissures de ses lèvres retroussées sur un rictus. La moitié de sa face, frappée par le marteau de Biborg, n'était plus qu'une bouillie de pulpe et d'esquilles.

« Pas mal, capitaine », parvint-il à articuler, crachant des fragments de gencive et de dents. Il ramassa son couteau et recula de quelques pas dans l'allée, titubant. De part et d'autre du ruban goudronné, les divisions étaient en proie à un véritable séisme sous l'action de l'Infrasombre dégorgé par la terre du cimetière.

Mass'Erzelt fit volte-face et commença de remonter l'allée. Sur son passage, des fissures s'ouvraient dans le sol, où s'enfonçaient les plus lourdes stèles. Des ombres peu engageantes sourdaient de ces déchirures, s'amalgamaient ensuite pour former des silhouettes encore vagues, mais qui gagnaient en consistance à mesure que le démon leur adressait des signes de sa main libre. Du côté de la butte, une trentaine de mètres plus loin, le dernier carré des maréchaux s'animait lui aussi.

Lartagne laissa échapper une bordée de jurons. Ç'allait être plus difficile que prévu.

***

Ils dévalaient l'avenue Casimir Perier, poursuivis par le spectre de l'ex Président du Conseil, levé une minute plus tôt de la tombe qu'il occupait depuis 1832 au cœur du rond-point sis à l'intersection des avenues de la Chapelle et des Acacias. Les abeilles qui avaient aménagé au printemps leur ruche dans la tête creuse de la statue du Président ne s'étaient guère émues de voir celui-ci sortir de la cassure provoquée par la crue d'Infrasombre. À la différence de la fey et du nain, traqués par l'ectoplasme.

Biborg trottinait de toute la vitesse de ses courtes jambes, le Dauphin jeté en travers des épaules. Le garçon ne pesait pas bien lourd, mais sa taille entravait les mouvements du nain. Lil couvrait leur retraite du mieux qu'elle le pouvait. Seulement, sa magie ne s'avérait pas d'une grande efficacité contre le spectre qui les talonnait.

Les traits de Couleur lâchés sur la silhouette dégingandée parvenaient tout juste à la freiner dans sa course, quand ils touchaient au but. Perier, dont les traits se devinaient par intermittence sous le masque d'ombre, ne semblait pas plus indisposé que s'il avait reçu une simple gifle. Il repartait alors de plus belle, hideux et grimaçant, avec un cri rauque évoquant le geignement des gonds d'une porte restée trop longtemps fermée sur l'oubli de la mort.

« Il n'en démordra pas ! » fulminait Lil. Elle ignorait quelles conséquences pouvaient avoir l'étreinte post-mortem du Président. Mieux valait éviter de tenter l'expérience et conserver la plus grande distance possible entre la vague d'Infrasombre à la crête de laquelle il surfait et eux.

Lil gardait en mémoire sa courte expérience du Rebut ; or, c'était là que l'Infrasombre prenait sa source… Elle savait que la caresse du gant de crin n'était que le prélude à un écartèlement des sens prolongé à l'infini. Elle gardait dans la bouche la sensation nauséeuse de l'intrusion d'un démon mineur comme un avant-goût du supplice infligé aux relégués des niveaux inférieurs.

Alimenté par l'énergie mauvaise qui débordait des travées dévastées, Casimir Perier s'enhardissait chaque instant davantage. La silhouette fuligineuse bondissait de gauche et de droite, escaladait tertres et tombeaux, hurlant sa faim et sa rage de damné, aiguisées à la perspective de la curée.

« Vacherie… Il se rapproche ! Plus vite, Biborg, plus vite ! »

Lil disposait d'un réservoir de Couleur conséquent, mais sa maîtrise du fluide n'était pas aussi affinée que celle du démon. Elle se contentait d'arracher ça et là, à la volée, quelques rognures colorées, quand Mass'Erzelt agissait directement au cœur de l'Infrasombre. Le spectre évitait la plupart des jets colorés, étonnement vif pour un vieux birbe de son espèce, tout juste sorti d'un sommeil de plus d'un siècle et demi.

La résistance du Président tenait sans doute à la noirceur

de l'âme du défunt ; n'avait-il pas réprimé dans le sang les insurrections de Paris et de Lyon en 1830 ? L'homme, banquier et politique, rallié un temps à la monarchie, était décédé du choléra. Son esprit constituait le creuset idéal où fondre le sombre alliage de la magie du démon. Mass'Erzelt avait conçu un piège remarquable. Le Père Lachaise lui offrait l'assistance d'une armée de crapules en tous genres, déjà alliées inconscientes de l'Infrasombre de leur vivant, aujourd'hui âmes en déshérence propices à la manipulation.

Biborg s'essoufflait. Perier gagnait du terrain, porté par la lame de fond de l'Infrasombre. Tout le corps de Lil réagissait à cette menace. Pas un centimètre carré de sa peau qui ne la démangeât, et lui donnait envie de se rouler par terre pour faire cesser la terrible irritation.

La rage de la fey enfla comme s'accroissait la pression du gant du crin sur sa peau. Arrivée à l'intersection avec le Chemin Serré, qui remontait vers le Nord du cimetière, un double éblouissement frappa les verres de ses lunettes teintées. L'emportement semblait avoir aiguisé sa perception des sources de Couleur, qui lui apparurent soudain avec davantage d'intensité.

Lil ralentit, laissant Biborg continuer sa course vers l'entrée de la Conservation, une centaine de mètres plus bas. Elle pouvait presque deviner l'absence de souffle du Président dans son cou ; néanmoins, elle prit le temps de sonder les gisements qui avaient attiré son attention.

Le premier émanait de la ronde-bosse, plus haut sur sa gauche, où s'amassait un fouillis de sépultures en tous genres, de la plus modeste à la plus extravagante. D'après le souvenir qu'elle conservait du plan hachuré par ses soins, c'était là que Jim Morrison avait trouvé le repos au terme de sa courte vie, une trentaine d'années plus tôt.

Le second gisement se trouvait droit devant elle, à guère plus de cinquante mètres. Elle pouvait même apercevoir le monument néogothique, comme une réduction de cathédrale clôturée d'une grille, qui trônait au cœur du brasillement. Là dormaient côte à côte un couple de gisants, les mains jointes dans une ultime prière : Héloïse et Abélard, icônes absolues des amoureux.

L'évidence frappa la fey avec la conviction du fer sur l'enclume : L'Amour ! L'énergie positive par excellence... Si elle parvenait à détourner suffisamment de la Couleur diffusée par les célèbres amants, voire à s'immiscer au cœur de la source pour y pomper l'énergie accumulée au cours des siècles par les générations de pèlerins venus s'attirer leurs bonnes grâces... Oui, ça valait le coup d'essayer. Et puis, elle n'avait pas d'autre solution à sa disposition.

Lil abandonna Biborg sur le chemin et coupa à travers le capharnaüm de tombeaux anciens qui avaient poussé à l'abri de la muraille du cimetière, toute proche.

Casimir Perier marqua une pause, apparemment embarrassé à présent que ses proies s'étaient séparées. Sans cesser de courir, la fey projeta son esprit vers le foyer coloré qui embrasait les colonnes et le quadruple fronton du monument.

La pierre, patinée par l'âge, était traversée par des failles invisibles, où s'écoulait l'énergie du souvenir et de l'adoration, legs précieux des humains. Ces lignes vitales convergeaient toutes vers un même endroit, dans les profondeurs de la matière, où, strate après strate, la Couleur des siècles passés s'était amalgamée à celle du temps présent.

Mais Lil ne savait pas comment rejoindre la face cachée de la pierre. Glaner la magie associée à la surface des choses relevait pour elle du réflexe, du comportement inné, inscrit dans ses gênes de fey. Elle n'avait pas eu le temps d'apprendre comment atteindre le cœur secret des choses inanimées. Aujourd'hui plus que jamais, elle le regrettait amèrement.

Un frémissement dans son dos l'avertit du danger. Lil fit demi-tour, pour contempler l'horrible trogne du spectre qui fondait sur elle. L'instinct l'emporta. D'un geste, elle écarta deux barreaux de la clôture qui la séparait encore du tombeau des amants, et se faufila dans l'interstice. Les barreaux retrouvèrent aussitôt leur roideur originelle.

L'ectoplasme vint heurter l'obstacle de plein fouet. Perier réagit comme s'il avait reçu une décharge électrique de haute intensité. Au contact de la Couleur irradiée par la grille, il fut soudain propulsé dans les airs, effectua un superbe vol plané, et atterrit en bordure de division, sur le chemin qui portait son nom.

Lil profita du répit pour approcher le catafalque des gisants, à l'abri de la miniature de cathédrale. Dans la minuscule nef, occupée presque entièrement par le sarcophage des amoureux éternels, l'éclat de la Couleur atteignait les limites du supportable, même pour une fey. À sa connaissance, seul Versailles rivalisait d'ardeur en la matière – et il avait fallu pour cela que des millions de touristes y abandonnent un peu de leur émerveillement, une miette de cette énergie fondamentale étouffée par la raison et qui continuait à brûler dans les tréfonds de l'inconscient de chaque humain.

De nombreux bouquets, principalement des roses, jetés depuis l'extérieur par les admirateurs du couple, jonchaient la dalle du tombeau, tels des sacrifices païens aux forces de liberté et d'amour.

Lil s'adressa aux figures austères des statues allongées sur la couche de pierre : « Laissez-moi arriver jusqu'à vous… Ne me repoussez pas. J'ai *vraiment* besoin de votre aide. »

Elle prit une profonde inspiration et ouvrit les bras d'un coup, comme si elle écartait les pans d'un rideau invisible refermé sur la réalité. La Couleur chatoyait avec une intensité sauvage, presque irréelle, diaprant les robes de pierre des statues. Rien ne se passa. Imperturbables, Héloïse et Abélard demeuraient confinés dans la pose dévote figée par le sculpteur.

Le spectre revint alors à la charge. Le Président Périer avait l'air furibond, pour autant que sa dégaine permît d'en juger. L'Infrasombre avait du mal à maintenir la cohérence de la silhouette, dont les membres flageolaient, s'étiraient comme des élastiques, se nouaient en des angles interdits par l'anatomie. Lil se força au calme. Paupières closes, elle se concentra sur le sarcophage et ses occupants.

Il fallait absolument trouver la bonne faille et le moyen de s'y insérer. Elle fit glisser son esprit à la surface des statues, totalement hermétiques, essaya de percer le couvercle de la tombe en concentrant un faisceau d'énergie sur un point unique. En vain. Pendant ce temps, Périer tournait autour de la grille comme un fauve encagé, interdisant toute fuite. Le Président fulminait et grondait, excité par la présence de la fey inaccessible. Le barrage de Couleur le tenait pour l'instant à distance respectueuse, mais, déjà, il s'enhardissait et venait frôler les barreaux, qui crépitaient à son contact.

Lil tenta de l'ignorer. Le problème avec la pierre, même chargée de Couleur, réside dans l'inertie absolue du matériau. Au moins, avec les arbres, le bois, les feuilles ou les fleurs, voire avec les métaux, une certaine souplesse naturelle aide la magie à fonctionner.

Les arbres… Lil releva la tête du sarcophage pour observer la division. Celle-ci accueillait quelques beaux spécimens, parmi lesquels un hêtre de bonne taille. Avec un peu de chance, le réseau de ses racines devait s'être suffisamment épanoui pour couvrir un vaste territoire souterrain. Plusieurs sépultures avaient déjà fait les frais de cette expansion invisible depuis la surface. Elles émergeaient telles les carcasses pétrifiées d'anciens monstres marins, brisées par les tentacules gorgés de sèves.

Un mouvement rapide de l'index, un frémissement dans les frondaisons du hêtre le plus proche, et la fey entra en communication avec le géant végétal, comme elle en avait l'habitude quand elle vivait encore dans sa forêt natale. Ce n'était pas un sujet farouche, ni bien vieux, avec son petit siècle d'existence. Il ferait toutefois l'affaire. Ni son fût ni sa ramure n'étaient particulièrement chargés de Couleur, tant les monuments alentours accaparaient ce privilège, mais il y en avait assez pour qu'il coopère avec la fey.

Lil suivit sans difficulté les longues veines creusées dans le tronc. Elle s'immisça ensuite dans l'écheveau des racines, entrecroisées avec celles des arbres voisins, plusieurs mètres sous terre. Comme elle s'y attendait, le réseau était dense et couvrait tout l'envers de la division.

Convaincre ensuite le hêtre de forcer les fondations de la microcathédrale fut un jeu d'enfant. Le sarcophage se souleva lentement, comme un nœud de racines faisait le gros dos sous sa dalle de soutènement. Enfin, la pierre craqua, libérant le passage à un fin rhizome que Lil avait fait pousser tout exprès.

Comme si elle n'avait attendu que cette occasion depuis la mise au tombeau du couple adulé, la Couleur prisonnière se déversa par l'anfractuosité et envahit le réseau de racines. Le sol se mit alors à trembler, secoué par le frétillement joyeux qui anima jusqu'au plus infime boqueteau de la division. Le grand hêtre s'ébroua jusqu'à sa cime, galvanisé par l'afflux d'énergie positive. Le déferlement atteignit enfin la fey et lui arracha un cri de joie, comme son corps se cabrait sous l'effet d'une extase rarement ressentie, même au plus fort de l'orgasme – Héloïse devait être une femme comblée, si c'était là l'ordinaire d'Abélard en matière de relations intimes, du moins avant qu'il ne subisse son châtiment.

Le sarcophage tanguait à présent, dérangeant la prière des gisants. Lil sentait qu'elle ne pourrait pas retenir longtemps un tel surplus de puissance. Elle chercha le spectre du Président, mais celui-ci avait reflué à l'abri d'un caveau, comprenant que la situation venait d'évoluer. Elle apercevait seulement son aura d'Infrasombre, comme un gibus de nuit sur le crâne du monument funéraire.

La division entière était la proie d'une agitation frénétique. De brutales secousses poussaient les tombes hors de terre, fracassaient les dalles les plus fragiles et abattaient croix et stèles, tandis que les grands arbres se trémoussaient de plus belle, répandant leur feuillage en pluie de verdure.

N'y tenant plus, Lil libéra la Couleur perfusée dans ses

veines, au moment où le sarcophage éclatait, soumis à une pression trop violente.

Le choc de l'explosion envoya la fey bouler contre la grille. Les minces colonnes de la cathédrale, ainsi que les piliers d'angle, ne résistèrent pas davantage. Brisés net, ils s'effondrèrent avec fracas, sous le poids de la toiture surchargés d'ornements.

Le séisme cessa d'un coup et le calme revint.

Lil se releva tant bien que mal, cheveux ébouriffés, les vêtements maculés de poussière de mortier, ses lunettes de soleil tordues et leurs branches cassées net. Mais elle n'en avait plus besoin. La Couleur avait déserté la division. À la place, un homme et une femme se tenaient par la main, debout sur les décombres de leur tombeau.

« Woah ! »

Ce fut tout ce que Lil trouva à dire. Mais elle remarqua qu'Abélard n'était pas si bien gaulé que sa statue le laissait supposer.

***

Le démon et les maréchaux avaient sonné l'hallali. Pris au piège du colombarium, Lartagne affrontait les sarcasmes de Mass'Erzelt :

« Hé, capitaine, mon capitaine ! Bel endroit pour mourir encore, pas vrai ? Ces petits casiers contiennent chacun les restes pitoyables d'une existence, une poignée de cendres en guise de bilan. Pauvres humains ! Étiquetés, catalogués, répertoriés toute leur vie durant, et encore dans la mort… Voyons voir, qui avons-nous ici ? »

Le démon marqua une pause pour considérer les cartouches qui indiquaient le nom des défunts, alignés sur plusieurs rangées le long de la grande allée couverte. Murat piaffait d'impatience à un bout de la galerie. Lefèvre et Masséna barraient l'accès à la cour intérieure du funérarium.

Acculé à un pilier des arcades qui faisaient face à l'empilement des casiers funéraires, Lartagne calculait ses chances de s'en tirer. Le résultat n'était pas brillant. Mass'Erzelt lui coupait toute possibilité de retraite. La lame de son speedlock glissait sur les plaques rivées au mur, à mesure qu'elle l'aidait à déchiffrer les identités des disparus.

Une déflagration étouffée interrompit la lecture du démon. Mass'Erzelt tourna son visage ravagé vers l'entrée du bâtiment. « On dirait que ta copine et son petit camarade éprouvent quelques difficultés, eux aussi.

— Ordure… Ne crois pas que tu vas toujours t'en tirer. D'autres viendront après moi, et ils ne te rateront pas. Tu vas retourner croupir au Rebut jusqu'à la fin des temps, cracha Lartagne.

— Très lyrique, capitaine, j'apprécie énormément. Seulement, je doute de la plausibilité d'une telle option. Vois-tu, les choses vont bientôt changer dans le Royaume. Franchement, tu ne pensais pas que j'avais passé un demi-siècle dans le coin à me tourner les pouces ? Depuis l'épisode regrettable de la Coupole, j'ai laissé tomber la politique. J'ai trouvé plus grisant. Plus efficace, aussi. »

Lartagne fronça les sourcils. Les maréchaux grognaient et éructaient, mais ils n'osaient pas donner la charge de leur propre initiative – une habitude contractée sur les champs de bataille de l'Europe du début du XIX° siècle. Mass'Erzelt continua : « Sans entrer dans des détails assommants, je peux bien t'avouer que le vieux Couleur et ses sorciers vont avoir une drôle de surprise. Et que cette fois, la magie ne pourra pas les sauver. Parce que celle que nous allons leur opposer les dépasse, et de loin. Le progrès, capitaine, le progrès est du côté de la machine et du calcul en mode binaire. Les tours de passe-passe, c'est de l'histoire ancienne, très bientôt révolue. L'avenir est au réseau et à la puissance du microprocesseur. Mais je vois que tout ça t'ennuie, aussi je te propose de mettre un terme à cette conversation. As-tu songé à des dernières paroles que l'histoire pourrait retenir ?

— Va te faire foutre !

— Bof, pas très original. “ Je vois une grande lumière noire ” m’aurait paru de circonstance, mais c’est déjà pris. Bon… »

Une seconde déflagration, plus intense que la précédente, secoua le colombarium. Déséquilibré, Mass’Erzelt vacilla. Son dos vint heurter le mur aux casiers. Il poussa un hurlement atroce, comme le poignard qui se trouvait toujours fiché entre ses omoplates s’enfonça davantage dans sa chair. Lartagne profita de l’occasion inespérée. Tête baissée, il chargea. Les maréchaux bondirent à leur tour, avec une seconde de retard.

Le coup de bélier frappa le démon à l’estomac. Souffle coupé, Mass’Erzelt vomit un long filet de sang noir, tandis que la lame du poignard s’acharnait dans son poumon crevé. Lartagne lui saisit les poignets, les plaqua contre le mur et tenta de l’obliger à lâcher son couteau.

Soudain, sa vue se brouilla. Un voile opaque dansait devant ses yeux. Lartagne comprit que les spectres des maréchaux avaient fondu sur lui et tentaient de l’entraîner de leur côté du monde. Mass’Erzelt échappa à son étreinte sans difficulté.

L’Infrasombre enveloppait le champion dans une gangue glacée, paralysant peu à peu ses membres et sa volonté.

Le ricanement du démon perça l’obscurité. Lartagne sentit la pression s’accentuer, l’air devenir de plus en plus rare, à mesure que le fluide mauvais se répandait, emplissait sa bouche, bouchait ses narines. La morsure du froid sur sa peau se mua en une brûlure atroce, qui enflammait son corps tout entier.

« Je te cède volontiers ma place au Rebut », souffla la voix de Mass’Erzelt à son oreille.

Puis, alors que la douleur l’emportait vers les régions inférieures, un grand éblouissement aveugla le capitaine. Avec un horrible bruit de succion, les spectres refluèrent, s’arrachant à leur proie.

Lartagne glissa et s’affala sur le dallage. Il parvint à avaler une goulée d’air qui lui râpa la gorge. Sa respiration recouvra rapidement un rythme régulier, mais il ne voyait toujours rien hormis la danse des phosphènes. Cependant, il percevait les échos d'une lutte sans merci.

Autour de lui régnait la plus grande confusion. Les spectres sifflaient tels des serpents sous la menace. Des voix nouvelles s'élevèrent, composant un chœur d'outre-tombe lancé a capella dans une étrange polyphonie où se mêlaient les langues. Un rugissement de colère, facilement attribuable au démon, se répercuta dans tout le colombarium. Des claquements de talon résonnèrent enfin sous la voûte de la galerie. Le sol se mit à trembler et une voix merveilleuse s'éleva au-dessus du tumulte ambiant.

« Tenez bon, j'arrive ! Bordel… »

Lartagne cligna des paupières. La silhouette de la fey se détacha du brouillard. Il n'avait jamais été si heureux de l'entendre jurer comme un charretier. Elle le saisit par le bras et l'aida à se relever.

« Il était moins une, pas vrai ? Je commence à prendre l'habitude de vous sauver la mise.

— Gargl, fit le capitaine. Il se racla la gorge, cracha, puis articula : Je vous croyais en fâcheuse posture, vous aussi.

— Je l'étais. Jusqu'à ce qu'on me donne un coup de main.

— On ? »

La fey acquiesça. Elle fit quelque pas en direction de la sortie, entraînant Lartagne avec elle. Il se laissa faire, appréciant même le contact de la paume de la jeune femme sur son biceps. Le mauvais traitement infligé par Mass'Erzelt et les spectres avait moulu son corps de la tête aux pieds, mais il récupérait vite – l'apanage des champions. Ce n'est qu'en quittant le colombarium qu'il prit conscience de l'état de la fey. Lil semblait avoir creusé une tranchée à mains nues et pris un bain de poussière et de boue à l'intérieur.

« Qu'est-ce qui vous est arrivé ? Et le Dauphin ? Est-ce que…

— Du calme. Ne vous en faîtes pas. Le Dauphin est en sécurité. Biborg l'a mis à l'abri.

— Et Mass'Erzelt ?

— Enfui. Avec quelque chose qui vous appartenait, hélas. Planté dans le dos. »

Lartagne haussa les épaules. « Pas grave. Je pourrai toujours le remplacer, lui… Je veux dire, ce n'est qu'un poignard, et euh, les objets… Enfin, vous voyez ce que veux dire. »

Il se tut. Lil réprima un sourire.

« Bref, reprit-elle, le démon s'est envolé, et ses sbires sortis de terre également. Nous ferions bien d'en faire autant. Après tout ce barouf, le cimetière ne va pas tarder à grouiller de curieux en uniformes.

— Justement, à propos de barouf… Qu'est-ce qui s'est passé, exactement ? »

Ils se hâtaient vers la sortie la plus proche, avenue du Père Lachaise. Lil résuma les événements survenus depuis que le Président Périer les avait pris en chasse, Biborg, le Dauphin et elle.

« Héloïse et Abélard, hein ? s'étonna Lartagne.

— Plus exactement, leurs spectres, précisa Lil.

— Et vous dîtes qu'ils ont réduit celui de Casimir Périer en poussière ?

— Comment pouvait-il résister à la force formidable de l'amour qui unit ces deux-là ?

— C'est complètement dingue.

— Pas du tout. C'est au contraire on ne peut plus logique. Mass'Erzelt a suscité des créatures maléfiques à partir d'esprits déjà prédisposés au Mal du vivant de leurs propriétaires. J'ai appliqué le principe opposé pour les défaire, voilà tout.

— Voilà tout. Admettons pour Périer. Mais j'avais sur le râble trois candidats autrement plus sérieux. Des esprits qui ont sur la conscience des dizaines de milliers de morts, des bouchers galonnés qui ont connu les sanglantes épopées napoléoniennes.

— J'ai employé quelques renforts moi aussi. Une fois qu'on a compris la technique, ce n'est pas si difficile.

— Ne me dîtes rien, laissez-moi deviner. Vous avez réveillé un régiment d'artilleurs ?

— Ne soyez pas idiot. Ce n'est pas un vulgaire cimetière militaire. Et puis, j'avais mieux sous la main que de simples soldats pour incarner les forces du Bien. »

Ils tournèrent à droite à la sortie du Père Lachaise. Ils descendaient à présent l'avenue Gambetta, pour rejoindre la Ford parquée côté Sud du cimetière. La fey eut un geste discret, de manière à arranger leur apparence, afin de ne pas alarmer les passants. Une sirène de police gémissait non loin de là, bientôt soutenue par une autre, puis une troisième.

« Vous donnez votre langue au chat ?

— Vraiment, je ne vois pas. »

Lil se mit à fredonner les premières mesures de *Light My Fire*. Comme Lartagne ne réagissait pas, elle lâcha un soupir.

« Bon Dieu, ce que vous pouvez être rétro ! Les Doors, ça ne vous dit rien ? »

Le capitaine avoua son ignorance. « Alors, continua Lil, voyons si vous connaissez vos classiques… »

Elle s'éclaircit la voix et attaqua le premier couplet de *L'Internationale*. Les badauds se retournèrent au passage du couple révolutionnaire, au grand dam d'un Lartagne plus royaliste que le roi. Lil en était à « *la lutte finale-a-a-le* » quand ils tournèrent à l'angle du Boulevard de Ménilmontant, pour découvrir le barrage dressé par la compagnie de CRS qui venait d'arriver sur les lieux.

La fey préféra se taire. Ils obliquèrent imperceptiblement, fendirent la foule des touristes refoulés des terrasses des bistrots et s'engouffrèrent dans la bouche de métro, de l'autre côté de la chaussée.

INTERMÈDE

PARIS, MILIEU DES ANNÉES 1990

La première année avait été la plus éprouvante. Pas tant en terme physique – l'énergie incroyable qui coulait dans ses veines valait toutes les lignes de coke du monde – que psychologique. Marcus Kesner était un autre homme. Maser n'avait pas menti. Mais l'*autre* avait dévoré le jeune fils de bonne famille de l'intérieur, comme une larve son cocon. Puis, il avait pris son envol.

Ce qui demeurait de l'ancien Marcus, ces bribes de personnalité dissoutes dans l'acide qui était le sang de l'*autre*, suffisait tout juste à lui faire regretter son choix, cette nuit-là, au plus fort de l'hiver genevois, quand il avait ouvert la porte de sa chambre d'étudiant pour inviter Maser dans son existence.

Marcus s'était pétrifié en apercevant la lame dans la main du colosse. Celui-ci avait agi avec une infinie douceur, presque de la tendresse, comme il l'avait promis. Ensemble, ils avaient ouvert la voie au Général – c'était ainsi que Maser appelait l'*autre*, bien qu'il possédât un nom complet, mais qui ne pourrait être prononcé qu'au terme de sa véritable délivrance.

Celle-ci viendrait en son temps. Ils s'y affairaient désormais. Pour cela, ils avaient gagné Paris, alors que les cicatrices dessinaient encore la carte d'un territoire maudit sur le corps de Marcus. Celui-ci ne souffrait pas. Il avait abandonné la douleur avec ses illusions, dans cet endroit sous le monde où l'*autre* patientait depuis un temps si long que la mémoire de tous les hommes à avoir jamais foulé la Terre ne suffirait pas à s'en souvenir.

Maser aimait l'*autre* plus que tout dans l'univers, plus que l'univers lui-même. Kesner l'avait vite compris, en voyant l'attitude du colosse évoluer à son égard, passant du mépris ordinaire dans lequel il tenait tous les hommes à quelque chose de moins négatif, mais tout aussi violent dans sa manifestation. À mesure que l'ancien Marcus s'étiolait, Maser se comportait non plus en maître mais en vassal. Naturellement, Marcus en vint à apprécier cette soumission, puis à en jouir. Au terme d'une année d'adaptation, il avait accepté pleinement cette hiérarchie, comme le retour à un ordre fondamental autrefois perturbé.

Puis, Maser s'était acquitté de sa part du contrat. Il disposait de fonds impressionnants, placés dans diverses banques suisses et dans d'autres paradis fiscaux, partout sur la planète. Kesner ne l'avait jamais interrogé sur l'origine de cette manne financière. L'*autre* se moquait de ce genre de détails. Simplement, Marcus avait retenu de certaines discussions en forme de confession que Maser avait fructueusement spéculé sur des fortunes spoliées en temps de guerre. Par qui, comment, et à qui, rien de tout cela n'intéressait l'*autre*.

Ils avaient acheté un terrain favorablement situé dans un des technopôles qui avaient poussé comme des champignons en banlieue parisienne avec l'essor de la nouvelle économie. Là, dans un bâtiment industriel de l'ancienne génération remis au goût du jour, était né Devil's Game.

« Nous lèverons une armée, avait prédit Maser, tandis qu'ils arpentaient la vaste surface évidée du troisième étage, surplombé par une verrière crasseuse qui laissait filtrer un jour sale. Ouvriers et architectes s'activaient à métamorphoser le vieil entrepôt en espace de travail et d'habitation high-tech. Marcus supervisait l'installation des premiers éléments du jardin zen dont il avait lui-même dessiné les plans – une idée soufflée par l'*autre*, mais qui ne lui déplaisait pas.

— Comment nous y prendrons-nous ?

— Il faudra des guerriers qui ne craignent pas la mort. Pour qui la guerre n'est qu'un jeu. Et qui soient prêts à se battre pour toi. »

Marcus eut un sourire sans joie, comme un souvenir aussi vieux que la Terre affleurait son esprit.

« J'en ai eu jadis. Tu en faisais partie. Le meilleur d'entre eux. Mais ils croupissent au Rebut.

— J'irai les y chercher. Les guerriers que nous allons former ici m'ouvriront le chemin.

— Les humains de la Surface font de piètres combattants. Pas assez solides. Marcus se frappa la poitrine et reprit : Chair et sang, rien d'autre…

— C'est pourtant grâce à certains d'entre eux que je suis là. Dévastation, Horreur, Chaos… Ils les ont fait revivre. Leur appel a été entendu. J'ai vu ce dont ils sont capables quand la folie les guide et que celle-ci s'incarne dans un chef. Crois-moi, ils sont alors les dignes rejetons de l'Infrasombre.

— Mais ils ont perdu la magie. C'est pour ça qu'ils sont faibles. Ils ont si peu de sens à leur disposition pour appréhender leur monde. Alors, pour ce qui est des autres…

— J'ai appris où se cache la magie en Surface, interrompit Maser. Je l'ai traquée pendant cinquante années aussi bien dans les fosses des charniers que dans les moulures des monuments élevés à la gloire des tyrans. Elle est partout où les hommes ont souffert. Mais elle est aussi là où ils projettent leur envie de souffrance, leur désir de mort, leur soif de vengeance, tous les sentiments dont ils ont hérité de l'Infrasombre. Cette ville en regorge, c'est pour ça que je l'ai choisie. Je sais comment l'utiliser pour passer dans les autres mondes et ouvrir de fragiles brèches vers eux. Ainsi, je me suis arrangé pour que tu puisses occuper ce corps. Mais cela m'a beaucoup coûté. Seul, je ne peux pas faire plus. Je ne suis pas un Général. Tu l'as dit toi-même, je suis un guerrier, le meilleur peut-être, mais ça ne suffit pas pour gagner une bataille. Ça n'a pas suffi autrefois. »

Marcus grogna. La défaite avait abandonné un goût de pourriture dans la gueule de l'*autre*. « Alors, pourquoi crois-tu qu'il en ira autrement cette fois ?

— Parce que nous allons frapper l'ennemi en plein cœur sans qu'il s'y attende, sans même qu'il comprenne d'où arrivent les coups. Parce que nous allons utiliser des armes dont il ne soupçonne même pas l'existence. Parce que nous allons lui opposer une magie contre laquelle la sienne sera cette fois sans effet, car elle ne puise pas son pouvoir à la source des origines, mais dans l'esprit de ces humains si faibles et pourtant si terribles dans le délire de leurs emportements. »

Maser ponctua sa tirade sur un clin d'œil. « Tu verras bientôt ça par toi-même, quand la machine sera installée. »

Chapitre VIII

Ceux qu'ils ont tant espérés

« Vous écoutez France-Info. Il est huit heures passées de bientôt deux minutes. Douze heures après les faits, l'enquête sur le saccage du Père Lachaise se poursuit. Rappelons que le cimetière parisien a été l'objet d'un affrontement entre bandes rivales, qui se sont battues à l'arme lourde dans les allées d'ordinaire tranquilles, où reposent nombre de célébrités du monde des arts et de la politique. Selon les informations du *Parisien*, l'hypothèse terroriste aurait conduit les enquêteurs sur les traces d'agents dormants des Groupes Islamistes Armés, en possession d'un arsenal impressionnant. Un règlement de compte entre apprentis kamikazes semble donc à l'origine de la dévastation du cimetière. On ignore cependant les raisons pour lesquelles la préparation d'un éventuel attentat, en cette fin de saison touristique, a dégénéré. Toujours est-il que le Père Lachaise n'est pas près de rouvrir ses portes au public. Les dernières demeures de Jim Morrison, le chanteur des *Doors*, Héloïse et Abélard, les amoureux les plus célèbres du temps jadis, Eugène Pottier, l'auteur de l'*Internationale,* ou encore celles des maréchaux d'Empire de Napoléon, profanées à l'explosif, sont irrémédiablement détruites. Les travaux de réaménagement du site devront encore durer jusqu'à la fin de l'année. Dans ce contexte particulier de menace terroriste, le ministre de l'Intérieur a décidé de renforcer le plan Vigipirate, et de faire appel à des renforts de l'armée…

— Les cons, commenta Lartagne en baissant le volume de la radio.

— Ne leur jetez pas la pierre, fit Lil. Comment pourraient-ils se douter de ce qui s'est réellement passé ? Et puis, ils se sont trouvés des coupables tout désignés. En un sens, nous leur avons rendu service.

— Je n'arrive pas à y croire. Vous êtes sérieuse ?

— Qu'est-ce que ça peut faire ? »

Lartagne n'insista pas. La versatilité de la fey était pour lui un constant sujet d'agacement. Il préférait éviter l'échange de sarcasmes qui se profilait à l'horizon de ce petit-déjeuner pour l'instant plutôt paisible. Après une mauvaise nuit de sommeil passée dans un fauteuil du salon, il avait besoin de faire le point, calmement. La veille, la situation avait évité de justesse d'atteindre un niveau désespéré dans la mesure où le Dauphin avait pu être arraché à son ravisseur ; toutefois, la fuite du démon et la perte conséquente du poignard forgé par Obrasian Phulmis n'arrangeaient pas les affaires du capitaine.

« Passez-moi le beurre, s'il vous plaît. Et si vous ne terminez pas votre bol de café… Inutile de gâcher, pas vrai ?

— Je vous en prie, Maître Biborg. Je suis heureux de constater que les événements n'entament en rien votre appétit, ironisa Lartagne.

— Se laisser mourir de faim n'a jamais aidé à résoudre un problème. Ma petite, sans vous commander, s'il vous prenait l'envie de préparer une autre cafetière, je ne m'y opposerai pas.

— Bien sûr, minauda Lil. Et s'il vous prenait l'envie de remonter dans votre épave et de déguerpir, je suis prête à vous donner un coup de main. Ou plutôt un coup de pied dans le…

— Stop ! On se calme, tous les deux. Ne réveillez pas le Dauphin. »

Lartagne jeta un coup d'œil par la porte de la cuisine, ouverte sur le salon, où le garçon dormait toujours, dans le canapé-lit. Le capitaine l'avait lui-même porté jusque-là, après l'avoir récupéré dans la camionnette du nain, une fois de retour d'expédition. Le somnifère administré par le démon faisait toujours effet. Avec un peu de chance, le Dauphin ne se souviendrait pas de son enlèvement ; au pire, il croirait à un cauchemar. En tout cas, mieux valait qu'il ne s'avisât pas d'en parler à son père !

« Ne vous inquiétez pas. Le petit Couleur pionce comme un bienheureux, fit remarquer Lil.

— À propos de notre jeune prince héritier… commença Biborg, il serait peut-être temps d'évoquer mes émoluments. J'ai rempli ma part du contrat. Capitaine, vous êtes certainement un homme de parole. »

Lil choisit ce moment pour se lever de table. « Finalement, je vais peut-être refaire du café.

— Ne bougez pas, intima Lartagne, glacial. Oui-da, Maître Biborg, je suis un homme de parole. Du moins, quand je sais pourquoi on l'engage en mon nom. »

Le nain sourit dans sa barbe. La broussaille de poils rouille arborait les reliefs des tartines ingurgitées en quantité industrielle depuis le réveil, une heure plus tôt. « Vous n'étiez pas au courant ? Cela ne change rien aux termes du marché.

— Je crois cependant plus honnête de vous prévenir : ma fortune s'est évaporée ces derniers jours. Elle gonfle à présent les poches d'un géant.

— Et on dit pis que pendre des mœurs mercantiles de mon peuple… Rassurez-vous, Capitaine, je n'en ai pas après votre or. Un champion de votre tempérament possède de plus précieuses monnaies d'échange.

— Par exemple ? » s'enquit Lartagne, soupçonneux.

Biborg le lui dit. Lil plongea le nez dans son bol, manquant s'étouffer tant elle se retenait de ne pas éclater de rire.

« Vous êtes sérieux ? »

Biborg l'était. Finalement, songea Lartagne, la situation avait dépassé le stade du désespoir.

Résolu à demeurer digne dans l'adversité, il se leva et, croisant son reflet dans la vitre du four à micro-ondes, passa la main dans ses cheveux, disciplinant une boucle rebelle à hauteur de l'épaule.

« Bien. Je ne vais pas vous faire attendre plus longtemps. Passons à la salle de bain. Ensuite, il faudra que nous ayons une petite conversation, Lillshellyann… »

***

Fabien était trop excité pour dormir. Il avait passé la première moitié de la nuit à se tourner et se retourner dans son lit, accablé de chaleur, malgré la fenêtre grande ouverte. Quelque chose le tarabustait, sans qu'il parvienne à savoir quoi au juste. C'était aussi frustrant que de sentir s'échapper la chute d'une blague au moment où l'auditoire attend la fin de l'histoire, prêt à se plier en deux de rire.

Cela avait-il à voir avec la visite de Maser pendant le week-end ? Le colosse le mettait mal à l'aise, d'accord, mais de là à l'empêcher de trouver le sommeil, il ne fallait pas pousser ! Pourtant, un truc clochait. Un truc qui ne concernait pas Maser directement – mais qui, alors ? Fabien ne se souvenait pas qu'une autre personne avait participé à la petite virée entre célibataires dans laquelle le costaud l'avait embarqué, un peu contre son gré.

Que s'était-il passé, au juste ? Ils avaient bavardé, sans doute. Regardé la télé – le câble et ses programmes spéciaux du samedi soir, à tous les coups. Ils avaient bu, ça Fabien s'en rappelait. Maser avait apporté avec lui plusieurs bouteilles de ce liquide au goût de tourbe fétide qu'il affectionnait. Le temps avait passé plus vite que d'habitude. À un moment, ils étaient sortis. Maser avait insisté pour qu'ils prennent sa voiture, ce qui avait étonné le jeune infographiste, trop ivre pour discuter. Maser au volant, ils avaient roulé dans Paris un temps indéfini pour finalement s'arrêter, Fabien ignorait où. Il avait dû piquer un roupillon, car cette partie-là du week-end demeurait enfouie au fond d'un trou noir.

Fabien s'était retrouvé au volant de sa voiture boulevard de Belleville, seul, la tête comme prise dans un étau. Gueule de bois carabinée, pour ce qu'il en savait, lui qui n'avait pas l'habitude de boire. Il était rentré directement chez lui, pour constater que la soirée du dimanche était déjà bien avancée. Il avait allumé toutes les lumières dans l'appartement, pour en chasser les ombres qui avaient pris leur aise dans les recoins pendant son absence. Curieusement, il faisait toujours aussi sombre, ou peu s'en fallait. Il avait mis ça sur le compte de la migraine. Il avait avalé deux comprimés effervescents et s'était couché.

Puis il avait compté les secondes, les minutes, les heures.

Et voilà qu'il s'agitait entre les draps trempés de sa propre sueur. Fabien consulta le réveil. Bientôt six heures. Résigné, il se leva, fonça dans la douche où il resta dix minutes, sous un déluge d'eau glacée, à se remettre les idées en place.

En sortant du réduit salle-de-bain, il n'était pas plus avancé. Mais il avait pris une décision : autant ne pas gâcher ces heures perdues pour le sommeil. Il s'habilla et quitta l'appartement. Dans la rue, déjà animée par le ballet des camions poubelle et des éboueurs noirs en combinaison vert fluo, la chaleur était légèrement plus supportable qu'à l'intérieur.

Fabien grimpa dans sa Peugeot et prit la direction du périphérique. À cette heure matinale, la circulation, fluide, autorisait quelques excès. Pied au plancher, Fabien chassa les miasmes du week-end dans le souffle poisseux qui s'infiltrait par les vitres baissées.

Quand il arriva devant le parking du bunker, son mal de crâne s'était dissipé. Il inséra sa carte dans la fente de la machine qui manœuvrait la grille d'accès, attendit que l'ordinateur donne son feu vert en tapotant le volant du bout des doigts, puis vint se ranger à la place qui lui était désormais réservée, près du garage de Marcus. Aucun autre véhicule alentour. Fabien eut une pensée pour ses anciens collègues, tributaires d'horaires fixes, à l'instar de banals fonctionnaires, eux qui conchiaient pourtant tout ce qui se rapportait au service public et ne juraient que par la liberté permise par le privé. Les cons… !

Gonflé à bloc, il se dirigea d'un pas alerte vers le cube de verre et de béton. La façade sans aspérités du bunker reflétait la lueur orangée du soleil levant, posé en équilibre sur l'horizon. Sur la double porte vitrée de l'entrée, le diablotin du logo Devil's ricanait en silence. Les autres employés arriveraient d'ici deux heures environ, pas avant neuf heures et demi.

Fabien glissa à nouveau sa carte dans l'appareil de contrôle. La porte s'ouvrit dans un chuintement, fendant le crâne du diablotin en deux. L'intérieur du bunker restait idéalement tempéré par un système de climatisation jamais pris en défaut. Fabien goûta la fraîcheur du hall d'accueil avec un soupir d'aise. Il prit le temps de musarder dans le vaste espace encombré de cartons publicitaires représentant les héros des jeux maison, grandeur nature. Pas un ne manquait à l'appel : pirate, extraterrestre, barbare, ninja, espion, *man in black*, tueur à gages, *street fighter*, pilote de char urbain, magicien maléfique, …

La clique de créatures offrait un panorama d'attitudes belliqueuses qui prenait un relief particulier à cette heure de la journée, dans la semi-pénombre du hall désert. Fabien fut frappé de constater que tous ces personnages, qui avaient envahi les consoles de millions de foyers dans le monde, exprimaient chacun une facette de cette agressivité qu'on disait nécessaire à la mise en perspective de son contraire chez l'homme. Bien sûr, joueur patenté lui-même, il n'allait pas sombrer dans l'angélisme des psycho-socio-moralistes qui encombraient les colonnes des journaux pour fustiger la mauvaise influence des jeux vidéos sur le comportement des gamins. Il suffisait de regarder n'importe quel JT pour savoir où se trouvait la vraie violence !

N'empêche, la ribambelle de silhouettes cartonnées semblaient le pointer du doigt, lui, Fabien Sorgue, le prendre à témoin des pulsions sadiques de ses contemporains, tels les jurés d'un procès fantastique qui verrait les exutoires virtuels au trop plein d'agressivité des enfants et des ados délibérer sur la peine à infliger à ceux qui en tiraient profit.

Fabien se morigéna. Quelle idée stupide ! Se monter un film pareil… Il n'y avait aucun mal à proposer aux gosses ce qu'ils désiraient par dessus tout. Ce n'était certainement pas la faute à Marcus Kesner ou à ses concurrents si le monde ne tournait pas rond, si la vie n'avait pas en toutes circonstances la saveur et le moelleux d'un chamallow ! À ce compte-là, qui n'était pas responsable ? Bon Dieu, il y avait des types élus dont c'était le boulot de régler ce genre de problèmes.

Avec un haussement d'épaules, Fabien gagna la salle des artistes. Il n'accorda pas un regard à la planche de travail sur laquelle il avait commis quelques esquisses une éternité plus tôt – pas même une semaine, et cela lui semblait déjà une vie.

Usant de sa carte magique, il appela l'ascenseur. La cabine répondit à sa sollicitation presque immédiatement. Fabien s'étonna d'une telle célérité. Le panneau de commande lui en fournit l'explication : le chiffre –1 clignotait encore sur l'écran digital, à côté d'une flèche la pointe orientée vers le haut.

Fabien eut un instant d'hésitation. Marcus ne lui avait pas donné l'autorisation de visiter le sous-sol, mais il ne lui en avait pas non plus formellement interdit l'accès. Maintenant qu'il appartenait à l'équipe du troisième étage, Fabien avait une bonne raison de satisfaire sa curiosité. C'était l'occasion rêvée de découvrir la fameuse machine qui pilotait le programme de *Faerie Hackers*, en toute tranquillité.

Il appuya sur le bouton correspondant au niveau moins un. La flèche lumineuse pointa vers le bas. Les portes de la cabine se refermèrent. Fabien n'eut pas l'impression que l'appareil bougeait. Il s'attendit à ce qu'une alarme se déclenche, certain d'avoir été pris en faute par l'œil invisible d'une caméra. Une bouffée de paranoïa lui fit monter le rouge aux joues, ainsi qu'un accès de claustrophobie – et si l'ascenseur le retenait prisonnier jusqu'à l'irruption du responsable de la sécurité ? Il ne tenait pas vraiment à rencontrer Maser aussi tôt après l'avoir quitté, surtout dans de telles circonstances.

Cinq secondes plus tard, les portes coulissaient de nouveau. Un carillon discret signala l'immobilisation de la cabine. Soulagé, Fabien fit un pas au dehors. Le froid mordant le saisit de la plante des pieds au cuir chevelu. Après la fournaise de l'appartement et la fraîcheur relative du rez-de-chaussée, la chute brutale de température lui fit l'effet d'une paire de gifles.

Frissonnant, il s'avança dans le couloir carrelé de céramique blanche, du sol au plafond. L'endroit ressemblait à une station de métro en modèle réduit. Ou à la morgue d'un hôpital, c'était selon. Trois portes anonymes ouvraient à main droite, deux seulement à main gauche. Indécis, Fabien se dirigea vers la plus proche et appuya sur la poignée. Celle-ci ne bougea pas d'un millimètre. La serrure devait être condamnée par un système de sécurité quelconque.

Non, rectifia Fabien, c'était plus vicieux encore : il n'y avait pas de serrure sous la poignée, aucun dispositif de verrouillage apparent. Simplement la surface lisse du panneau de plastique ou de résine qui barrait l'accès à la pièce située de l'autre côté. Rien non plus dans le mur, sinon l'agencement géométrique des rectangles de céramique, ajustés avec une précision maniaque.

Bon Dieu !, comment s'y prenaient-ils pour ouvrir ces fichues portes ? Il devait y avoir une formule du genre « Sésame… », ou quoi ?

Fabien allait continuer son exploration quand le carillon de l'ascenseur le fit sursauter. Il fit volte-face, le cœur battant la chamade ; les portes de la cabine venaient de se refermer. Fabien sentit ses jambes flageoler en constatant qu'il n'y avait pas de bouton d'appel dans la paroi immaculée, ni aucune fente où glisser sa carte.

Malgré la température avoisinant le zéro, une pellicule de sueur mouilla le front et les tempes du visiteur indiscret. Fabien se força au calme. Il inspira profondément. L'air ambiant n'était pas totalement aseptisé, comme il l'avait cru de prime abord. Une fragrance irritante titillait ses sinus, un effluve discret et néanmoins prégnant, qui ne lui était pas étranger. Un parfum qu'il avait respiré peu de temps auparavant pour la première fois, il aurait pu en jurer.

Mais le moment était mal choisi pour se livrer au jeu des réminiscences. Celui qui avait rappelé l'ascenseur risquait de débouler dans le corridor d'une seconde à l'autre. Il essaya les unes après les autres les différentes poignées de porte, passant d'un côté et de l'autre du couloir, de plus en plus fébrile. Finalement, la dernière céda.

Fabien pénétra dans une pièce obscure. Il referma derrière lui en s'efforçant de ne pas trahir sa présence par un déclic inopportun. Au moment où il relâchait la poignée, le carillon de l'ascenseur résonnait dans le corridor glacé.

Il se mordit la lèvre inférieure et colla son oreille à la porte. Des bruits de pas s'élevèrent de l'autre côté du battant. On approchait de l'extrémité du couloir. Le cœur de Fabien se contracta dans sa poitrine, réduit à une boule de chair trop dense pour accomplir sa fonction naturelle. Le souffle suspendu, il s'écarta lentement du seuil, glissant sur le côté, les paumes plaquées à la paroi de céramique congelée.

Le claquement des talons sur le sol carrelé stoppa net. Fabien lutta pour ne pas défaillir, saisi d'une bouffée de panique, le dos de son polo collé à l'épiderme. Il y eut comme un froissement de métal à moins d'un mètre de l'endroit où il se tenait, de l'autre côté de la cloison. Puis l'odeur déjà repérée, plus agressive, lui piqua les narines. Fabien serra les dents et bloqua sa respiration pour ne pas éternuer. Un claquement de porte mit brutalement fin à son supplice.

Fabien expira longuement, relâchant ses muscles tendus à rompre. Il accommodait progressivement et découvrait que les céramiques reflétaient une vague clarté laiteuse, teintée de bleu pâle, un peu comme ces lumières crues sur les pistes des boîtes qui mettaient en valeur les tenues soyeuses et immaculées de certains danseurs.

Mesurant chaque geste, il se retourna. Ce qu'il découvrit alors balaya d'un coup toutes ses appréhensions.

Le central du réseau *Faerie Hackers* était la chose la plus magnifique qu'il avait jamais contemplée. Alors, pourquoi ne pouvait-il s'empêcher de trembler tandis qu'il le dévorait des yeux ?

***

« Tenez. J'ai trouvé ça pour vous. Le temps que ça repousse. »

Lil tendit le béret au capitaine. Lartagne ajusta la galette de feutre noir sur l'arrondi de son crâne sans faire de commentaires. Biborg fit irruption à son tour dans la cuisine, agitant le sac plastique qui contenait la rétribution exigée pour ses services.

« Une pièce magnifique, vraiment. Mes clients seront ravis. L'authentique toison d'un capitaine de la Garde Royale, protecteur du Dauphin ! Je pourrai la vendre mèche par mèche. Allons, ne faites pas cette tête. Vous devriez être flatté.

— Et si vous débarrassiez le plancher ? suggéra Lartagne. À moins que vous ne convoitiez aussi mes moustaches ? »

Biborg fit la moue. « Pas assez fournies, mon garçon. À peine un accessoire pour parfaire votre personnage. Rien à en tirer.

— Alors, on ne vous retient pas. »

Comme le nain faisait demi-tour en haussant les épaules, Lil se précipita sur la radio, qui diffusait toujours en sourdine les dernières nouvelles.

« Attendez ! Il se passe quelque chose. »

Elle monta le volume. La voix du speaker, hachée par les parasites, résonna familièrement aux oreilles du capitaine.

« …spère que vous êtes à l'écoute, là-haut. Pas le temps de fignoler une meilleure liaison. Bon, quoi qu'il en soit, surtout ne bougez pas, ne tentez pas de rejoindre le Royaume dans l'immédiat.

— Obrasian ? Mais qu'est-ce qui se passe ?

— Il ne peut pas vous entendre, capitaine », précisa Lil. Une salve de crépitements couvrit momentanément le commentaire du sorcier. Puis Obrasian Phulmis réitéra sa mise en garde : « Restez en Surface. Veillez sur le Dauphin le temps que nous réglions le problème. Ordre du Roi. C'est compris ? Je vous tiendrai au courant dès que possible. Demeurez à l'écoute et ne vous en faites pas… »

Les parasites brouillèrent de nouveau la voix du presque-dragon. Lil secoua le transistor, avant de le reposer d'un air las sur la table du petit-déjeuner. Le journaliste de France Info avait repris le micro.

« … nous rejoignons à présent Dominique Ferral, notre envoyé spécial sur les Champs-Élysées. Dominique, vous vous trouvez à hauteur du Virgin Mégastore, où une émeute d'un genre particulier vient de se produire. Expliquez-nous ce qui motive les milliers d'adolescents et de moins jeunes qui se bousculent en ce moment dans ce temple de la consommation culturelle… »

Lil baissa le volume. « Je crois que Maître Biborg va être obligé d'accepter notre hospitalité plus longtemps que prévu.

— C'est insensé, se plaignit Lartagne. Je devrais être auprès de mes hommes pour protéger le Royaume.

— Vous serez certainement plus utile ici, pour l'instant. Obrasian se débrouillera très bien tout seul. Croyez-moi, s'il avait besoin de nous, il ne se serait pas gêné pour nous commander de le rejoindre. Alors, relax. Ce n'est pas le moment de nous faire une crise de responsabilité virile.

— Vous en avez de bonnes ! Évidemment, la responsabilité n'est pas un concept familier aux écervelées de votre espèce. »

La fey serra les poings. Elle compta mentalement jusqu'à dix avant de répondre, détachant chaque syllabe : « Irresponsable au point d'en payer le prix fort, depuis vingt ans. À cause de types dans votre genre, parfaitement responsables, eux. Vous formez une belle bande d'hypocrites, Obrasian, Couleur et tous les autres. Vous maintenez le Royaume au degré zéro de son évolution sociale, au nom de traditions éculées. Vous écrivez vos lois et vous rendez la justice avec votre bite ! »

Lartagne s'empourpra. Biborg toussa, se racla la gorge. Lil n'en avait pas terminé : « Vous vous croyez encore au temps des Anciennes Batailles, où seule comptait la taille de votre épée. C'est encore à celui qui aura la plus grosse, hein ? Mais ouvrez donc les yeux, au lieu de pleurnicher parce que vous n'avez plus un poil sur le caillou ! Le Royaume n'est pas habité que par des brutes machistes. Et la plupart des gens n'ont plus rien à foutre de vos histoires dégoulinantes de testostérone. Ils veulent vivre en paix, ensemble, jouir du progrès, et, surtout, avoir leur mot à dire. Vous connaissez le sens du mot démocratie, au moins ? »

Lartagne resta de marbre, affrontant stoïquement la colère de la fey. Puis, il pointa un index accusateur sur sa poitrine, tâchant de faire abstraction des formes mises en valeur par le tee-shirt passé au saut du lit, visiblement trop petit d'une taille.

« Si les habitants du Royaume vivent aujourd'hui en paix, c'est aux brutes machistes dans mon genre qu'ils le doivent. N'oubliez jamais ça. Sans les types dans mon genre ou celui du Roi, et leur trop plein de testostérone, les donneuses de leçon à peine pubères n'auraient pas l'occasion d'ouvrir leur grande gueule pour tout critiquer. Avant de réclamer l'égalité des droits, il faut s'en montrer digne, mademoiselle.

— Écoutez donc ce grand écornifleur ! Foutu soldat… Fasciste !

— Pétroleuse !

— Hum. Hum. »

Biborg s'interposa entre les adversaires avant qu'ils n'en arrivent aux mains. Du menton, il désigna le seuil de la cuisine. Le Dauphin se tenait dans l'encadrement de la porte, l'air hébété. Le bandage qui ceignait toujours la moitié de son crâne s'était relâché. Les cicatrices qui témoignaient de son passage sur le billard apparaissaient par endroits. L'orbite qui avait accueilli la balle de l'assassin était recouverte d'un pansement adhésif couleur chair. La perte de son œil ne semblait pas affecter le garçon outre mesure. Les mœurs de Faërie prédisposaient ses habitants à accepter avec stoïcisme les menus accidents de la vie quotidienne, dont membres et organes faisaient ordinairement les frais.

« Capitaine ? C'est bien vous ? Où sommes-nous ? Et que vous est-il arrivé ?

— Votre majesté… »

Lartagne parut s'écrouler. Il mit un genou sur le carrelage, abaissant son béret à hauteur du nombril de la fey. Celle-ci pouffa.

« Pfff. Soumission imbécile aux icônes du pouvoir. Tous les mêmes ! Relevez-vous, bon dieu ! On n'est pas en Faërie, mais en République. Ça fait plus de deux siècles qu'ils ont coupé la tête de leur dernier roi, par ici… Alors, mon garçon, bien dormi ? Viens donc prendre ton petit-déjeuner. »

L'œil valide du Dauphin passait de la fey au capitaine et inversement, comme s'il ne savait plus où se poser. Lartagne se redressa et s'empara du dossier de la première chaise venue. « Prenez place, je vous en prie.

— C'est ça. Prends place, mon grand, se moqua Lil. Tu es plutôt café ou chocolat, le matin ? »

Il s'avéra que le Dauphin était friand de cacao et avait un solide appétit. « Normal, il est en pleine croissance », fit remarquer la fey, plongeant le capitaine dans l'embarras, face à tant de familiarités. Le rejeton du Roi, quant à lui, ne semblait guère se formaliser de l'attitude provocatrice de son hôtesse et de son manque d'étiquette.

« Voilà donc à quoi ressemble la Surface, lâcha-t-il entre deux goulées de chocolat chaud. C'est assez étrange, mais pas déplaisant, finalement.

— Il ne faut pas se fier aux apparences, rétorqua Lil. Tout n'est pas rose dans ce monde-ci. Beaucoup d'humains souffrent de restrictions et d'un manque de liberté. Tout comme en Faërie… Aïe ! »

Lartagne venait de lui décocher un coup de pied dans le tibia, par-dessous la table. « Ce n'est pas le lieu ni le moment de refaire les mondes. Nous ferions mieux de nous concentrer sur des problèmes de moindre envergure mais qui nous concernent plus directement.

— Soit. J'y ai réfléchi, cette nuit. Les ronflements de Maître Biborg m'ont aidée à rester éveillée. Je crois que nous avons une chance de remonter la piste de qui vous savez… » Lil s'assura que l'allusion échappait au Dauphin, qui bâfrait toujours, avant de continuer : « …et de le débusquer dans sa tanière.

— Sans l'aide du poignard, je ne vois pas comment nous y prendre. Je doute qu'il ait laissé une piste derrière lui.

— Lui, non. Mais il n'est pas venu seul au rendez-vous.

— La belle affaire ! Comment voulez-vous retrouver un humain en particulier parmi les millions qui s'agitent dans le coin ?

— Qui s'agitent, effectivement. Vous avez eu le mot juste, capitaine. Or, une telle agitation laisse des traces. Les humains n'aiment rien tant que fixer leurs actes dans la pierre ou le papier, et sur des supports plus modernes, aujourd'hui. Réfléchissez : qui vous savez n'a pas eu le temps de chercher bien loin, il a certainement débauché un humain dans son entourage. Si on le retrouve, on remonte jusqu'à votre vieux copain. Il doit être sur ses gardes, mais il ne s'attendra pas à ce qu'on traque ses sbires.

— C'est bien beau, mais il faudrait déjà savoir de qui il s'agit. On n'a pas l'amorce du début de la queue d'une piste ! »

Lil faillit détromper le capitaine, mais elle se ravisa au dernier instant. Inutile d'évoquer le sentiment de déjà-vu éprouvé en la présence du jeune homme. S'il y avait là un indice à ne pas négliger, sa signification lui échappait toujours.

« Pas pour l'instant. Mais ça peut changer si on se dépêche. Allons récupérer ma voiture. Si le branle-bas d'hier n'a pas trop semé la confusion dans le quartier, les monuments se souviennent peut-être encore de quelque chose, du moins les plus colorés. Il n'y aura qu'à leur poser la question. »

***

« Ils viennent tout juste de sortir. Elle et le bellâtre. Je ne sais pas ce qui s'est passé, mais il a une drôle de touche. Attendez un peu, je vais voir ça de plus près (...) On dirait qu'il s'est tondu le crâne ! Ah, voilà un taxi qui arrive. Ils grimpent dedans. (...) Oui, eux deux seulement. Monsieur Bibe-Orgue doit toujours être à l'intérieur avec le gamin.

— Parfait. Prévenez-moi s'il y a du nouveau. J'arrive dès que possible. »

Maser coupa la communication, replia son portable et glissa l'appareil moins encombrant qu'un étui à cigarette dans la poche intérieure de sa veste – une Calvin Klein toute simple, à peine retouchée, arrachée à sa garde-robe quelques heures plus tôt. Le démon se tourna ensuite vers l'entrée du magasin. Il inspecta une dernière fois le vestibule, vérifia que tout était en ordre, les escalators immobilisés, les employés sur le pied de guerre, les comédiens en tenue. Sur la scène dressée au centre du hall, tout le monde attendait le signal de départ.

Son dos le démangeait atrocement. Maser pouvait toujours sentir la lame chargée de Couleur plantée entre ses omoplates, même si elle se trouvait présentement à l'abri dans le coffre de Kesner. La dépouille remise par le capitaine était quant à elle passée au broyeur, avant de finir sous forme de confettis dans le bassin aux carpes, régalant les poissons. Kesner avait ri de la blague jouée par le champion. Puis, il s'était appliqué à recoudre la plaie ouverte sur la moitié de la face de Maser, remplaçant la joue crevée par un morceau découpé dans le fourreau du poignard – quelques centimètres carrés de la véritable peau du démon.

Dix minutes avaient suffi pour que les boursouflures des

cicatrices se résorbent et disparaissent. Le fragment de cuir avait rapidement retrouvé sa souplesse originelle, au contact du corps de son propriétaire. Les premiers poils avaient même commencé à pousser moins d'une heure après l'opération improvisée dans le bureau de Marcus. À présent, le visage volé à Frank, le jeune homme au look gothique de Montmartre, évoquait un de ces masques de théâtre où s'affrontent deux faciès, avec un côté tatoué et piercé, l'autre mangé par le crin dru et bouclé d'une barbe plus sombre que le charbon.

« Tout le monde en place, le spectacle va commencer ! »

Marcus Kesner fit irruption de la salle du personnel, accompagné par le chargé de communication du Megastore. Cloné sur le modèle des jeunes loups produits en série par les écoles de commerce, le guignol évoluait sur un petit nuage. Il ne manquait rien à sa panoplie, pas même le discret piercing à l'arcade censé apporter la touche gentiment destroy de rigueur dans les milieux où ce genre de choses comptait. Le dieu vivant du videogame avait choisi son magasin pour dicter à ses fidèles le onzième Commandement, celui qui allait reléguer les Tables de la Loi du *wargame* aux oubliettes de l'histoire, en compagnie de Pacman et du ping-pong virtuel. Les retombées médiatiques allaient se compter en kilo-euros pour son enseigne, et son plan de carrière le faire décoller plus sûrement que s'il avait eu un lanceur Ariane planté dans le cul.

Marcus grimpa sur la scène, dans un grand mouvement de cape de fourrure. Avec son casque doté d'une paire de cornes de buffle et son épée à double tranchant loués à un magasin d'accessoire, il campait une magnifique caricature de Viking – avec des faux airs de Kirk Douglas dans le film éponyme. À la différence de l'acteur à la célèbre fossette, Marcus outrait son jeu, singeant le sérieux des amateurs de déguisements qui organisaient des parties grandeur nature de leurs titres favoris. L'exhibition l'amusait énormément, lui qui ne manquait jamais une occasion de se moquer du comportement grotesque de ses contemporains.

Le trio de bimbos engagé pour la représentation vint se positionner derrière leur seigneur et maître. Marcus avait réussi à dégotter une brune, une blonde et une rousse taillées chacune sur le même modèle sculptural. Vêtues d'un simple cache-sexe et d'un soutien-gorge de latex, les beautés calibrées jouaient le rôle d'esclaves prêtes à satisfaire ses moindres caprices.

Marcus donna à chacune une claque sur le fessier. « Magnifique, les filles. Vous êtes superbes. Je veux que vous les fassiez bander, c'est compris ? »

Sans attendre la réponse, il leva le nez vers le dôme du vestibule. Une toile de trente mètres carrés était tendue au-dessus de la scène, face à un vidéoprojecteur installé à l'étage. Le technicien vidéo campé derrière la console indiqua que tout était OK.

Kesner hocha le menton en direction du démon. « On y va ! Sono à donf... » Il fit un signe au technicien de la régie son, installé au sommet de l'escalator. Un roulement de tambour résonna dans le vestibule. Maser s'approcha des portes d'entrée, adaptant son pas au rythme martial.

La clameur de la foule rassemblée derrière les vitres enfla, jusqu'à exploser dans un concert de vociférations hystériques. Maser consulta le cadran de sa Rolex : il était tout juste huit heures.

Les croisillons métalliques qui protégeaient les portes coulissantes commencèrent de se relever. Cent faciès acnéiques s'écrasèrent contre les vitres, pressés par les milliers de joueurs qui faisaient le pied de grue sur le trottoir des Champs-Élysées depuis l'aube. À minuit, une déferlante d'e-mails avait noyé la boîte de réception des clients Devil's répertoriés lors du dernier recensement. Le message leur fixait rendez-vous au Megastore à huit heures précises pour une distribution gratuite de mille kits de connexion nouvelle génération et l'attribution d'autant de codes personnels d'entrée dans l'univers de *Faerie Hackers*. La simple signature de Marcus Kesner avait suffi à embraser le Net le reste de la nuit, quand l'information avait circulé de terminal en terminal. Les plus accrocs avaient déroulé leur sac de couchage sur le trottoir moins d'une demi-heure après la réception de l'e-mail.

« C'est parti », lança Maser à son équipe. Les mastards de la sécurité gonflèrent leurs poitrines sous le tissu des Bombers. Ils se prirent par la main pour former deux chaînes de muscle et de gueules patibulaires, destinées à canaliser le flot adolescent qui s'apprêtait à affluer dans le temple de la consommation culturelle.

Les joueurs n'attendirent pas l'ouverture complète des portes. Ils s'engouffrèrent dans l'interstice grandissant entre les vantaux pour se ruer dans le hall et courir vers la scène.

Marcus Kesner les accueillit en brandissant son épée d'opérette en direction du ciel, à la manière des guerriers peints sur les couvertures des romans-dont-vous-êtes-le-héros. Sa mimique exprimait toute la joie qu'il avait à parodier le comportement des rôlistes. Un autre geste, et des cuivres s'ajoutèrent aux percussions emballées, pour entamer un thème de péplum grandiloquent.

Les portes achevaient à peine de coulisser que le vestibule du Megastore était envahi par des centaines de jeunes excités, jouant des coudes et du poing pour approcher au plus près de la scène. Les gorilles avaient réussi à former un cordon de sécurité devant le plateau surélevé, pour empêcher qu'il ne soit pris d'assaut. Maser était resté en arrière, près de l'entrée, de manière à pouvoir s'éclipser au plus vite. Avec cinq autres costauds, il barrait le passage aux milliers de frustrés qui n'avaient pu pénétrer dans le Saint des Saints.

Car ils étaient venus pour le Graal.

C'était bien ce que Marcus Kesner, le gourou qu'ils adoraient, leur avait promis, et c'était bien ce qu'il comptait leur offrir.

« La conquête ! hurla-t-il, et sa voix amplifiée par le micro collé à sa lèvre se répercuta en écho dans tout le magasin, portée par le vent des trompettes. La conquête d'un monde plus riche, plus surprenant, plus fabuleux que tout ce que vous avez jamais espéré ! La conquête d'un Royaume défendu par les créatures les plus réalistes que vous avez jamais affrontées ! »

L'écran suspendu au-dessus de la scène s'illumina d'un coup. « Voici le Royaume offert aux audacieux. Bienvenue dans l'univers de *Faerie Hackers.* »

L'image se stabilisa sur une vue aérienne. Malgré l'altitude, on discernait au milieu de l'écran les artères sinueuses d'une grande cité, à l'abri des contreforts du Palais, dont la masse écrasait la marqueterie des toits agencés en mosaïque d'ardoise et de tuile. Hors de la ville, le réseau des routes et des chemins formait une toile d'araignée tissée à travers bois et champs, délimité au Nord par la frange émeraude de la forêt, au Sud par le liseré azur d'un vaste plan d'eau.

L'épée de Marcus fendit l'air en sifflant. Dans le même temps, l'œil de la caméra effectua un plongeon vers le cœur de la cité.

« Le Royaume vit en paix depuis la nuit des temps », expliqua Kesner, enjôleur. Sa voix couvrait maintenant la bande-son, claire et distincte. Une voix qui semblait s'adresser directement à chacun des joueurs qui trépignaient devant la scène, et à lui seul. Un survol en rase-mottes de la place du marché surprit les habitants de Faërie dans leur quotidien. Nains et géants, trolls et humains, toutes tailles et corpulences mêlées, vaquaient à leurs occupations avec quiétude.

« Mais il n'en a pas toujours été ainsi ! » tonna Marcus. À cet instant, le sol s'ouvrit sous les pieds des créatures. Une crevasse fendit la place du marché, précipitant mâles et femelles de toutes espèces dans l'abîme soudain révélé. Des cris de terreur fusèrent des enceintes disséminées dans le vestibule du Megastore. De violents coups de cymbales soulignaient l'intensité dramatique de la scène.

Kesner joignit ses hurlements à ceux des victimes du séisme. Les pin-ups prirent des poses horrifiées et se mirent à geindre de concert. Les joueurs lançaient des vivats et des sifflements admiratifs. Le brouhaha atteignit son paroxysme quand un grondement terrifiant, monté des entrailles du Royaume, éclipsa tout le reste. Les baffles tremblaient dans les ultrabasses, à la limite de leur point de rupture. Enfin, le volume baissa, et Marcus reprit son commentaire :

« Les fondations du Royaume recèlent de sombres secrets. Là gisent les Anciens Seigneurs, chassés par traîtrise de leurs trônes immémoriaux. »

La caméra subjective plongea à son tour dans la faille. Elle dépassa bientôt les corps tournoyants des pauvres hères qui se débattaient en vain, happés par les profondeurs.

« Longtemps, les Seigneurs se sont affrontés, dans la gloire et la majesté de leur toute-puissance. Le Royaume était craint et respecté par tous les niveaux de la création. Ses sujets étaient reçus en maîtres dans chaque monde. Ils avaient pour noms : Destruction ! Ravage ! Dévastation ! Chaos ! Ils portaient en eux la colère originelle de l'univers. Ils avaient soumis le néant à l'épreuve de leur force primitive, car ils incarnaient l'énergie et la matière. Ils étaient le principe même de la vie et de la mort, les juges suprêmes et incontestés de toute destinée. »

L'image se fondit dans un maelström de ténèbres. Des silhouettes monstrueuses apparaissaient parfois, fugitives, pour retomber ensuite dans l'anonymat de la nuit. Les membres et les visages entraperçus mêlaient les anatomies humaines et animales dans un capharnaüm de griffes, de crocs, de becs, d'écailles et de plumes.

« Ils attendent cachés dans les replis des mondes. Ils attendent le signal qui les délivrera de leurs geôles de douleur. Ils attendent les nouveaux guerriers qui porteront leurs noms avec fierté, tels des étendards de rage et de souffrance, partout dans le Royaume endormi. Ils attendent que Destruction, Ravage, Dévastation et Chaos les appellent à nouveau à régner sur les mondes. »

Marcus sonda son auditoire et chacun put croire que ce regard acéré et complice lui était adressé personnellement :

« Serez-vous ceux qu'ils ont tant espéré ? »

Il balaya l'assistance du plat de son épée. Une salve d'approbation monta des centaines de gorges qui avaient jusque-là bu ses paroles comme un nectar. Répondant au signal convenu, le technicien de la régie son envoya le tube électro sélectionné pour chauffer les joueurs à blanc. Le beat monta progressivement en cadence comme Marcus bondissait d'un côté et de l'autre de la scène, soutenu par un fond de guitares plombées qui lâchaient des riffs incisifs.

« Serez-vous assez impitoyables ? Serez-vous assez déterminés ?

— OUI ! »

Marcus secoua la tête. Il prit un air dégoûté. Il dégrafa sa cape et la remit à la beauté brune, qui disparut ensuite dans le fond du vestibule. Il fit de même avec son casque et la beauté blonde, puis son épée et la beauté rousse. Quand il se retrouva seul sur scène, il ne portait plus qu'un jean et un tee-shirt, ainsi que le micro et son oreillette.

« Oubliez les accessoires. Pour remporter le défi que je vous propose, il faut être soi-même. »

Déchirant le tissu du tee-shirt, Marcus révéla un torse glabre aux pectoraux saillants, fruit d'un travail en salle exigeant. La beauté brune réapparut, portant, telle une offrande, un kit de connexion.

« Êtes-vous prêts à faire l'expérience la plus envoûtante permise par la technologie quand elle s'allie avec la magie ? hurla Marcus, tandis qu'il achevait de se débarrasser de ses oripeaux. Le rythme de la musique électronique s'emballa. Les joueurs étaient en transe. Bras tendus vers la scène, ils scandaient des encouragements, des imprécations, des menaces même.

« Alors, voyez comment on devient un *Faerie Hacker* ! »

INTERMÈDE

PARIS, DÉBUT DES ANNÉES 2000

« La capacité de calcul des microprocesseurs en silicium a atteint les limites imposées par une contingence physique élémentaire : l'espace, expliqua Tselnek. Autrement dit, transistors et mémoires ne peuvent être miniaturisés en deçà de la taille d'une molécule, voire d'un atome. De plus, la vitesse de propagation de l'information ne peut excéder celle de la lumière. Actuellement, si l'on considère qu'un microprocesseur mesure environ trois centimètres, l'information circule d'un bout à l'autre en cent picosecondes, soit une fréquence de dix gigahertz. C'est énorme, mais insuffisant encore. Votre projet nécessite une puissance de calcul bien supérieure. »

Marcus Kesner émietta le morceau de pain qu'il avait dans la main et jeta le tout aux carpes venues quémander leur pitance. Il n'accorda aucun regard à son interlocuteur, assis sur le rocher voisin, quand il fit remarquer : « C'est pour trouver une solution que monsieur Maser vous a débauché de votre laboratoire. Vos travaux sur la résonance magnétique nucléaire font autorité.

— Certes. La spintronique est sans nul doute la clé du problème. Les propriétés magnétiques de l'électron ouvrent des perspectives autrement plus vastes que celles de la microélectronique traditionnelle, fondée sur le banal transport de charge. La théorie est alléchante ; déjà, il y a quelques années, un collègue d'AT&T a mis au point un algorithme utilisant les propriétés de la mécanique quantique. Grâce à lui, une année suffirait à résoudre un calcul qui occuperait sinon les meilleures machines pendant des milliards d'années ! Mais le passage à la pratique n'a jamais permis de confirmer cette théorie. Sans entrer dans les détails techniques, l'ordinateur quantique à résonance magnétique nucléaire le plus performant que je connaisse travaille avec sept bits quantiques ; or, si on devait établir une comparaison de puissance avec les machines traditionnelles, les plus rapides atteindraient un niveau de quarante q-bits. On est encore loin du compte. »

Tselnek se tortilla sur son rocher. Depuis qu'il avait pénétré dans le loft et découvert l'incroyable jardin où l'attendait son nouvel employeur, le physicien avait l'impression d'avoir perdu pied avec la réalité. Comme s'il avait fait un pas de l'autre côté du miroir, dans un monde aussi virtuel que ceux imaginés au premier étage dans la « salle des artistes ».

Marcus Kesner trempa sa main dans l'eau froide du bassin. Quelques carpes curieuses vinrent coller l'ovale de leurs bouches contre sa paume. Puis, déçus de constater qu'elle était vide, les poissons reprirent leur poste en observation devant le rebord du bassin.

« Vous avez pourtant accepté de travailler pour moi, fit Kesner.

— L'offre qui m'a été faite pouvait difficilement être refusée. Les moyens mis à disposition sont sans équivalents avec ceux de la recherche publique. La plupart de mes collègues seraient prêts à vendre leur âme au Diable pour une ligne de crédit illimitée ! Devil's Game porte bien son nom. »

Tselnek eut une quinte de rire douloureuse. Les carpes refluèrent vers le centre du bassin, apeurées. Marcus ne bronchait pas. « Quelque chose vous gêne ? demanda-t-il au bout d'un moment. Le défi à relever n'est-il pas excitant ?

— Si, bien entendu. C'est juste que je m'interroge sur la finalité d'une telle débauche de moyens. Tout ça pour un simple jeu ! Excusez-moi, mais il me semble que c'est excessif. Construire un ordinateur quantique, avec les efforts démesurés et l'investissement que cela suppose... Si je parviens à faire fonctionner la machine que vous m'avez commandée, sa puissance excédera celle de tous les ordinateurs jamais construits réunis.

— Je comprends votre étonnement. Cela vous paraît une application dérisoire, futile même. Les enjeux sont pourtant colossaux. L'industrie du jeu vidéo est en passe de reléguer celle du cinéma au rang des curiosités historiques, en matière de divertissement. Si la micro-informatique a pu progresser de manière aussi spectaculaire depuis vingt ans, c'est à l'aspect le plus trivial, le plus ludique, de ses applications qu'elle le doit. Or, comme vous l'avez fait remarquer, les machines personnelles ont atteint un seuil critique tout récemment. La puissance de calcul des ordinateurs mis sur le marché conditionne la qualité des produits proposés et limite les possibilités offertes par l'imagination des concepteurs. Celui qui saura passer outre ces limites techniques s'arrogera pour longtemps le leadership de ce marché. Mon discours doit vous paraître foutrement prosaïque, sinon cynique. J'assume cet état de fait. J'ai fourni en l'espace de quelques années de quoi alimenter les machines les plus performantes et satisfaire des dizaines de millions de joueurs dans le monde ; je leur ai ouvert les portes d'univers nouveaux, où leurs fantasmes pouvaient s'assouvir sans contraintes. Aujourd'hui, je veux leur offrir beaucoup plus, avec votre collaboration. Je rêve pour eux d'un monde si réaliste qu'il leur sera impossible de le différencier de celui qui les entoure. Je vous demande rien moins que concevoir la machine capable d'opérer le calcul de toutes les modalités du réel. »

Marcus se tourna vers le physicien. Tselnek contempla pour la première fois la lueur qui brillait dans le regard du jeune entrepreneur. Une lueur qui lui parut irradier du fond des âges, telle la lumière des plus anciennes étoiles de l'univers, mortes depuis des milliards d'années, et qui ne vivaient plus que dans la mémoire des hommes qui les contemplaient.

« Oui. Mais il y a un hic dans votre raisonnement. Même si cet ordinateur voit le jour, il n'existe aucune interface susceptible de le relier efficacement aux machines de vos clients. Les réseaux à ultra haut-débit en brideraient forcément les capacités. Il faudrait disposer d'une source d'énergie capable de s'adapter au mode de fonctionnement quantique de l'appareil, à des niveaux dépassant les lois de la physique habituelle.

— Êtes-vous bien sûr qu'une telle source d'énergie n'existe pas ? »

Le flamboiement de son regard fournit une réponse claire à cette question. Tselnek n'aborda plus jamais le problème de l'approvisionnement en énergie avec Marcus.

CHAPITRE IX

LES CHOSES ANCIENNES ET MONSTRUEUSES

Obrasian Phulmis sentit la communication lui échapper.

« Saleté de machine ! »

Il secoua le cornet acoustique et donna un tour de manivelle. Mais l'appareil refusa de se remettre en route. Le lien fragile qui l'unissait au récepteur situé en Surface avait été rompu.

« Bien entendu, il n'est plus sous garantie… Maître Biborg, je te revaudrai ça ! »

Le presque-dragon abandonna le phonographe et quitta le bureau du Connoisseur. Sur le palier, il s'arrêta un moment devant la fenêtre. Les flammes orangées d'une demi-douzaine de torches dansaient au milieu de la rue. Une patrouille du guet achevait sa ronde à la lueur du jour naissant. La nuit avait été longue pour les miliciens ; une fois encore, ils avaient payé un lourd tribut à l'ennemi – furtif, sournois et supérieurement armé. Un homme seul, comme les fois précédentes. Une douzaine de soldats avaient succombé à l'attaque éclair. Puis l'homme s'était éclipsé.

Le sorcier grinça des dents. Il avait quitté le Palais aussitôt après l'alerte, mais il était arrivé trop tard. Il n'avait pu que constater les dégâts. Toutefois, l'examen des corps des victimes avait révélé d'infimes traces d'Infrasombre, enfouies dans les plaies. Cette fois, il n'y avait plus aucun doute. Le Rebut s'agitait. Les démons bannis du Royaume au terme des Anciennes Batailles avaient trouvé moyen de frapper le cœur de Faërie, par l'intermédiaire des humains de la Surface.

Nerveux, le presque-dragon agita une langue bifide entre ses crocs et rejoignit la salle à manger. Grübel s'y trouvait déjà, attablé devant un plantureux petit-déjeuner. Malgré la maladie, l'appétit du géant n'avait pas diminué. Obrasian vint s'asseoir à l'autre bout de la table.

« Ne fais pas cette gueule là, l'apostropha Grübel. Mange. Emplis ta panse. Rien ne sert de mourir l'estomac vide.

— Je t'admire de plaisanter en un pareil instant.

— Hé parbleu ! Pas plus qu'affamé il n'est bon de s'en aller au combat le chagrin chevillé au corps. J'en ai eu plus que ma part, aussi je te le dis, mon vieil ami : quand l'ennemi montrera sa trogne, ris-lui au nez, ou mieux encore, montre-lui en retour ton cul ! »

Obrasian fit l'aumône d'un sourire. La truculence du Connoisseur, quoique forcée par les circonstances, était un soutien précieux. « Je suivrai ton conseil le cas échéant : la première chose que l'ennemi verra en montant à l'assaut sera la squame qui protège mon fondement ! Seulement, je doute que ça suffise à lui faire rebrousser chemin. »

Grübel eut un reniflement dédaigneux. Puis il s'attaqua à la poularde farcie qui faisait son ordinaire de bon matin. Obrasian le regarda bâfrer en ruminant de sombres pensées. Si les démons revenaient à présent que les nécromants avaient succombé à une attaque surprise, le Royaume saurait-il encore se défendre ? Certes, Couleur était un guerrier toujours redoutable, la garde royale et ses champions des adversaires à ne pas négliger, enfin lui-même et ses collègues étaient encore aptes à lancer quelques sorts percutants…

Malgré tout, Obrasian doutait. La paix, à peine troublée par les velléités émancipatrices des feys, avait plongé les habitants du Royaume dans l'indolence. L'ancien peuple aguerri n'était plus que le pâle reflet de lui-même, une nation embourgeoisée, confite de prospérité – à la manière du Connoisseur. Un bien piètre adversaire comparé à l'ennemi potentiel, qui ruminait sa vengeance de toute éternité.

On toqua à la porte d'entrée. Grübel, la lippe huileuse, se mit à maugréer. Sa servante déboula bientôt dans la salle à manger, les bras levés au ciel.

« Ça recommence, au petit jour cette fois ! Le guet est attaqué. »

Obrasian bondit de sa chaise et se précipita de toute la vitesse de ses pattes courtaudes hors de la salle. Derrière lui, Grübel se hâta avec sa nonchalance coutumière.

Un garde de la milice se tenait sur le seuil de la maison du Connoisseur. Il vit arriver le presque-dragon avec un air de soulagement. « J'étais sûr de vous trouver ici. L'attaque vient juste de se produire, au bas de la rue. On se bat sur la place du marché en ce moment. »

Comme pour confirmer les dires du garde, une détonation claqua, amplifiée par l'écho que se renvoyaient les façades des maisons, penchées les unes vers les autres. Obrasian arracha d'un revers de griffe sa robe de sorcier et déplia ses ailes. Il fit jouer les muscles de son dos pour les échauffer – il n'avait pas volé depuis longtemps et ne voulait pas prendre le risque d'un claquage au moment crucial du décollage.

Puis, étendant les grandes membranes de cuir jumelles sur toute la largeur de la rue, il prit sa course d'envol et donna un premier battement. Une salve de détonations retentit, couvrant le froissement du cuir qui fouettait l'air à mesure que le rythme du sorcier s'accélérait.

Vingt pas furent nécessaires pour qu'il quittât le sol. Il s'éleva peu à peu, passant du premier étage des maisons au second, puis aux greniers, enfin aux pentes d'ardoises et à la forêt de cheminées qui coiffait la cité. De là, il bénéficiait d'un point de vue unique sur le lieu du drame.

La place du marché était en proie à une confusion absolue. Les étals avaient été renversés par la foule en fuite. Fruits, légumes, poissons et viandes jonchaient le pavé, piétinés et réduits en bouillie. Hommes et femmes criaient, invectivaient ou bien priaient. Les enfants pleuraient. On se bousculait dans les goulots d'étranglement des ruelles qui débouchaient sur la place, à s'étouffer ou se broyer les os pour être le premier à décamper. Au milieu de ce capharnaüm, un homme à demi-nu brandissait un fusil automatique en direction des gardes qui tentaient de s'abriter de la grêle de balles derrière les chariots couchés sur le côté.

L'œil acéré du presque-dragon repéra la sombre aura qui enveloppait le tueur. Il traça un cercle au-dessus de la place, prit une profonde inspiration, et partit en piqué, rugissant de toute la force de sa colère.

Le tueur fit volte-face. Le canon de son arme fumait. Il avait le visage fendu par le sourire le plus démoniaque qu'Obrasian avait jamais contemplé. Il prit le temps de lever le canon vers sa cible et d'ajuster son tir, sans cesser de sourire.

Le jet de feu coloré jaillit de la gueule du sorcier au moment où la rafale d'acier brûlant monta à sa rencontre.

***

La lueur bleutée semblait émaner des profondeurs d'une sombre banquise. Fabien plissa les paupières pour mieux détailler la machine qui occupait le centre de la salle, carrelée de céramique du sol au plafond.

Il avait entendu parler de ce genre d'appareils. Il avait parcouru les articles consacrés à la question dans les revues de vulgarisation scientifique. Il savait que les laboratoires des plus prestigieux centres de recherche, tel que le M.I.T. ou le C.N.E.S., disposaient d'ordinateurs d'un genre nouveau, dont le fonctionnement ne devait plus grand-chose aux lois de la physique traditionnelle.

Néanmoins, Fabien avait conscience que cette machine-là échappait de bien d'autres manières aux règles immuables de la physique. Ne serait-ce qu'en raison d'un détail : elle flottait à l'intérieur d'une énorme cuve aux parois translucides, sans aucun système de suspension apparent, comme en lévitation.

Et puis, il y avait la couleur particulière de la lumière, au centre de la cuve. Ou plutôt l'absence de couleur qui émanait directement de la machine. Le phénomène perturbait le sens de la vision. Fabien avait l'impression que son cerveau ne possédait pas la combinaison adéquate au déchiffrement de cette transmission de particules. Le résultat était troublant ; c'était comme plonger le regard au cœur d'une singularité de l'univers, avec la conscience nette de contempler un objet sans être cependant capable de le décrire.

Fabien approcha de la cuve. Le corps principal de l'ordinateur consistait en une espèce de marmite chromée, dont le couvercle se hérissait de tiges métalliques longues comme le bras. Des tresses de câblage reliaient chaque tige à l'électronique de commande, alignée sur une table de travail dans le fond de la salle. Fabien fit prudemment le tour de la cuve, enjambant le nœud de serpent de la connectique, qui grouillait au pied du grand aquarium.

Quel que soit l'angle d'approche, l'aberration chromatique repoussait les efforts déployés par l'observateur. Néanmoins, un mouvement était perceptible sous l'absence de couleur. Comme dans un film projeté sur un banc de brume en guise d'écran, des silhouettes déformées s'agitaient au cœur du phénomène.

Intrigué, Fabien colla le nez à la paroi de la cuve. Le contact avec le matériau de synthèse – pas du verre, assurément – n'était pas désagréable. À l'intérieur du récipient, un ballet surréaliste enveloppait le corps de la machine. Forçant sa concentration aux limites de la migraine, Fabien réussit à distinguer les contours de certains danseurs.

Un cri monta du plus profond de ses entrailles, qu'un étau glacé avait saisi pour mieux les comprimer. Dans un ultime réflexe, il porta le poing à sa bouche et mordit à pleines dents le mors de chair frissonnante.

Il recula, sans quitter la cuve et son contenu des yeux.

Les choses anciennes et monstrueuses retournèrent au néant incolore d'où sa curiosité les avait tirées.

Un déclic le fit sursauter. Quelqu'un ouvrait la porte et s'apprêtait à pénétrer dans la salle. Fabien mordit plus profondément son poing, goûtant le sel du sang épais qui envahit sa bouche. Quelques pas seulement le séparaient de l'amoncellement d'appareils – moniteurs, boîtiers électriques, oscillocospes et beaucoup d'autres dont la fonction était moins évidente – qui encombraient le plan de travail dressé dans le fond de la salle. Sans réfléchir, Fabien se glissa entre les tréteaux qui supportaient le poids de ce fatras digne d'un laboratoire de savant fou. Les câbles de connexion pendaient jusqu'au sol en un rideau suffisamment dense pour le dissimuler, à condition que celui qui venait de faire irruption dans la pièce ne s'avisât pas de jeter un coup d'œil dans leur direction.

L'individu en question ne semblait pas disposé à une inspection des lieux. Après avoir refermé la porte derrière lui, il se dirigea droit sur la cuve. Il en fit rapidement le tour. Quand il arriva dans son champ de vision, Fabien faillit laisser échapper un soupir de soulagement. Mais quelque chose dans l'attitude du vieux Tselnek l'en dissuada.

Le petit homme consultait sa montre avec une apparente nervosité, tel le lapin blanc qui avait entraîné Alice au Pays des Merveilles. Fabien en fit de même. Il était presque huit heures.

Tselnek s'approcha alors des commandes de l'ordinateur. Fabien retint son souffle. Il observa le va-et-vient des jambes de flanelle du pantalon qui se mouvait à moins d'un demi-mètre de sa cachette, priant pour que Tselnek n'ait pas besoin de se baisser pour vérifier les branchements électriques. Ce dernier évolua d'un instrument de contrôle à l'autre, manipulant les commutateurs. Le zonzonnement caractéristique d'une multitude d'appareils en état de chauffe emplit la salle. L'odeur piquante qui avait agressé les sinus de Fabien à la sortie de l'ascenseur s'intensifia progressivement, jusqu'à lui arracher des larmes.

Puis, sans que rien ne laissât supposer un tel bouleversement la seconde précédente, l'absence de couleur qui protégeait la machine se résorba en une gerbe de ténèbres insondables, comme si la cuve s'était soudain remplie de plusieurs milliers de litres d'encre de Chine.

Une encre vivante, traversée d'éclairs bleutés qui dessinaient les contours des horribles silhouettes entraperçues à travers la brume du néant, deux minutes plus tôt.

C'était plus que Fabien n'en pouvait supporter. Il sentit ses membres s'amollir, échapper au contrôle précaire de sa volonté, malmenée par la tension accumulée depuis deux jours.

Il perdit connaissance dans un éblouissement peuplé de créatures de cauchemar.

***

Il y eut un bruissement dans la haie de thuyas. Puis un éclair fuchsia entre deux sapins. « Cette vieille fouineuse... maugréa Lil. Il faudra que je lui fasse passer le goût d'espionner ses voisins, un de ces jours.

— Plus tard, fit Lartagne, poussant la fey sur la banquette du taxi. Puis, s'adressant au chauffeur : boulevard de Ménilmontant. Vous nous laisserez au croisement avec Gambetta. »

Le trajet se fit dans un silence à peine troublé par les commentaires en sourdine du chauffeur, quand il dépassait un lambin ou se faisait dépasser à son tour.

Devant le Père Lachaise, le barrage des CRS avait été levé. Néanmoins, le quartier grouillait encore de policiers.

« Comment va-t-on récupérer votre voiture sans se faire remarquer ? demanda Lartagne.

— Il reste assez de Couleur dans le coin pour dissiper l'attention de ces charmants garçons. »

Effectivement, quelques manipulations digitales suffirent à persuader les policiers de détourner le regard. Le capitaine et la fey se faufilèrent entre les hommes en uniforme qui faisaient le pied de grue devant les murs du Père Lachaise.

Un ruban rouge barrait l'accès rue du Repos. Personne ne s'interposa quand Lil passa outre l'obstacle dérisoire. L'entrée de la Conservation, ouverte à l'endroit où la rue faisait un angle presque droit, était condamnée par une barrière métallique. La Ford n'avait pas bougé, garée un peu plus loin. Mais un sabot de la fourrière immobilisait une roue à l'avant et des scellés avaient été posés sur chaque serrure de portière.

Lil arracha un soupçon de couleur à la ramure du grand hêtre qui dépassait le faîte du mur d'enceinte. Elle lança ensuite un jet coloré sur le sabot, qui s'ouvrit en deux. Lartagne brisa les scellés de manière plus prosaïque et ils s'engouffrèrent dans le véhicule.

Quitter les lieux ne leur posa guère plus de problèmes. Il fallut convaincre les gardes mobiles de faction à l'autre bout de la rue du Repos de s'écarter et regarder ailleurs, ce qui fut fait en un tournemain.

« Je n'aurais jamais cru que l'esprit d'un gendarme était aussi malléable, ironisa Lil.

— Il l'est pourtant, renchérit Lartagne. J'ai pu le constater lors de ma précédente visite. Les mêmes gendarmes qui étaient naturellement passés au service de l'occupant pendant la guerre avaient repris leur poste au service du gouvernement de libération sans aucun scrupule. » Il désigna les hommes en bleu qui regagnaient le milieu de la rue d'un pas nonchalant, après le passage de la Ford : « Il n'y a pas de raison pour que ceux-ci se posent plus de questions… »

Cinq minutes plus tard, ils arrivèrent à proximité de la rue de la Réunion, sur la façade ouest du cimetière. Lil trouva une place sans utiliser la magie, ce qui relevait du tour de force.

Elle quitta son siège, contourna la voiture et se mit à arpenter le trottoir de long en large, tous les sens aux aguets. La présence écrasante de la pierre, depuis les fondations de la ville jusqu'au sommet des immeubles, brouillait le contact avec les résidus de Couleur qui s'accrochaient encore, ça et là, aux rares endroits chargés positivement. Comme la veille dans le cimetière, il fallait contourner l'obstacle pour atteindre la source. Mais l'absence d'éléments naturels ne facilitait pas les choses.

Indifférente aux mimiques étonnées des passants, Lil s'accroupit au milieu du trottoir. Elle appliqua les paumes sur le bitume, les doigts écartés en éventail. Baissant les paupières, elle se concentra sur les sensations tactiles procurées par l'effleurement de l'épiderme urbain.

Lartagne baissa sa vitre et demanda : « Vous avez trouvé une piste ?

— Je ne suis pas un limier, rétorqua la fey. Il ne suffit pas que je flaire la bonne odeur. La magie se dissout rapidement si elle ne trouve pas un endroit propice où se nicher. Généralement, la Couleur s'attache à ce qui vit, un arbre, une fleur, un animal. L'Infrasombre à ce qui a vécu, tels les pensionnaires du Père Lachaise. Les monuments peuvent être fortement chargés à condition qu'un très grand nombre d'individus leur accorde toute l'attention requise. L'inconscient collectif des humains possède le pouvoir qui fait défaut à chacun d'entre eux. Mais pour être efficace, il faut du temps, ou que de grands événements se produisent, qui marquent leur époque et les suivantes. C'est la même chose pour les éléments immatériels. Une chanson à succès produira de la Couleur tant qu'elle sera toujours diffusée et fredonnée par des milliers de personnes. Ici, c'est différent. Le type du cimetière était sous l'influence de l'Infrasombre, certainement inconscient de ce qui lui arrivait. Il faut espérer qu'il a semé derrière lui suffisamment de magie pour que les supports disponibles sur son parcours en conservent le souvenir.

— Quel genre de support ?

— C'est ce que j'essaie de déterminer. Mais je ne peux pas vous faire la leçon et me concentrer dans le même temps.

— Je vois. Désolé. »

Lartagne continua d'observer le manège de la fey en silence. Lil se promenait à présent à quatre pattes sur le trottoir, offrant une vue imprenable sur une paire de fesses musclées et rondes, moulées dans la toile de son pantalon. Le capitaine sentit son sexe se raidir dans son jean. Il en éprouva une bouffée de honte qui, ajoutée à la chaleur ambiante, mouilla son crâne rasé de sueur.

Lil se redressa soudain, comme si elle avait reçu une décharge électrique.

« Il y a quelque chose là-dessous ! Regardez-moi ça. »

Elle tendit le bras devant la vitre abaissée. Lartagne put constater que sa peau satinée et bronzée était saisie par la chair de poule.

« Il n'y a rien sous la rue…, commença-t-il, avant de comprendre qu'il se trompait. Il se reprit : Ou plutôt, si. La magie s'attache à ce qui vit ou a vécu, hein ? Or, ce n'est pas la vie qui manque sous les pieds des habitants d'une cité comme celle-là.

— Bingo ! » s'écria la fey. Elle avait compris l'allusion. Elle aurait dû y songer plus tôt. Après tout, c'était elle la spécialiste de la Surface. L'Infrasombre disposait d'un endroit particulièrement adapté où refluer en toute sécurité, un endroit invisible mais qui étendait ses ramifications partout dans Paris, suffisamment connu et malfamé, grouillant d'une vie primitive associée dans l'esprit de nombreux humains à leurs pires cauchemars.

Lil ferma les yeux et projeta sa conscience quelques mètres sous terre, dans le flot nauséabond des eaux usées qui courait dans le conduit des égouts. Elle frissonna comme le gant de crin de l'Infrasombre remontait sa colonne et grattait sa nuque. Lartagne avait vu juste.

« Poussez-vous, prenez le volant, intima-t-elle en remontant en voiture, côté passager. Je vais vous indiquer le chemin. Vous savez conduire, au moins ?

— Je vous ai observée. J'espère que ça suffira.

— Voilà tout à fait le genre de remarque qui ne m'inspire aucune confiance. Enfin, on n'a pas le choix. Alors démarrez et tournez à gauche au bout de la rue. »

Lartagne s'exécuta tant bien que mal. Le moteur de la Ford renâcla mais ne cala pas. Le capitaine prit rapidement le pli et s'engagea dans la circulation déjà dense en ce début de matinée. Heureusement pour lui, les voitures avançaient au pas. Ses talents de conducteur occasionnel ne furent pas soumis à trop rude épreuve – sa patience et son flegme, si. Il dut se contenir pour ne pas faire ravaler leur morgue aux automobilistes qui lui lançaient toutes sortes de noms d'oiseaux quand il hésitait à forcer le passage d'un carrefour ou s'arrêtait bêtement à un feu rouge. Mais il ne pouvait pas demeurer attentif aux indications de la fey et répondre à chaque insulte ou bras d'honneur. Il préféra rester concentré sur les « prochaine à gauche » et autres « changez de file » de sa copilote.

La piste de l'Infrasombre les ramena d'abord sur les grands boulevards. Ils remontèrent ensuite jusqu'à la place du colonel Fabien, puis obliquèrent en direction de la gare du Nord, avant de s'engager dans le dédale escarpé du Montmartrois.

« Arrêtez-vous, fit Lil. J'ai perdu le fil. Question d'altitude, sans doute. »

Lartagne manœuvra pour ranger la Ford sur un espace réservé aux livraisons. « Et maintenant, comment s'y prend-on ?

— Il y a pas mal de Couleur dans ce quartier. C'est un endroit très fréquenté par les touristes. Plus encore depuis le succès incroyable d'un certain film tourné dans le coin. Les immeubles sont plutôt bavards. Si un jeune homme sous mauvaise influence habite par ici, ils me le diront. »

Ils perdirent encore une demi-heure à arpenter le pavé des ruelles de Montmartre, entraînés par la foule polyglotte qui convergeait vers la place du Tertre et les croûtes attrape-gogo des émules de Poulbot.

« J'espère que nous n'aurons pas à approcher le Sacré-cœur de trop près, dit Lil alors qu'ils gagnaient les hauteurs de la Butte. Cette horreur suinte l'Infrasombre. Pas étonnant que Mass'Erzelt ait recruté son personnel dans le secteur. Il doit s'y sentir comme à la maison. »

Finalement, après moult détours destinés à éviter la basilique, elle s'immobilisa à hauteur d'un immeuble miteux, sis à l'angle d'une venelle ombragée et de la rue Caulaincourt.

« Je crois qu'on y est. C'est vraiment lugubre. »

La fey passa le bout de l'index sur les ferronneries mangées par la rouille qui soutenaient la porte cochère entrouverte sur une arrière-cour envahie de mauvaises herbes. « Pas de doute. C'est bien là. Ces vieux morceaux de ferraille réagissent comme des aimants en présence de l'Infrasombre. Celui-là est chargé de fraîche date.

— Laissez-moi passer le premier. On ne sait jamais.

— Vous n'allez pas recommencer avec ces trucs de macho ! Je vous rappelle que je n'ai pas besoin de vous pour me défendre. C'est même le contraire… »

Lil n'attendit pas la réponse du capitaine à cette nouvelle provocation. Elle s'engouffra dans le passage cocher et se dirigea vers les boîtes à lettres empilées au bas de l'escalier, au fond de la courette. « Pas beaucoup de locataires. Ça ne devrait pas être dur de trouver le bon. »

Lartagne lui grilla cette fois la politesse, escaladant quatre à quatre les marches branlantes du vieil escalier. Le palier de l'étage puait la pisse de chat. Une odeur moins engageante encore filtrait de sous la porte du premier appartement – un mélange de chou bouilli et de vieux linge trop longtemps porté. « Le progrès a ses limites, constata le capitaine. La manie de l'hygiène rebute quelques irréductibles.

— C'est malin. En tout cas, celui qu'on cherche n'habite pas là. Pas besoin de magie pour en être sûre. Simple logique féminine : il ne m'a pas fait l'effet d'un garçon négligé. »

Lartagne se surprit à sourire. Ils passèrent au deuxième appartement. Une carte punaisée sur le chambranle de la porte indiquait le nom et la raison sociale du locataire :

« SORGUE F. – *Créateur Graphique*. »

« Drôle de métier. Ça consiste en quoi, au juste ? interrogea Lartagne.

— Je ne sais pas trop. Mais ça n'a pas l'air d'enrichir son bonhomme. Attendez… »

La fey s'était raidie sous l'effet de la caresse du gant de crin. Une caresse plus affirmée que tantôt, rue de la Réunion. Presque aussi irritante que la veille, au Père Lachaise.

« Il est venu ici. Mass'Erzelt. »

Le sourire du capitaine se crispa. « Logique féminine ou bien magie ?

— Ni l'une ni l'autre. Envie de vomir… »

Lartagne recula de quelques pas.

« Écartez-vous. »

Il prit son élan et partit épaule en avant. La porte céda au premier coup donné. L'appartement était plongé dans une pénombre trop appuyée pour être naturelle. Le crâne du capitaine se mit à le picoter, comme si ses cheveux repoussaient en vitesse accélérée. Il se rua dans la première pièce ouverte sur le minuscule vestibule. Lil le suivit après une brève hésitation.

« L'oiseau n'est pas au nid. Bon, on va voir ce qu'on peut trouver d'intéressant.

— Ils ont amené le Dauphin ici, fit remarquer Lil. Le canapé a conservé un peu de son éclat. C'est même la seule source de lumière dans ce tombeau. »

Elle approcha de la fenêtre et ouvrit les rideaux, pour laisser pénétrer un peu de la clarté du jour. Puis, avisant l'installation informatique qui occupait le plan de travail dans un angle de la pièce : « Avec un peu de chance, monsieur Sorgue n'a pas crypté l'accès à ses fichiers ou à ses mails. Je m'occupe de ça. Vous, fouillez le reste. »

Lartagne opina. Il se mit en devoir d'ouvrir chaque tiroir de l'unique commode, qui contenait les seuls sous-vêtements de l'auxiliaire du démon. Il s'intéressa ensuite aux étagères, chargées de bouquins techniques et de romans d'aventure merveilleuse, où il était surtout question de chevaliers, de princesses, de dragons et même de fées. Les illustrations de couverture amusèrent le capitaine. Pour un peu, on aurait cru que certains habitants du Royaume étaient venus inspirer des croquis aux artistes de Surface. Cependant, cela ne lui révéla pas grand-chose d'utile, sinon que Sorgue était du genre monomaniaque dans ses lectures.

Il abandonna les étagères et se dirigea vers le coin cuisine. En passant devant la fenêtre, il donna un coup d'œil machinal vers la rue, en contrebas. Son sang ne fit qu'un tour.

Lil sursauta en entendant la vitre se briser. Elle se précipita à la fenêtre, prenant garde de ne pas se blesser aux arêtes vives des poinçons de verre qui émaillaient l'encadrement. Elle eut à peine le temps de voir le capitaine qui se recevait en souplesse sur le bitume, trois mètres plus bas, et s'élançait dans la foulée à la poursuite d'un humain – elle ne reconnut pas ce dernier, mais il ne s'agissait visiblement pas de Sorgue. Quelle que fût la mouche qui l'avait piqué, Lartagne n'avait même pas pris le temps d'ouvrir la fenêtre avant de sauter dans la rue !

Perplexe, elle vint s'installer devant l'écran de l'ordinateur. Le capitaine était assez grand pour se débrouiller avec un simple humain. Et puis, la machine avait certainement des révélations à lui faire. Elle n'était d'ailleurs pas la seule : une photo d'identité traînait à côté du clavier, agrafée à un tirage du CV de son propriétaire. Lil parcourut rapidement le document, qui livrait les grandes étapes de la courte existence de Fabien Sorgue, infographiste, né à Dijon le 3/04/79. S'intéressant plus particulièrement au portrait, elle mit enfin le doigt sur ce qui la titillait depuis qu'elle avait rencontré le jeune humain en chair et en os, au Père Lachaise.

Fabien Sorgue correspondait parfaitement à la description faite par les témoins du meurtrier des miliciens abattus à coups de 38, alors qu'ils effectuaient une patrouille de routine dans les rues de Faërie, deux jours plus tôt.

Fébrile, la fey mit l'ordinateur en route. Elle ouvrit la page du gestionnaire de courrier électronique et cliqua sur l'icône de réception. Après les quelques secondes nécessaires à la connexion avec le réseau, un message tomba dans la boîte. Daté du jour même, il avait été envoyé à minuit et une minute exactement. Il émanait d'un certain M. Kesner, dont l'adresse se complétait d'un nom de société, Devil's Game. Il y avait un fichier joint, symbolisé par le trombone de circonstance. Surtout, l'intitulé de son objet raviva la caresse du gant de crin sur la peau de la fey : « Faërie Hackers – Notice (extrait) et RV. »

Elle cliqua pour ouvrir le message. Il tenait en quelques mots : M. Kesner fixait rendez-vous à ses clients fidèles dès huit heures le matin même au Virgin des Champs-Élysées pour leur offrir un kit de connexion au nouvel univers développé par sa société, dont les coordonnées figuraient en petit caractère sous la signature.

« *Une révolution qui marquera définitivement l'entrée du videogame dans le futur ! L'avènement d'une ère sans pareille !* », lut-elle, incrédule.

Lil ouvrit la pièce jointe, qui reproduisait la première double page du manuel de présentation du jeu. Elle ne put réprimer un frisson en découvrant certains détails des illustrations, parfaitement rendus par le scan. Les rictus triomphants des démons qui fondaient sur les habitants du Royaume étaient d'un réalisme effroyable.

Elle parcourut le texte. Elle avait à peine achevé sa lecture quand Lartagne fit irruption dans la pièce, poussant devant lui un petit homme dont l'œil gauche s'ornait d'un magnifique coquard.

« Il nous filait le train depuis chez vous. Heureusement que je l'ai reconnu quand il s'est montré dans la ruelle : c'est lui qui m'a berné à l'hôpital. Je suis sûr qu'il a pas mal de choses à nous apprendre sur son patron.

— Il n'est pas le seul. On le cuisinera en route.

— Où va-t-on ?

— En banlieue. L'endroit s'appelle *Le Bunker*. Tout un programme. »

Intermède

Faerie Hackers - Notice (Genèse)

« Jouons », proposa l'Un.

De ce verbe originel – un impératif… – naquit l'Autre, autrement dénommé l'Adversaire de Toute Éternité, parmi un million de noms différents.

« Il faut des règles », précisa l'Autre. Ce furent ses premières paroles. Elles eurent pour conséquence la création de toute chose en dehors de l'Un et de lui-même. « Et aussi un terrain de jeu. Et des pions. Beaucoup de pions. Des armées de pions !

— Et des Champions, s'amusa l'Un.

— Oui. Mais si nous devons nous affronter, comment nous reconnaître ?

— Séparons-nous. Distribuons l'énergie et la matière de façon équitable, en deux camps adverses. L'un aura la Couleur, l'autre tout le reste. Que préfères-tu ?

— Je choisis l'invisible. J'ai toujours eu un faible pour ce qu'il y avait dans le néant.

— Je l'aurais parié. Tu incarneras donc l'Infrasombre, moi la Couleur.

— Que la partie commence ! À toi l'honneur… »

Quinze milliards d'années après que cette conversation eut lieu, la partie engagée par les adversaires éternels continue.

Entre-temps, l'univers a pris forme. Il a adopté les

limites fixées par les adversaires à leur terrain de jeu.

D'abord, les coups portés de l'Un à l'Autre (et vice-versa) se contentèrent d'ébranler la structure du terrain qu'ils avaient créé. Il en résulta la naissance et l'effondrement d'amas de galaxies, de nuages de poussières et de particules gazeuses plus vastes que des systèmes solaires. Aucun ne prit l'avantage. Alors, les adversaires changèrent de stratégie. Ils concentrèrent leurs efforts sur une zone réduite de leur terrain de jeu et donnèrent une nouvelle forme à leurs pions.

Leurs champions évoluèrent eux aussi. Ils continuèrent d'évoluer sans cesse, comme la partie semblait ne jamais devoir prendre fin, et que les règles du jeu se complexifiaient avec la multiplication des pions.

Puis, l'Un parvint à porter un coup décisif à l'Autre. Leurs champions avaient pris mille formes. Ils s'affrontaient à coups de griffes et de crocs, en entrechoquant les lames forgées dans les foyers qui brûlaient aux quatre coins de cette terre dévastée où la partie était désormais circonscrite. Couleur et Infrasombre rivalisaient d'audace et de cruauté. L'Un se souvint que tout avait commencé par la force du verbe. Il eut l'idée de faire à nouveau appel à la Création. Il feignit la faiblesse et laissa son adversaire remporter plusieurs manches. L'Autre s'enhardit et oublia toute prudence, croyant la victoire proche. L'Un attendit que l'Autre eût rassemblé ses pions pour la curée. Cela fait, il prononça de nouvelles paroles impératives et le monde s'ouvrit sous l'armée de l'Autre. Elle fut engloutie, ainsi que l'Infrasombre, dans les strates inférieures de la Création.

Ainsi naquit le Rebut, géhenne des démons. Pour s'assurer qu'ils n'en sortiraient pas de sitôt, les pions au service de l'Un conçurent un stratagème d'une perversité rare : ils replièrent le monde des strates inférieures sur lui-même, jusqu'à ce que les limites du Rebut coïncident avec celles de l'enveloppe externe des condamnés. Ainsi, croyaient-ils, nulle évasion ne serait possible, car comment s'évader de sa propre peau ?

S'en suivit une ère de croissance pour le Royaume peuplé par les pions du vainqueur provisoire des Anciennes Batailles – ainsi que l'épisode fut par la suite connu. Sous le règne de la Couleur, Faërie se crut libre et prospéra.

Mais l'Autre ne pouvait pas être défait d'un mot, comme il avait été créé. Car d'autres créatures avaient reçu le don de l'Un, qui vinrent au monde dans les strates supérieures de la Création, longtemps après que les Anciennes Batailles fussent reléguées aux oubliettes de l'Histoire. On prétend qu'elles naquirent des sentiments de rage et de frustration de l'Autre, qui avaient déserté les champs de bataille et étaient venus ensemencer ceux des strates supérieures. Toujours est-il que ces créatures ignoraient tout de la partie en cours. Mais elles avaient le pouvoir d'invoquer collectivement la Couleur ou l'Infrasombre – un pouvoir dont elles usèrent d'abord pour prêter vie aux dieux qui présidèrent un temps à leurs destinées, avant de l'oublier et le laisser s'étioler.

Pendant des centaines de milliers d'années, elles vécurent dans l'ombre du Royaume. Des rencontres eurent lieu, parfois des échanges, mais de manière générale, les pions des différentes strates s'ignoraient.

Jusqu'au jour où ceux de la Surface attirèrent l'attention de l'Autre. Il comprit, du fond de sa prison, que ces créatures étaient tout autant ses pions que ceux de son adversaire. Alors, il s'arrangea pour qu'elles rejoignent en masse l'Infrasombre.

Shoah survint, qui ouvrit une brèche fragile entre les strates des mondes. Le champion de l'Autre parvint à s'évader de sa propre peau.

La partie pouvait continuer.

CHAPITRE X

CORPS ET ÂME, ET PLUS ENCORE…

« Vous vous sentez bien, mademoiselle Chellais ?

— Oui… C'est juste un étourdissement. Le contraste entre cette chaleur à l'extérieur et la fraîcheur qui règne ici. »

Lil accepta néanmoins le gobelet d'eau minérale que l'hôtesse préposée à l'accueil lui tendit. Lartagne la soutint par le coude et la guida jusqu'à une banquette, flanquée d'une paire de héros en carton plastifié. Le capitaine considéra avec regret la toison abondante du chevalier fièrement campé sur sa gauche, son heaume sous le bras, la tête d'un ennemi sous l'autre.

« Le gant de crin, pas vrai ? » souffla-t-il à l'oreille de la fey. Celle-ci acquiesça. « J'ai l'impression qu'on me râpe les os de l'intérieur. Que ma moelle a été remplacée par du poil à gratter. Je n'ai jamais ressenti l'influence de l'Infrasombre de manière aussi virulente.

— Vous tiendrez le coup ?

— Pas trop longtemps. Qu'est-ce qu'elle fout, cette potiche ? »

La potiche en question était au bout du fil. Elle triturait la carte de presse remise deux minutes plus tôt entre des ongles vermillon d'une longueur déraisonnable. De temps en temps, elle hochait le menton, comme son interlocuteur s'adressait à elle par l'intermédiaire de l'oreillette perdue sous l'avalanche de bouclettes peroxydées qui lui tenait lieu de chevelure. On devinait à la légère palpitation d'une veine dans le cou qu'elle passait un mauvais moment – son boss devait être en train de l'engueuler. Néanmoins, elle faisait bonne figure, très professionnelle. Finalement, la communication prit fin. L'hôtesse reprit d'un ton suave, comme si de rien n'était :

« Monsieur Kesner est désolé de ne pas pouvoir vous accorder d'interview. Il est totalement overbooké depuis ce matin ! Mais monsieur Jourdet, du service communication, va vous recevoir dans la salle des créatifs. Première porte sur votre droite. Je vous souhaite une agréable visite. »

Lil vida le gobelet d'un trait et se redressa, toujours soutenue par le capitaine. La fey récupéra sa carte de presse, plus vraie que nature. Ils suivirent ensuite les indications de l'hôtesse, replongée dans la lecture du magazine qui l'aidait à tuer le temps quand ils avaient fait irruption dans le hall du Bunker. Déjà, au moment de franchir la barrière mobile du parking, Lil avait ressenti les effets de l'Infrasombre, telle une armée de mille-pattes dévalant chaque centimètre carré de sa peau. « J'espère qu'on ne fait pas une connerie en se précipitant ici, avait déclaré Lartagne. Si Mass'Erzelt nous tombe dessus, après le tour que vous lui avez joué hier…

— C'est un risque à courir. Mais, le cas échéant, je ne crois pas qu'il nous fera son numéro. Il n'a pas l'air d'apprécier le public humain, du moins le public vivant. Le parking est rempli. Il y a au moins cinq cents témoins potentiels dans ce bâtiment. » Lil avait eu un geste en direction du coffre de la Ford, où Bouvier – comme le chien – se trouvait ligoté et bâillonné : « Et puis, votre copain photographe nous a affirmé que son patron l'avait appelé depuis sa voiture pour lui donner l'ordre de venir planquer devant chez Sorgue. Il était bien trop terrorisé pour mentir. Donc, on peut considérer que Mass'Erzelt se balade quelque part dans Paris. Conclusion : profitons de l'occasion. »

L'ambiance était au beau fixe dans la salle des artistes. Le mousseux avait coulé à flot, jusques et y compris sur les palettes graphiques exceptionnellement désertées par les créatifs. Ceux-ci s'étaient rassemblés autour d'un moniteur 17 pouces, placé en évidence sur un classeur métallique. Une musique électronique fusait des haut-parleurs couplés à l'écran, noyant le charivari des employés à demi ivres dans une mélasse sonore cadencée à un train d'enfer.

Une colonne de verre et de béton occupait le milieu de la salle. Elle s'ouvrit comme retentissait un carillon, révélant l'espace exigu d'une cabine d'ascenseur. Un type affable en sortit et se précipita droit sur le couple, la main tendue telle l'étrave d'un navire fendant les flots humains qui encombraient le passage.

« Thomas Jourdet, responsable de la communication Devil's. Enchanté de faire votre connaissance, mademoiselle Chellais. Que puis-je faire pour vous ? On m'a dit que vous étiez journaliste.

— C'est exact. Mon assistant et moi travaillons en freelance pour plusieurs magazines culturels. Voilà ma carte. »

Jourdet accorda à peine un coup d'œil au document – si Marie Chellais n'avait pas montré patte blanche à l'accueil, elle aurait été éconduite. Et Marcus Kesner avait été clair, au téléphone : tout devait être mis en œuvre pour se mettre la presse dans la poche, donc pas de suspicion inutile.

« Je suppose que vous venez pour notre petit dernier ?

— *Faerie Hackers*, oui. »

Jourdet ne put empêcher une expression gourmande de lui déformer la lippe. « Vous devez avoir eu vent de la distribution de ce matin. Une opération destinée à récompenser nos plus fidèles clients. Mille d'entre eux ont été choisis dans nos fichiers. Devil's a offert à chacun un kit de connexion à l'univers qui va révolutionner le videogame. Après *Faerie Hackers*, le jeu n'aura plus la même saveur !

— Excellent slogan, monsieur Jourdet.

— Merci. Il est de moi, en toute modestie. La commercialisation des kits ne commencera qu'à la rentrée. Nous attendons les réactions de nos mille premiers joueurs avant d'ouvrir les portes du Royaume aux millions d'autres qui piétinent sur le seuil. »

La fey eut un frémissement à l'évocation du Royaume. Jourdet paraissait ravi de ses formules publicitaires éculées. L'imbécile ne se doutait certainement pas de ce qu'elles pouvaient recouvrir en réalité. Elle-même commençait à peine de le deviner.

« Mais une petite démonstration vaut mieux qu'un long discours, pas vrai ? Suivez-moi, s'il vous plaît. »

Ils approchèrent l'attroupement d'excités. Un échalas à queue de cheval s'agitait devant l'écran, tel un pantin malmené par un marionnettiste en pleine crise d'épilepsie. Il ne portait rien d'autre qu'un caleçon et une paire de chaussettes. Une constellation de pastilles autocollantes, de la taille d'une pièce de deux euros, couvrait la majeure partie de son corps, n'épargnant même pas les poignées d'amour. Un mince fil partait de chaque pastille, aboutissant à un boîtier de plastique noir posé sur le plancher, lui-même relié à l'unité centrale d'un PC.

« Vas-y Laurent ! lança un collègue hilare. Nique-le, le gros bébé épluché ! C'est dément… Où est-ce que les mecs du troisième sont allés chercher un truc pareil ?

— Prends ça dans tes grosses couilles ! » fit le joueur, tandis que sa jambe droite effectuait un arc-de-cercle approximatif qui amena son talon à hauteur d'un entrejambe imaginaire. À l'écran, un membre virtuel gainé d'une toile treillis et chaussé d'une Rangers parfaitement cirée apparut au premier plan et exécuta le même mouvement. La semelle crantée atteignit son but, à savoir les choses rouges et pelées qui pendaient en grappe bicéphale dans l'entrecuisse d'un géant dont le corps n'était qu'une plaie. Lil retint un cri en reconnaissant la victime volontaire du dépouillage orchestré par le capitaine, deux jours plus tôt, dans un autre niveau de réalité.

La trogne outragée du géant au moment où le godillot lui écrasait les gonades acheva de faire crouler de rire l'assistance. « Assez fait joujou, maintenant on passe aux choses sérieuses, menaça Laurent. Claquant des doigts, il fit apparaître à l'écran une panoplie d'armes en tous genres. Il sélectionna d'un geste un katana à la lame légèrement courbe et rutilante.

— C'est génial ! Je le sens vraiment ! »

Il serrait les poings sur un vide d'une circonférence égale à celle de la garde de son arme virtuelle. Il se mit à hacher l'air devant lui à grands renforts de grognements jouissifs. Le géant reculait pas à pas pour éviter de se faire étriper par l'acier affûté. On pouvait lire la peur et l'incompréhension sur sa face d'écorché, expressions magnifiquement servies par une définition optimale. Lil était en revanche la seule à percevoir les sillages ombreux abandonnés par la lame du sabre chaque fois qu'elle fendait l'air en sifflant.

« Extra, hein ? fit Jourdet. Grâce à notre interface exclusive, le joueur participe pleinement à l'action. Immersion du corps tout entier dans le jeu. Et par un effet de feed-back des stimuli électriques sur le système nerveux, la réactivité est totale. Dans *Faerie Hackers*, on ne fait plus joujou avec une manette et des boutons de commande. Si le personnage utilise un pistolet, vous sentirez le poids et la chaleur de la crosse dans la main. S'il préfère un sabre, comme notre ami Laurent, il devra prendre en compte la maniabilité effective de son arme, la longueur de la lame, etc. Quand le coup portera, il sentira l'onde de choc faire vibrer ses muscles. On ne joue pas à *Faerie Hackers* ! On s'y engage, corps et âme.

— Et même plus que ça… », balbutia Lil. « Je crois que nous en avons vu assez, monsieur Jourdet. Nous n'allons pas abuser de votre temps. Au revoir.

— Vous êtes sûre ? Attendez un peu de voir ce qui se passe quand il fera mouche. »

Mais Lil avait tourné les talons, écœurée. Lartagne dut lui offrir son bras pour qu'elle ne s'écroule pas en chemin. Le joueur exalté porta le coup de grâce au moment où ils débouchaient dans le hall.

Une salve de hourras salua l'exécution du géant, arrachant l'hôtesse à la lecture de son magazine.

« Devil's Game vous remercie pour votre visite et vous souhaite une agréable journée, mademoiselle Chellais… »

***

La première chose qu'il aperçut en ouvrant les yeux fut l'œil morne du moniteur, couleur de cendres froides. Fabien faillit hurler. Il se rappelait les choses sans âge et monstrueuses cachées dans la machine, au cœur de l'absence de couleurs… Mais le cri resta bloqué en travers de sa gorge. La lumière qui faisait cligner ses paupières engluées était chaude et dorée ; elle n'avait plus la froideur sépulcrale de la glace sous la lune.

Une main s'abattit sur son épaule et la voix de Tselnek souffla très près de son oreille : « Tout va bien. Vous êtes en sécurité. »

Fabien n'eut pas besoin de demander où il se trouvait, comme c'était l'usage en pareille circonstance dans les romans qu'il affectionnait, quand le héros revenait à lui après avoir reçu un coup sur la tête. Il était allongé sur le futon, dans le box qui lui était attribué au troisième étage du bunker. Cette constatation, loin de le rasséréner, augmenta les pulsations de son rythme cardiaque : seul le puits d'ascenseur le séparait des horreurs du sous-sol.

Il se leva et repoussa Tselnek. « Ne me touchez pas !

— Allons, mon garçon… Qu'est-ce qui vous prend ?

— Restez où vous êtes ou je jure que je n'hésiterai pas à cogner », menaça Fabien, le poing brandi. Puis, reculant pas à pas vers la porte de papier transparent : « J'ignore ce que vous trafiquez dans le sous-sol avec ce dingue de Kesner, mais je ne resterai pas une minute de plus dans cette boîte. Allez vous faire foutre avec votre jeu à la con ! »

Le pan de papier mobile coulissa soudain derrière lui. Fabien tressaillit quand une poigne glacée se referma autour de sa nuque. « Vilain garçon, se moqua Marcus. On se rebelle ? Je ne te paie pas assez ? Tu veux plus ? Une bagnole de fonction, des stocks-options, peut-être ?

— Lâchez-moi, espèce de malade !

— D'accord. »

L'étreinte se desserra autour de son cou. Fabien aspira une grande goulée d'air conditionné. Il fit un pas en dehors du box. Le poing de Marcus le cueillit à l'estomac. Plié en deux, Fabien ne put opposer aucune résistance quand son patron lui planta l'index et le majeur chacun dans une narine et l'entraîna jusqu'au futon, tel un taureau guidé par l'anneau introduit dans son mufle.

« Assis. Relax. Écoute attentivement, maintenant. »

Marcus retira ses doigts du nez de l'infographiste. Fabien n'osa pas bouger, malgré la douleur et le saignement de sa narine gauche. « Personne ne sort d'ici pour le moment. Je n'ai pas besoin d'une mauvaise pub. Le lancement de *Faerie Hackers* doit être un succès. Dès ce matin, un millier d'accrocs se sont connectés et ont commencé de foutre le bordel dans le Royaume. D'ici la fin de la semaine, les kits de connexion vont s'arracher comme des petits pains. Je vais laisser monter la pression jusqu'au week-end, et samedi je fais livrer cent mille kits en grande surface. Dès dimanche, Faërie sera à feu et à sang ! Tu vois le topo ? Non, bien sûr, je suis bête. Tu ne peux pas te rendre compte. Je suppose qu'il faut que je t'explique, après ce que tu as vu au sous-sol. Rien de pire que de mourir idiot, pas vrai ? »

Le trille d'un téléphone interrompit le laïus. Tétanisé, Fabien remarqua à peine que Kesner s'était tu. Il se répétait en boucle la dernière phrase de son patron, espérant avoir mal saisi. Marcus sortit son portable de sa poche. « Oui ? Quoi ? (...) Des journalistes, déjà ? Et tu les as laissés entrer, connasse ! Putain, dès que Maser se casse c'est le bordel ici. Qui c'est, d'abord ? (...) Connais pas. Envoie-les se faire foutre... Non, attends. Trouve machin, là, le merdeux de la comm'... (...) Jourdet, c'est ça. Envoie-le faire son baratin en salle des artistes. (...) Et si tu me refais un coup comme ça, c'est l'ANPE direct, OK ? »

Marcus rangea son portable en soupirant. « Putain, à qui se fier aujourd'hui, je te le demande ? Trouver du personnel compétent… Bon, où j'en étais ? Ah oui, ce que tu as vu au sous-sol. Tu as lu la notice du jeu ? Oui ? L'Infrasombre, voilà ce que tu as seulement entraperçu, avec tes sens si limités. Le pouvoir du néant. L'Adversaire de Toute Éternité. Oh, ne me regarde pas avec ces yeux-là ! Je ne suis pas l'*Autre*, pas complètement du moins. Pas encore. Mais ce n'est plus qu'une question de jours, maintenant. Maser m'a aidé à prendre le dessus dans l'esprit de Marcus, mais il n'a fait que développer l'instinct mauvais qui se tapissait au fond de cet inconscient-là. Rien à voir avec la véritable puissance de l'Adversaire. Disons que ce cher Kesner avait de bonnes prédispositions, et que notre Maser s'y entend pour révéler ces choses-là, faire germer les mauvaises graines. Un petit tripatouillage dans les circonvolutions de cette masse grise et torturée qui fait à la fois notre bonheur et notre malheur… Tu me suis ? Une question de connexions, comme pour les puces de nos bécanes. Maser agit sur les esprits comme monsieur Tselnek sur la matière fondamentale. À eux deux, ils produisent des merveilles. Tu as vu le résultat. »

Marcus adressa un clin d'œil à Fabien. Celui-ci n'osait toujours pas remuer. Le saignement de sa narine se tarissait peu à peu. Kesner s'approcha du moniteur et son kit de connexion, sur l'étagère dans le fond du box.

« Le meilleur de la technologie humaine – la physique quantique appliquée à la recherche informatique ! – et le pouvoir le plus ancien de l'univers… Le premier pour atteindre le second là où il se trouve en abondance dans ce monde. Ici ! »

Marcus pointa l'index sur sa tempe et fit semblant de creuser un trou dans son crâne. « Des ressources insoupçonnées, malgré l'évidence des faits et de l'Histoire. Oh, loin de moi l'idée de comparer ce qui se passe en ce moment dans le Royaume avec les événements qui se sont déroulés ici au milieu du siècle dernier. Mais le principe est le même : Ravage, Chaos, Dévastation et Génocide, ressuscités par la magie de la technique et un savoir-faire plus… ancestral (Marcus gloussa), vont ouvrir les brèches nécessaires entre les mondes, pour libérer les reclus. La partie continue ! Je n'aurais jamais imaginé jouer un coup pareil si on ne m'avait pas montré l'exemple. Il a fallu que vous (il pointa l'index sur Fabien et Tselnek, alternativement) attiriez mon champion le plus farouche jusqu'en Surface, pour que je comprenne le parti à tirer du pouvoir enfoui sous le verni de civilisation que vous avez patiemment étalé, siècle après siècle, millénaire après millénaire, sur la face de votre véritable nature. Mais le verni s'est craquelé, irrémédiablement, avec Shoah. Maintenant, il va falloir affronter ce que vous avez mis si longtemps à refouler. »

***

Lil donna un coup de volant et la Ford s'engagea sur la voie réservée aux bus. Aussitôt, le camion rouge qui lui collait au train la dépassa dans un hurlement à deux tons souligné par le flash bleuté du gyrophare.

« Sûrement une urgence. Doit y avoir le feu quelque part », commenta la fey. Lartagne l'entendit à peine. Il avait repéré la colonne de fumée noire, nettement visible sur le fond bleu presque irréel du ciel. « Je crois qu'il vaudrait mieux se dépêcher », dit-il simplement.

Lil vit la fumée, elle aussi. Elle s'élevait en un mince filet qu'on aurait pu croire tracé au cordeau dans l'absence de vent, par-dessus les terrasses des immeubles résidentiels qui faisaient l'angle avec sa propre rue. Le camion des pompiers négocia le virage sur les chapeaux de roue.

« Putain… » lâcha Lil. Elle écrasa la pédale d'accélérateur, engageant la Ford dans le sillage du camion. Une poignée de secondes plus tard, elle faisait subir le même sort à celle du frein. L'Escort s'immobilisa en protestant derrière l'ambulance du SAMU stoppée en travers de la route. Deux autres véhicules nantis de gyrophares stationnaient également devant le pavillon.

Une douzaine de sapeurs-pompiers portant des masques aux reflets argentés allaient et venaient sur la pelouse, dévidant le tuyau d'une lance à incendie. La porte d'entrée avait été défoncée à coup de bélier. De la fumée s'échappait du vestibule. La cheminée crachait une courte flamme orange, unique témoin du brasier couvé par les murs de la bâtisse. Soudain, la baie vitrée du salon explosa et une grêle de verre pilé s'abattit sur les hommes en uniforme. Une langue de feu bleuâtre vint lécher l'arrondi des casques rutilants, avant de se replier à l'intérieur de la maison. Lil était certaine que les pompiers n'avaient rien remarqué.

Lartagne se précipita hors de la voiture. La fey le rattrapa avant qu'il ne fende la foule des curieux venus assister au spectacle, maintenus à l'écart par un cordon de policiers municipaux. « Qu'est-ce que vous voulez faire ? Pas la peine de jouer les héros. Ce qui flambe là-dedans n'a rien d'un simple incendie. Moi-même, je ne suis pas en mesure de l'arrêter. Et j'ai besoin de vous avec moi, pas au service des grands brûlés !

— Lâchez-moi ! Il faut que je sorte le Dauphin de là. J'ai assez foiré jusqu'à maintenant. Tant pis si j'y reste !

— S'il est encore à l'intérieur, les pompiers le trouveront avant vous. Vous n'êtes pas un surhomme et votre mort n'arrangerait rien. C'est en vie que j'ai besoin de vous… J'ai besoin de vous, c'est clair, espèce de crétin borné ? »

L'insulte tempéra les ardeurs du capitaine. Ainsi que l'aveu sous-jacent dissimulé dans ce qui ressemblait à une déclaration. « Vous pensez qu'il a pu s'échapper ?

— Ouvrez les yeux : la camionnette de Biborg n'est plus là où elle se trouvait encore garée quand on est partis, ce matin. Alors, quoi qu'il se soit produit entretemps, et même si je pense comme vous que Mass'Erzelt est venu ici mettre le feu, une chose est sûre : le nain n'aurait jamais abandonné le Dauphin. Maître Biborg n'est pas exempt de reproches, mais il faut lui concéder le respect de la parole donnée – je devrais plutôt dire vendue, d'ailleurs.

— Vous devez avoir raison. Mais où est-il passé ?

— Je crois connaître quelqu'un qui pourra nous renseigner. »

Ils se frayèrent un chemin entre les véhicules d'intervention qui barraient la rue. Lil essayait de ne pas penser aux vingt années d'existence qui partaient littéralement en fumée par la cheminée et les fenêtres éclatées du pavillon. La perte des souvenirs amassés lui faisait prendre conscience de leur prix réel. Une valeur ajoutée avec le temps, qui atteignait une somme plus considérable qu'elle ne l'aurait cru.

Mme Bernier était facilement repérable, engoncée dans son sempiternel jogging fuchsia. Délogée par les pompiers, elle avait trouvé refuge à l'écart de la foule, sur le trottoir opposé. Quelque chose dans son attitude alerta la fey avant qu'elle n'arrive à sa hauteur. Le cheveu gras et en bataille, les ongles noirs de crasse, jamais la vieille curieuse ne lui était apparue aussi négligée. L'odeur la frappa quand elle l'aborda.

« Bordel de merde, jura Lil. Ça pue la viande faisandée. »

Mme Bernier se balançait mollement d'avant en arrière, le regard vide et voilé. Lil voulut la saisir par le coude et l'entraîner jusqu'au banc public tout proche, mais la caresse du gant de crin l'en dissuada. « Elle est passée de l'autre côté, fit-elle. Encore un coup de Mass'Erzelt. Je comprends comment il a pu savoir que le champ était libre, ce matin. Il nous observait à travers les yeux de cette pauvre folasse, depuis pas mal de temps, si ça se trouve.

— Demandez-lui si elle sait quelque chose. Faites-la parler ! Utilisez un de vos trucs, je ne sais pas, c'est vous la magicienne.

— Je vais essayer. »

Lil se concentra pour trouver le contact avec l'esprit de sa voisine. Les bribes de Couleur celées par l'inconscient autorisaient ce genre de visites subreptices, comme on feuillette un livre dans une librairie avant de se décider à l'acheter : on retient quelques phrases, une ou deux images, mais les conditions d'une lecture attentive ne sont pas réunies. Certains sorciers (Obrasian était de ceux-là) et certaines feys *vraiment* très vieilles connaissaient des méthodes de lecture rapide – Lil, non. Néanmoins, elle savait établir la connexion, entrouvrir le livre.

En l'occurrence, plutôt du Stephen King que du Barbara Cartland. Ce que Lil découvrit entre les pages lui rappela sa brève expérience du Rebut. Mme Bernier était prisonnière des ténèbres dans son propre cerveau.

La fey insista pourtant, en dépit de la nausée qui emplissait sa bouche de fiel. La vieille femme était morte, pas de doute à ce sujet, mais ses sens fonctionnaient toujours, motivés par l'Infrasombre que le démon avait déversé dans sa boîte crânienne par le trou minuscule foré à la base de l'occiput, et dissimulé sous une avalanche de mèches crasseuses. Si elle avait vu ce qui s'était passé chez sa voisine, les images devaient forcément se dissimuler dans l'océan de mélasse qui lui tenait présentement lieu de pensées.

Lil s'immergea dans l'immonde mixture. Mme Bernier réagit aussitôt, portant ses paumes à ses tempes, agitant la tête comme une possédée. Elle ouvrit la bouche, mais son cri n'était guère qu'un râle. Lartagne l'empoigna solidement pour l'empêcher de blesser la fey en gesticulant. Une poignée de secondes plus tard, Lil était de retour, chamboulée par l'expérience. Mme Bernier s'amollit d'un coup dans les bras du capitaine.

« C'est fini pour elle, commenta la fey. J'ai coupé définitivement le contact avant de sortir. »

Lartagne déposa le corps de la vieille femme sur le banc, en position assise. Il était facile de croire qu'elle s'était endormie là, au terme d'une biture mémorable, telle une clocharde imbibée de mauvais alcool, si trente mètres à peine ne la séparaient de sa propre demeure.

« Mass'Erzelt était là, continua Lil. Biborg ne lui a pas facilité la tâche. Ils se sont battus dans la maison. Le Dauphin a couru se réfugier dans la camionnette du nain. Celui-ci est sorti peu après, visiblement blessé. Le feu a pris à ce moment-là. Je suppose que Mass'Erzelt avait dégusté lui aussi, qu'il était en colère. Bref, Biborg a pris le volant. Il est parti dans cette direction (Lil désigna l'autre bout de la rue) et le démon l'a pris en chasse dans sa voiture, un coupé sport noir.

— Alors il s'est échappé ! Pourquoi faites-vous cette tête ?

— Parce que le nain devait ignorer que la rue se termine en cul-de-sac, de ce côté. »

Lartagne leva les yeux au ciel et marmonna quelque chose d'indistinct entre ses dents. Puis il s'élança, sans attendre la fey. La rue faisait un coude, deux cents mètres plus loin, et se prolongeait sur encore une centaine de mètres, toujours bordée de pavillons de part et d'autre. Lartagne avala la distance en un temps record, les poumons emplis de braises ardentes.

Un rond-point orné d'une composition florale réduite en poussière par le soleil d'août ponctuait la ligne de bitume. Le fourgon de Maître Biborg était arrêté en travers de la bosse de terre labourée par les pneus de l'engin. La portière du conducteur béait, à moitié arrachée de ses gonds. Le moteur tournait au ralenti. Un second véhicule stationnait devant le rond-point, coupant la route au Tube Citroën. Une magnifique voiture de sport à la robe de tôle confectionnée sur mesure par un grand couturier de la carrosserie.

Lartagne fit le tour du fourgon, fou d'inquiétude. L'habitacle était vide. Mais le siège du conducteur ruisselait d'un sang pas encore totalement figé par la chaleur. Lil rejoignit le capitaine au moment où il faisait coulisser la porte latérale du Tube. Des étincelles colorées crépitaient au bout de ses doigts – les jardins alentours s'étaient montrés plutôt chiches, rien à voir avec la manne du Père Lachaise.

« Poussez-vous de là ! »

Lil bondit dans la camionnette, prête à en découdre avec le démon et tous les spectres qu'il lui opposerait. Comme la fois précédente, quand elle avait rencontré Couleur dans la clairière volée à Faërie le temps de l'entrevue, le parfum de la sylve réveilla le souvenir des jours heureux d'avant l'exil. Mais une autre odeur, moins suave celle-là, brisa le charme de la nostalgie.

« Foutredieu », jura Lartagne, découvrant la macabre

mise en scène par-dessus l'épaule de la fey. Maître Biborg gisait sur le plancher métallique, une main refermée sur le manche du marteau avec lequel il avait vaillamment combattu. Le morceau de peau tatouée accroché à la tête massive de l'outil en témoignait. La barbe rouille du nain n'était plus qu'un torchon sanguinolent, rabattu sur sa face. Sa combinaison de travail avait été réduite en lambeaux, éparpillés dans tout le fourgon.

Ainsi que le reste de son corps. La panse généreuse semblait s'être dégonflée, comme aspirée de l'intérieur par un souffle surpuissant, révélant une véritable bouillie d'organes et d'os. Les pointes des côtes saillaient vers le ciel, ouvrant la cage thoracique telle la gueule d'une bête affamée qui réclamait sa pitance.

Un mouvement infime soulevait la mixture organique par saccades.

« Il est encore vivant, dit Lil.

— C'est impossible…

— Allumez la radio, vite !

— Vous avez perdu la tête ? ! Miséricorde, il faut l'achever.

— Pas avant qu'il ait parlé. Pourquoi croyez-vous qu'il s'accroche ainsi à la vie ? »

Lartagne se glissa sur le siège du passager et tourna l'interrupteur de l'autoradio – un modèle en Bakélite dont le cadran s'ornait des noms des grandes capitales étrangères et de ceux de stations oubliées depuis longtemps, à la fois désuets et exotiques : Radio Paris, Berlin, Méditerranée, Maroc, etc.

Une mélodie d'un autre âge envahit l'habitacle, sur un rythme cha-cha-cha très en vogue un demi-siècle plus tôt. Les paroles n'atteignaient pas toutes les tympans du capitaine, trop troublé pour se concentrer sur elles. Il saisit pourtant qu'il était question d'un pacha, pour la facilité de la rime. Néanmoins, la voix de Jean Constantin produisit l'effet escompté : une source colorée commença de couler de l'unique haut-parleur.

Lil capta jusqu'à la dernière goutte entre ses doigts pour la diriger ensuite vers le nain, et apaiser sa douleur.

D'une main douce, elle écarta la barbe qui recouvrait le visage tordu dans un masque grimaçant. Les lèvres de Maître Biborg remuaient lentement. Lil se pencha pour attraper au vol les dernières paroles du nain.

« … dans la forêt… près de tes sœurs… pas pu empêcher le démon… essayer de le suivre… dans le Royaume… mais le passage vers la forêt… est refermé… Dis au champion… suis désolé pas pouvoir… lui rendre sa toison… les affaires sont… difficiles en ce moment…

— Il le sait, Maître Biborg. Ta dernière affaire t'aura beaucoup coûté. Je te pardonne le sale tour que tu m'as joué quand tu as laissé Glaive et Balance m'enfermer dans ton placard. »

Lil posa un baiser sur les joues couvertes de poil roux et versa des larmes de Couleur sur les lèvres de Biborg. Celui-ci mourut avec le goût de son Royaume natal dans la bouche, au son des maracas et des cuivres qui scandaient le succès comique d'un chanteur oublié par les humains. Il était nombre de morts moins glorieuses que celle-là, estima Lil.

Puis, se tournant vers Lartagne : « Vous pouvez éteindre la radio. »

***

Le presque-dragon pesait lourd entre les bras du Connoisseur. Mais Grübel aurait préféré mourir sur place plutôt que d'abandonner la carcasse de son vieux compagnon dans la tourmente qui s'était abattue sur la cité.

Grognant, soufflant tel le ventre chaud d'une forge, Grübel avançait en direction du Palais. Les rues s'étaient vidées de leurs occupants. Les volets de bois et de fer avaient été rabattus sur les vitrines des échoppes. La population se terrait dans les caves communes des quartiers, sous la protection des membres de la milice. Le staccato des rafales de tirs automatiques déchirait le silence entrecoupé sinon des râles des blessés, dont les corps jonchaient le pavé rougi.

« Je te cause bien du souci, murmura Obrasian. Va, idiot, ne t'occupe pas de moi. Je l'ai bien cherché.

— Ferme-là, que je ne respire plus ta mauvaise haleine. »

Le sorcier obéit. Il avait perdu beaucoup de sang, déjà. Le tablier du Connoisseur en avait bu la majeure partie. Le lainage écru avait viré au noir soutenu. Les trous qui perçaient le flanc du presque-dragon continuaient de dégorger le liquide épais.

Une silhouette en tenue camouflage surgit soudain au détour d'une ruelle, à moins d'un mètre du géant et son singulier fardeau. Le guerrier marqua un temps d'arrêt, surpris par l'apparition du couple. Grübel profita de ce répit. Sans lâcher son ami, il chargea, se servant de la masse écailleuse comme d'un bélier. Le guerrier leva son arme, trop tard. Le coup porté par la queue du presque-dragon l'envoya bouler contre la façade d'une boutique de barbier, où il s'écroula comme un sac de farine tombé du grenier, trois étages plus haut.

L'humain perdit aussitôt de sa consistance, à mesure qu'une ombre s'étendait sur lui. Il disparut bientôt, avalé par les ténèbres. Puis, le trou noir se résorba à son tour. Grübel se remit en route sans tarder. Il croisa d'autres guerriers, heureusement trop occupés à poursuivre leurs proies. Il dut faire halte dans l'encoignure d'une porte cochère à plusieurs reprises, pour éviter de se faire remarquer. Enfin, au terme d'un parcours sinueux dans les ruelles de la vieille ville, il déboucha sur l'esplanade du Palais.

La situation était bien pire que ce à quoi il s'attendait. Sept ou huit cents combattants de l'ombre s'agitaient sous les remparts de l'édifice, défendu par la garde royale. Les volées de flèches qui s'abattaient depuis les créneaux ne touchaient que rarement leur cible. Des dizaines de cadavres avaient été amoncelés pour former d'immenses bûchers de chair et d'os qui se consumaient lentement en émettant des volutes de fumée nauséabonde vers les positions des gardes royaux. Aveuglés ou bien rendus malades par l'odeur, ceux-ci ne parvenaient pas à ajuster leurs tirs.

Flottant sur le pavé de l'esplanade, une brume épaisse montait lentement à l'assaut des remparts. Grübel cracha en reconnaissant l'Infrasombre. La concentration d'énergie mauvaise était telle que la trame invisible du Royaume commençait de s'effriter là où la brume se faisait la plus dense, révélant les silhouettes contrefaites de ceux qui patientaient dans les ténèbres du monde inférieur. Le Connoisseur frémit comme il contemplait les créatures jadis reléguées au Rebut, près d'en trouver la sortie.

Une clameur monta soudain de la gorge des guerriers. Un éclair rouge fit scintiller la brume au milieu de la troupe. Une averse de sang éclaboussa le pavé quand une plaie s'ouvrit dans la substance du monde, quelques mètres au-dessus du sol, produisant le bruit d'un drap que l'on déchire d'un coup sec – un bruit que Grübel avait à peine entendu des décennies plus tôt mais dont il percevait toujours l'écho depuis.

Il se mit à trembler, non plus de peur, mais de rage ; le démon qui avait torturé son épouse à mort se dressait devant lui, dans toute l'horreur de son anatomie révélée par l'absence de peau. S'il n'avait écouté que le bouillonnement de son sang dans ses artères fatiguées, Grübel se serait jeté immédiatement dans la bataille. Mais il avait déjà perdu l'autre partie de son âme, et son plus vieil ami avait besoin de lui plus que jamais. Ravalant sa colère, le Connoisseur rebroussa chemin pour contourner cette partie du Palais.

Il dut encore éviter quelques ruffians venus de Surface, qui se pressaient pour rejoindre la sinistre bacchanale qui précédait l'assaut. Il lui fallut pas loin d'une heure pour atteindre son but, dégoulinant de sueur malgré le froid qui s'était emparé de la cité, après maints tours et détours. L'endroit, plongé dans l'ombre étalée par la muraille d'enceinte du Palais, en apparence inexpugnable, était désert, comme il s'y attendait. Ici, la pierre des fortifications se mêlait au roc des fondations de l'édifice.

Obrasian Phulmis s'agita dans les bras du géant. « Ta mémoire est bonne, fit-il. Pourtant, tu m'as laissé emprunter seul ce passage depuis que tu vis calfeutré dans ta maison et tes souvenirs. »

Le Connoisseur émit un grognement. « Cesse de jacasser et ouvre donc ta porte tant que tu en as la force. »

Le sorcier s'exécuta – une manipulation sommaire, rendue seulement plus difficile par l'état de faiblesse dans lequel il se trouvait. L'instant suivant, Grübel pénétrait dans l'antre du presque-dragon par le même chemin que la dernière fois, un demi-siècle plus tôt, quand il y avait apporté la dépouille du démon responsable de ses maux.

Intermède

Faerie Hackers - Notice (premier tableau)

Vous incarnez les forces de l'Infrasombre. Vous avez nom Chaos, Ravage, Dévastation, …

Pour survivre, vous devez acquérir la puissance nécessaire. Un seul moyen : abattre les frontières entre les mondes et libérer le pouvoir contenu dans les strates inférieures. Pour cela, vous pouvez choisir d'agir en solitaire et semer la terreur sur votre passage – en prenant toutefois le risque de succomber sous les coups d'un adversaire résigné à défendre le Royaume jusqu'au sacrifice suprême.

Ou bien vous pouvez suivre le démon-guerrier qui vous conduira à la victoire et décider de coopérer avec les autres joueurs.

L'accès au tableau suivant – le Rebut – implique l'élimination de la résistance de Faërie, symbolisée par son monarque, le Roi Couleur. Protégé par la garde royale, ce dernier vit reclus en son Palais depuis qu'avec l'aide des sorciers félons il a remporté la dernière des Anciennes Batailles. Attention, le Palais est un véritable labyrinthe, qui recèle des pièges mortels. Vous devrez faire preuve d'habileté, de courage, d'acharnement et surtout ne faire montre d'aucune pitié !

Outre les soldats, vous affronterez les mages et les sorciers les plus puissants du Royaume. Certains d'entre eux, nés avec l'univers, ont pris la forme de dragons et connaissent les secrets de la Couleur – la magie qui maintient les troupes de l'Adversaire prisonnières du Rebut. Supprimez les dragons, et la frontière entre les mondes disparaîtra avec eux, libérant le passage à vos nouveaux alliés.

Mais avant d'arriver jusqu'à l'antre des presque-dragons, dans le cœur de la colline qui a servi de fondation au Palais du Roi Couleur, vous devrez combattre les champions qui se dresseront sur votre route.

Chaque champion dispose d'un pouvoir particulier, reçu en don de la Couleur : ainsi celui d'invincibilité dans les duels à l'arme blanche, ou bien celui de guérir instantanément de ses blessures. À vous de découvrir ce don pour venir à bout de vos adversaires. Un conseil cependant : souvent, ce don se dissimule dans un objet fétiche, ou une partie précise du corps des champions. Observez attentivement l'attitude de votre ennemi pour trouver le bon endroit, le bon objet, puis arrachez-le lui, ou tranchez ce membre, et vous l'emporterez.

Le Royaume est à vous ! Et ce n'est qu'un début…

Chapitre XI

Le plus ancien pouvoir de l'univers

Le ciel avait viré de l'outremer à l'anthracite. La température baissé de presque trente degrés. Le babil polyglotte des touristes s'était dissout dans la rumeur des préparatifs au combat. La transition entre Versailles et le Palais avait été brutale.

Lil n'avait pas attendu de trouver un coin tranquille dans le parc gigantesque, qui grouillait de familles installées pour pique-niquer. À peine débarquée entre les bassins jumeaux des Parterres d'Eau et du Midi, elle avait forcé le passage de la Couleur, entraînant le capitaine derrière elle, sous les yeux des promeneurs éberlués.

Encore secoué par l'épreuve (et le rallye automobile qui les avait conduits de la banlieue jusqu'à Versailles), Lartagne arrêta un garde casqué et cuirassé qui passait à sa hauteur : « Où est le Roi ? Parle, bougre d'ahuri ! »

Comme l'autre ne semblait pas le reconnaître, le capitaine déclina son identité. Après une hésitation, le soldat se figea au garde-à-vous, s'efforçant de ne pas loucher sur le béret qui épousait la calvitie de son supérieur.

« Sa Majesté a rejoint la ligne des défenseurs, sur le chemin de ronde, capitaine. Euh, le Palais est assiégé…

— Je suis au courant, idiot ! Conduis-nous jusqu'à lui, vite. »

Le garde fit claquer les talons de ses bottes et partit au

petit trot, son épée bringuebalant contre le fer de sa jambière. Ils le suivirent dans les allées du jardin envahi par une armée de laquais eux aussi sur le pied de guerre, qui transportaient le matériel nécessaire aux premiers soins – civières, compresses, clystères et scies à découper la chair et les os pour les inévitables amputations. Puis, ils empruntèrent le dédale des galeries et des corridors qui minaient l'édifice, aussi vieux que le Royaume lui-même et jamais véritablement achevé, car construit sans plan directeur, au gré des fantaisies de ses occupants et des besoins du moment. Ils grimpèrent quatre à quatre un vertigineux escalier en colimaçon en forme de double hélice, conçu de telle sorte qu'il était impossible de jamais croiser quelqu'un arrivant dans le sens opposé. Au terme de cette escalade, ils débouchèrent enfin sur une crête de remparts, percés de créneaux si minces qu'on pouvait à peine y glisser le plat de la main.

Une phalange d'archers occupait la position, doublée par une autre, confinée dans l'espace exigu du mâchicoulis suspendu à l'extérieur de la muraille, auquel on accédait par une série de trappes entrouvertes tous les dix pas.

Le garde s'adressa à un officier, demandant où se trouvait le Roi. L'archer indiqua une trappe plus large que les autres, un peu plus loin. Le capitaine et la fey s'y engouffrèrent sans attendre.

Sous le chemin de ronde, la caresse du gant de crin atteignait les limites du supportable. Lil comprit pourquoi en risquant un œil par la fente d'un mâchicoulis. On avait déroulé une toile de Jérôme Bosch sur l'esplanade du Palais et les protagonistes des cauchemars du peintre avaient trouvé dans l'Infrasombre le relief qui leur manquait. Des amoncellements de corps suppliciés achevaient de se calciner là où d'ordinaire paradaient les gardes royaux au moment de la relève.

Une brume aux reflets bleutés s'élevait des charniers. Dans les volutes glacées, les silhouettes des reclus du Rebut manifestaient leur impatience. Une danse sauvage animait les créatures difformes, bêtes et hommes mêlés en des combinaisons impossibles, qui se massaient derrière la trame du monde, tendue à se rompre.

Un millier de guerriers issus de la Surface, en tenue de ninja ou de commando, fourbissaient leurs armes – sabres, couteaux-scies, arbalètes, pistolets et fusils automatiques, lance-grenades ou même lance-flammes –, dans l'attente de la curée. Au milieu de ce pandémonium, Mass'Erzelt triomphait.

Le démon haranguait ses troupes, aussi dépouillé qu'au jour de son irruption dans le Royaume, à l'exception d'un fragment de cuir hirsute qui lui couvrait une joue. Il brandissait le poignard abandonné par Lartagne entre ses omoplates, la veille.

« Il est venu chercher sa peau, Lillshellyann, fit la voix du Roi, dans le dos de la fey. Et c'est à moi qu'il la réclame.

— Majesté… » Lartagne tomba un genou sur le plancher. « Debout, Capitaine, reprit Couleur, sortant de l'ombre dans le froissement du cuir de son manteau. Tu vas avoir l'occasion de prouver ta valeur au combat. Lillshellyann, je suppose que tu es venue car tu sais qui est le véritable assassin de mon fils ?

— Je ne crois pas avoir besoin de le nommer. Vous l'avez déjà affronté, et vaincu.

— C'était il y a bien longtemps. La Couleur l'a vaincu, pas moi. Aujourd'hui, il a des alliés puissants.

— Ce ne sont pas de véritables guerriers. Seule une magie particulière active leur présence en Faërie. Il suffit de trancher le lien qui les y relie, et ils regagneront la Surface, pour toujours.

— Je suppose que tu connais un moyen.

— J'ai ma petite idée, oui. Mais je n'y parviendrai pas seule. Couleur, tu m'as fait une promesse… Ouch ! »

Le coude de Lartagne venait de s'enfoncer dans les côtes de la fey. Le capitaine vibrait d'indignation à l'idée qu'elle puisse tenter de soumettre le Roi à un odieux marchandage, à un moment aussi critique. Il comprenait parfaitement le sens de sa manœuvre : Maître Biborg avait expédié le Dauphin dans la forêt où vivaient les sœurs de la renégate ; un parfait otage en la circonstance…

« Sire, ne l'écoutez pas. Je vous ramènerai le Dauphin sans qu'il vous en coûte.

— Décidément, vous ne pigerez jamais rien à rien, se lamenta Lil. Soyez mignon et bouclez-la, c'est tout ce qu'on vous demande. Heureusement, le Roi est moins obtus que vous sur ce coup-là. N'est-ce pas ?

— Capitaine, fit Couleur d'une voix où perçait une pointe d'ironie, mon fils est certainement entre de bonnes mains. Lillshellyann, je n'ai pas oublié la promesse que tu m'as extorquée. Que veux-tu en plus ?

— Il faut qu'Obrasian me rende ma liberté. Qu'il lève le sortilège de bannissement en totalité et me laisse rendre visite à mes sœurs. Avec elles, je pense avoir une chance de renvoyer les barbares d'où ils viennent. »

***

Elle avait oublié combien voler était grisant, après toutes ces années passées à se traîner lamentablement au sol. Portée par les courants ascendants et colorés, visible seulement aux yeux des feys et des presque-dragons, Lillshellyann jouissait de sa liberté recouvrée.

Obrasian Phulmis l'avait accueillie dans son antre, une poignée de minutes plus tôt. Couché dans le grand lit qui supportait son poids en grinçant au moindre mouvement, le sorcier se remettait de ses blessures. Déjà, badigeonnées par la potion idoine, les plaies occasionnées par la rafale de balles se refermaient. De temps en temps, pendant la conversation, le presque-dragon gonflait ses joues et crachait un morceau de métal sur les dalles de pierre polie, avec un TING ! retentissant. Le Connoisseur Grübel s'était assoupi dans un fauteuil, à l'écart, ronflant doucement.

« Puisque Couleur est d'accord, avait grommelé Obrasian, je n'ai qu'à obéir, n'est-ce pas ? Tu t'es pas mal débrouillée. Je suppose que tu mérites que je lève le sortilège, après tout.

— Tu as suffisamment longtemps profité de la situation pour arranger tes coups en douce, là-haut. Et puis, tu trouveras bien une nouvelle victime à envoyer croupir chez les humains, je te fais confiance.

— Ingrate… Si je ne t'avais pas prise sous mon aile, tu aurais fini comme les autres exilés, à délirer sous un pont, le cerveau réduit en compote par l'abus d'alcool et de drogues. Enfin, n'en parlons plus. Passe-moi ce pot sur l'étagère, derrière toi, le grand avec l'étiquette marquée d'un L majuscule. »

Le récipient de terre cuite ne pesait pas bien lourd. Difficile de croire que la solution au problème qui maintenait Lil prisonnière du sortilège de bannissement tenait là-dedans. Mais le sorcier devait savoir ce qu'il faisait, pour une fois…

Il s'empara du pot et le décacheta, à la manière d'un bocal à confiture. Plongeant deux doigts griffus à l'intérieur, il en retira avec un luxe de précautions inouï une petite chose fripée et transparente, comme l'âme d'un enfant mort-né.

« Beurk. Qu'est-ce que c'est ?

— Chut. Approche. »

La fey fit un pas en avant, venant buter contre le sommier. Obrasian gonfla ses joues. Lil eut un mouvement de recul, persuadée qu'il allait lui cracher au visage un fragment de plomb monté de ses entrailles. Au lieu de ça, il entrouvrit délicatement la gueule et souffla sur la petite chose fragile. Celle-ci s'éparpilla instantanément en un nuage de poussière aux couleurs de l'arc-en-ciel, qui scintilla un court instant avant de se déposer sur la peau de la fey, s'insinuant sous la couche de vêtements (et sous-vêtements) jusque dans les parties les plus intimes de son anatomie. Aussitôt, l'irritation provoquée par la caresse du gant de crin sur le chemin de ronde s'évanouit. Un frisson à la limite de l'orgasme secoua la fey de la tête aux pieds. Puis l'agréable sensation disparut à son tour.

« C'est tout ? fit-elle, déçue.

— Ça suffit. Je n'aime pas les effets grandiloquents. Nous ne sommes pas au cinéma. Va, cours et… vole, maintenant », ajouta le presque-dragon, avec un clin d'œil inversé, sa paupière logeant sous son œil fendu d'un iris rouge.

Elle avait suivi son conseil et s'était élancée du sommet de la plus haute tour du Palais, qui culminait à près de deux cents coudées au-dessus de la ville. Elle approchait maintenant la lisière de la forêt, semblable à un trait de crayon gras soulignant l'horizon. Le doux parfum envolé de la sylve vint à sa rencontre, pour lui souhaiter la bienvenue. La canopée lui adressa des signes amicaux, le vent faisant frissonner la chevelure des arbres qui défilaient sous elle.

Ivre de joie, Lillshellyann hurla son nom et l'écho lui répondit. Mille voix flûtées percèrent les frondaisons, saluant le retour d'une fille de l'air et de la forêt, bannie pour avoir oser rêver à l'égalité entre les créatures du Royaume.

Les voix disaient que personne n'avait oublié Lillshellyann Aleiannhyless Lliannhsell'an et qu'on se réjouissait de la voir revenue à la forêt. Lil se laissa guider par le chant mélodieux de ses sœurs, jusqu'à la grande clairière accessible seulement par les airs où elles avaient l'habitude de se réunir pour tenir leurs conciliabules.

Elles étaient toutes là, comme la fois précédente, vingt années plus tôt, quand leur jeune et impétueuse sœur les avait exhortées à ne plus vivre comme des citoyennes de seconde zone, et à réclamer les mêmes droits que les autres puissants qui maniaient la Couleur. Ses sœurs l'avaient alors mandatée pour se rendre au Palais et exposer leurs doléances, au terme d'une assemblée générale houleuse mais passionnée. La suite des événements avait précipité la jeune émancipatrice devant Glaive et Balance, puis dans le placard de Maître Biborg, enfin en banlieue parisienne pour y purger une peine d'intérêt général au service du presque-dragon.

Cette fois encore, Lillshellyann sut trouver les mots justes, sans céder aux facilités de la rhétorique révolutionnaire – vingt années avaient passé, elle avait mûri. Cette fois encore, ses sœurs l'écoutèrent avec attention quand elle exposa les faits, et rien que les faits, évoquant le démon Mass'Erzelt et la terrifiante menace que ses guerriers enrôlés par une puissante magie concoctée en Surface faisaient peser sur l'avenir du Royaume. Leur avenir également, si l'on considérait la promesse engagée par Couleur.

Les feys n'étaient pas les seules à boire les paroles de Lillshellyann. Un jeune garçon borgne se tenait au premier rang de l'assistance, près du centre de la clairière. Quand elle eut terminé, le Dauphin s'avança et prit les mains de l'oratrice dans les siennes. Lil remarqua que son orbite vide s'ornait à présent d'une pierre aux couleurs de la sylve, comme on en trouvait dans les recoins les plus sauvages de la forêt, farouchement défendues par les esprits élémentaires qui les avaient façonnées à partir d'éclats primordiaux de Couleur. Un don des feys, qui, plus qu'un long discours, scellait l'alliance entre les filles du vent et le fils du Roi.

« Sois assurée que nous t'avons entendue, dit le Dauphin. Moi plus encore que tes sœurs. J'ai vu avec quel dévouement tu t'étais mise au service du Royaume, là-haut, malgré la sanction prise par mon père et ses juges contre toi. Les choses vont changer, je te le promets. Mais, pour l'heure, il s'agit d'en finir une fois pour toutes avec ce foutu démon ! »

Lil se retint de lui ébouriffer les cheveux et lui pincer la joue. Il était vraiment trognon, quand il jouait les monarques et les hommes, ce gamin… Il y aurait manière d'en faire un monarque éclairé, sûrement moins phallocrate que son père !

***

Le signal de l'attaque avait été donné peu après l'envol de la fey. Les grilles du Palais n'avaient offert qu'une résistance de principe à l'arsenal des joueurs, d'autant que l'Infrasombre leur fournissait une énergie inépuisable. Lance-grenades et fusils d'assaut avaient déblayé le terrain, permettant à la horde sauvage de s'engouffrer dans la première cour, où une partie de la garde royale avait pris position, sous les ordres de champions caparaçonnés de pied en cap.

Mass'Erzelt n'avait pas participé à la tuerie. Tandis que ses guerriers vidaient leurs chargeurs, n'épargnant aucun garde, le démon avait continué sa route, indifférent aux cris et aux larmes des mourants. Sa joue rafistolée saignait. Sa peau n'était pas loin. Il avait toujours su qu'elle se trouvait au Palais, cachée dans l'antre d'un sorcier. C'était l'endroit le plus sûr du Royaume, du moins jusqu'au lancement de *Faerie Hackers*.

Cette fois, il ne se contenterait pas d'une visite éclair, comme lorsqu'il avait fait taire définitivement le cobaye humain envoyé assassiner le Dauphin et semer le trouble dans l'esprit du Roi. Cette fois, la Couleur ne le repousserait pas au terme d'une trop brève incursion en territoire ennemi. Cette fois, l'Infrasombre était avec lui, et le pouvoir de son Général le poussait de l'avant. Il pouvait presque sentir la présence de l'*Autre* à ses côtés, comme s'il avait déserté la carcasse ridicule de Marcus pour retrouver enfin sa véritable place, ici, en Faërie.

Un champion s'interposa devant le démon. Il maniait une impressionnante flamberge, à deux mains, et sa barbe grise, visible sous le rabat du heaume, témoignait de son expérience.

Mass'Erzelt haussa les épaules. Avisant un joueur occupé à découper les bras d'un garde encore vivant, il l'interpella : « Toi ! Prête-moi ton joujou. »

Il désignait le Colt qui pendait à la ceinture du tortionnaire. Celui-ci lui lança le revolver, au moment où le champion chargeait. D'un pas sur le côté, Mass'Erzelt évita la lame, qui s'abattit dans un crépitement d'étincelle sur le pavé de la cour. Dans le même temps, il ajustait sa prise autour de la crosse du Colt. Puis, il tira une balle dans chaque genou du champion, qui s'affaissa.

« Pas de temps à perdre avec ces conneries. Je te le laisse. Amuse-toi à découvrir son point faible, en plus des articulations ! »

Il rendit le Colt au joueur et s'éloigna tranquillement en direction des bâtiments qui flanquaient la cour. Les archers postés sur les remparts hésitaient à décocher leurs flèches dans la mêlée des combattants, de crainte d'embrocher les leurs. Le démon put ainsi pénétrer dans les communs du premier bâtiment sans être inquiété.

Il se laissa ensuite guider par le picotement électrique qui hérissait le poil de sa joue, gagnant en intensité à mesure qu'il approchait de sa source. Il gravit plusieurs escaliers, sans rencontrer aucune résistance. Cette partie du Palais avait été vidée de ses occupants, sans doute rassemblés dans un endroit plus sûr. Mass'Erzelt continua son exploration, passant de salle en salle, d'appartement en appartement, la joue dévorée par un prurit qui le plongeait dans un état d'excitation avancé.

Il s'enfonça plus avant dans le dédale du Palais, perdant tous points de repère, ne sachant plus dans quelle aile il se trouvait. Sa joue se mit à saigner d'abondance ; Mass'Erzelt accéléra l'allure, renversant les meubles qui se trouvaient sur son passage, défonçant portes et fenêtres, incapable de prendre soin de les ouvrir. La garde du poignard chauffait dans sa paume, cuisant sa chair à nu, mais le démon n'en avait cure.

Jamais il ne s'était trouvé aussi près de sa propre peau depuis qu'il l'avait perdue, dans la cave de cette vieille femme au corps lourd et opulent, qui lui avait permis de gagner la Surface pour répondre à l'appel de l'Infrasombre.

***

L'apparition des feys fit souffler un vent de panique sur Versailles. Elles allaient dans le plus simple appareil, inconscientes de l'effet produit par la contemplation de leurs corps splendides sur le cerveau des milliers de mâles qui arpentaient les jardins du château, nantis des épouses et enfants de circonstance. Surgissant des bosquets disséminés dans tout le parc, elles vinrent gonfler les rangs de l'armée admirable qui se rassemblait sur le Tapis Vert, cette vaste pelouse rectangulaire qui faisait la jonction entre le Grand Canal et le reste du jardin de Le Nôtre.

Puis, sur un geste de leur capitaine, elles prirent la fille de l'air, littéralement, portées par les exclamations de la foule. Une immense gerbe de lumière monta avec elle vers le ciel uniformément bleu, tel un geyser composé d'une myriade de lucioles dopée aux amphétamines.

Après leur départ, le paysage des jardins, pourtant magnifique, parut plus terne, comme un tableau ayant subi en une seconde les outrages d'un millier d'années d'exposition.

Versailles avait perdu de sa magie, diraient certains visiteurs plus intuitifs que d'autres, plus réceptifs aussi à l'apparence véritable des choses.

Et ce n'était qu'un début.

L'escouade aérienne prit la direction du cœur de la capitale. Volant d'abord en formation serrée, les feys s'égaillèrent peu à peu. Chaque groupe choisit sa cible, désignée par une Lillshellyann survoltée, qui virevoltait entre ses sœurs, l'index pointé sur les différents monuments et édifices : Arc de Triomphe, Louvre, Invalides, Panthéon, Notre Dame, Opéra Garnier, Tuileries, Madeleine, etc.

Nulle source conséquente de Couleur n'échappa à l'œil acéré de la plus parisienne des feys. Elle-même se réserva, cerise sur le gâteau, la source la plus pure, la plus vive aussi. Celle qui brillait à la manière d'un phare éclairant toute la boucle de la Seine, culminant loin au-dessus de toute autre.

Accompagnée d'une cinquantaine de consœurs, Lillshellyann vola à la rencontre de la Grande Demoiselle d'acier plantée dans la perspective du Champ de Mars.

***

Couleur se tenait au milieu de la cour centrale du Palais, les pans de son manteau étalés autour de lui, les mains croisées sur le pommeau de son épée, la pointe plantée entre deux pavés.

La rumeur des combats parvenait assourdie jusqu'à cet endroit, protégé par une ultime ligne de remparts – les plus anciens, les plus dérisoires aussi, car érodés par les siècles de paix qui avaient suivi la dernière des Anciennes Batailles.

Dans le dos immense du Roi, le ventre de la tour des dragons enflait jusqu'aux limites de l'écroulement. L'édifice ne payait pas de mine, avec ses pierres moussues, fendues par l'affaissement du toit pointu sous son propre poids. La tour existait déjà avant même que les habitants du Royaume n'aient l'idée de se rassembler et fonder une cité, isolée sur le rocher pelé qui supportait aujourd'hui la masse considérable du Palais. Le jeune homme qui l'avait construite de ses mains y vivait toujours. Sa peau s'était depuis couverte d'écailles, des ailes avaient poussé entre ses omoplates, et, surtout, il avait appris la plupart des secrets de la Couleur. Entretemps, la partie entre les Adversaires éternels avait continué, pas mal de coups avaient été échangés, mais c'était une autre histoire. Des milliers d'autres histoires.

Couleur attendait le champion qu'il avait déjà combattu, et vaincu, avec l'aide du presque-dragon. Les dépouilles cousues qui constituaient son manteau semblaient reprendre vie à la perspective de la rencontre. Leurs propriétaires frappaient aux portes du Royaume, prêts à déchirer la trame entre les mondes. Et Mass'Erzelt venait à l'avant-garde de l'armée du Rebut.

L'épée du Roi se mit à trembler. Des filaments d'Infrasombre coulaient des fissures dans le grand mur en face de lui. Le démon n'allait plus tarder. Les pans du manteau s'élevaient en claquant contre la façade arrondie de la tour. Couleur demeurait parfaitement calme, îlot d'immobilité au cœur d'une tempête de peaux mortes qui manifestaient leur désir de revivre. L'Infrasombre se mit à sourdre de chaque jointure entre les pierres de la muraille. La façade parut se dissoudre dans le suc d'une nuit mauvaise.

Le rempart croula soudain dans une avalanche de moellons et de poussière. Mass'Erzelt enjamba les décombres avant que le nuage de gravats se fût dissipé. L'excitation faisait palpiter chaque muscle, chaque nerf visible sur sa face ravagée par les coups reçus ces derniers jours.

Couleur n'avait pas bougé d'un pouce. Le regard du Roi accrocha celui du démon. Le manteau agitait ses basques avec une furie décuplée par la proximité du champion de l'Adversaire. Posément, Couleur dégrafa la broche de métal qui maintenait les revers épinglés à hauteur de ses pectoraux. Empoignant l'ourlet, il brandit le vêtement à bout de bras, dans un geste de provocation évidente, tandis que son autre main se refermait sur la garde de l'épée.

« J'ai là quelque chose qui t'appartient. Un trophée ajouté à ma collection longtemps après notre dernier combat. »

Un sang vermeil coulait le long du bras du Roi, identique à celui qui maculait la joue du démon. Tout le col du manteau suintait. La peau rapiécée un demi-siècle plus tôt réagissait à la présence de son propriétaire. Mass'Erzelt émit une plainte rauque et souffla bruyamment. Il serra un poing fumant autour de la garde du poignard, dont la lame avait viré au rouge. Le bras puissant du Roi se mit à tournoyer, entraînant le manteau dans un mouvement en spirale de plus en plus rapide. Puis Couleur relâcha sa prise.

L'ouvrage de peaux cousues fut propulsé vers le ciel. Dans le même temps, Couleur chargea. Mass'Erzelt réagit avec une fraction de seconde de retard, distrait par la mise en scène.

Les pans du manteau flottaient encore en l'air quand l'engagement eut lieu. La rencontre entre Couleur et Infrasombre déclencha une éblouissante fantasia chromatique, repoussant les limites du spectre jusqu'à l'infini.

Les fers ennemis trouvèrent chacun à déchirer et mordre un membre mal protégé. Le premier sang versé, seule la mort mettrait un terme au duel.

***

Le ciel de la capitale n'était plus simplement le ciel. Le monochrome de Klein qui pesait depuis la mi-août sur les toits de Paris avait cédé la place à un délire fauve explorant une palette d'une incroyable richesse. On aurait dit une aurore boréale égarée, descendue des strates supérieures de l'atmosphère, dont les plis ondoyants embrassaient les vingt arrondissements et la première couronne.

Le délire pyrotechnique prenait toute son ampleur au-dessus de la Tour Eiffel. Obéissant aux directives de Lillshellyann, les feys dévidaient le fil de la trame tissée par les dizaines de millions de visiteurs qui s'étaient succédés depuis 1889 dans les froufrous métalliques de la Grande Demoiselle.

Lillshellyann exultait. Elle avait tiré la leçon de l'épisode du Père Lachaise, quand les spectres colorés d'Héloïse et Abélard, Jim Morrison et Eugène Pottier étaient venus à sa rescousse, annihilant sans trop d'efforts leurs semblables maléfiques, suscités par Mass'Erzelt. L'histoire de Paris, l'amour porté à la ville lumière par les générations d'habitants et de touristes qui y avaient vécu ou effectué même un bref séjour, alimentaient une source inépuisable de Couleur. Une énergie formidable, à même de repousser – du moins l'espérait-elle – l'invasion de l'Infrasombre commandée depuis le bunker.

Lorsqu'elles eurent arraché à la Tour le maximum de Couleur qu'elles pouvaient emporter, les feys levèrent le camp. Elles rejoignirent l'escadrille qui se formait à nouveau au-dessus de Paris, traînant derrière elles des guirlandes de feux de Saint-Elme.

Des centaines de guirlandes analogues, arrachées à la Couleur diffusée par les autres monuments, s'emmêlèrent pour former un unique faisceau torsadé, à mesure que les feys entamaient une valse étourdissante au-dessus de la boucle de la Seine. Quand le faisceau fut jugé assez solide, les feys prirent la direction de la banlieue Nord.

Le bunker était visible de loin, point noir enlaidissant la face du technopôle implanté entre deux zones pavillonnaires. Les feys se réunirent en cercle à une altitude qui les maintenait hors de portée de l'influence de l'Infrasombre. Puis, dans le même mouvement, elles libérèrent le faisceau de Couleur, visant le cœur de la cible circonscrite par leur ronde aérienne.

Une foudre jamais vue s'abattit sur les façades de verre polarisé, qui éclatèrent toutes ensemble. La structure du bunker se replia soudain sur elle-même, à la manière d'un animal s'aplatissant au sol pour échapper à une agression.

Le fracas de l'implosion déferla avec une seconde de retard sur les bâtiments voisins. L'onde de choc souffla les vitres dans un rayon d'un kilomètre. Couleur et Infrasombre s'affrontèrent en un combat dévastateur qui dura moins d'une nanoseconde et donna naissance à une singularité physique résorbée aussitôt qu'apparue à l'épicentre du phénomène.

Le temps d'un clignement de paupière, le bunker avait disparu.

***

Penché à une fenêtre de la tour des dragons, Lartagne s'empara du manteau au moment où il atteignait l'apogée de sa trajectoire verticale. Le poids du vêtement faillit l'entraîner par l'ouverture découpée dans la pierre. Grübel attrapa le capitaine par le pantalon et l'attira à l'intérieur. Puis, ils hissèrent le manteau entier dans la petite pièce située au-dessus de son antre et qui servait de débarras au sorcier.

« Dépêchez-vous, intima Obrasian. Je crains que Couleur ne puisse retenir le démon bien longtemps.

— Incroyable, fit Lartagne. Alors, depuis tout ce temps, la peau de Mass'Erzel ornait les épaules du Roi ?

— Vous connaissez un endroit plus sûr ? Aucun endroit

du Palais n'est à l'abri d'une visite du démon depuis qu'il a atteint un niveau de maîtrise incomparable dans l'art d'infliger la douleur, et forcer la part d'Infrasombre contenue dans le cerveau humain à ouvrir une brèche vers le Royaume. Mais approcher Couleur lui était interdit, avant qu'il dispose des renforts puisés dans le Rebut, évidemment. »

Les échos du duel montaient jusqu'à l'étage. Les cris des Adversaires, rage et souffrance mêlées, résonnaient dans le réduit encombré de vieilleries, remontant pour certaines à l'époque qui avait précédé les Anciennes Batailles.

« Ne traînons pas, fit le sorcier.

— Il faut prêter main-forte au Roi, s'insurgea Lartagne.

— C'est son combat, Capitaine. Pas le tien. Et tu n'es plus en mesure d'affronter un démon. »

Obrasian désigna le crâne tondu du champion : « Celui qui t'a volé ta toison en connaissait la valeur. Sans elle, tes blessures finiraient par t'être fatales.

— Personne ne l'a volée. C'était un marché équitable. Je n'ai rien à regretter. »

Le sorcier opina. Lartagne pensait vraiment ce qu'il disait. Maître Biborg n'avait pas été si exigeant que cela, quand on considérait le prix qu'il lui en avait véritablement coûté pour acquérir ce trophée.

« Foutons le camp », proposa Grübel. Le géant roula le manteau en boule et le chargea sur son dos, à la manière d'un portefaix.

Une secousse ébranla la tour. Des fragments de plâtre tombèrent du plafond. Les étagères chargées de bibelots et de poussière s'écroulèrent, réduisant le bric-à-brac accumulé au fil des siècles par le sorcier en un monceau d'antiquailles indigne même de l'intérêt d'un Biborg. Le trio déguerpit sans attendre. Ils dévalèrent l'escalier tortueux qui menait à l'antre du presque-dragon. Obrasian ouvrait la marche, les naseaux frémissants.

« L'Infrasombre étend son influence. Je le sens qui croît. La Couleur s'épuise. »

Il n'ajouta rien. Le Capitaine et le Connoisseur comprenaient ce qu'il y avait à comprendre.

Une grêle de balles les accueillit au débouché de l'escalier, pulvérisant les dalles qui couvraient les premières marches. Ils refluèrent illico vers les hauteurs. Lartagne eut le temps d'apercevoir une demi-douzaine de joueurs, embusqués derrière les meubles retournés. La tanière du sorcier avait été mise à sac pendant qu'ils attendaient que le Roi leur confie son manteau, conformément au stratagème mis au point dans l'urgence quelques minutes plus tôt.

« Et maintenant, qu'est-ce qu'on fait ? interrogea Grübel. Je ne crois pas qu'il y avait un plan de secours. On ne peut plus quitter le Palais par le passage dissimulé dans les murailles. Ils vont nous tailler en pièces avant qu'on fasse deux pas là-dedans. »

Au même moment, une nouvelle secousse, plus violente que la précédente, fit vaciller l'édifice sur sa base. Quelques moellons roulèrent sur le dallage. Une poutre tomba du plafond, barrant l'accès vers la tanière transformée en piège mortel.

« Vite, on remonte ! Il faut essayer d'atteindre le chemin de ronde avant que la tour s'écroule ! On avisera ensuite. »

Une rafale de fusil automatique ponctua l'injonction du Capitaine. Lartagne laissa le Connoisseur prendre de l'avance – il aurait tout le temps de le rattraper, à l'allure où le géant se déplaçait. « Suivez-le, je vais les retenir.

— Et comment, je vous prie ? demanda Obrasian.

— J'ai perdu mon don, mais pas tous mes talents. Filez, et protégez votre ami. Je vous rejoins en haut dès que possible. »

Obrasian poussa un soupir de gorge qui tenait du feulement. « Si l'Infrasombre ne m'avait pas réduit à l'impuissance, j'aurais eu plaisir à faire bouillir le sang de ces ruffians dans leurs veines, ou à faire pousser des grappes de piments rouges dans leur anus !

— Vous aurez d'autres occasions de vous défouler si vous m'obéissez. »

Le sorcier acquiesça et suivit le Connoisseur. D'autres moellons se détachèrent de la maçonnerie antédiluvienne pour grossir le tas de gravats aux pieds du Capitaine. Lartagne choisit une pierre ronde de la taille d'un œuf d'autruche et colla son dos à la paroi encore vibrionnante – les Adversaires ne ménageaient par leurs efforts, de l'autre côté. Il attendit que les joueurs réagissent, le souffle suspendu.

Une ombre s'avança bientôt, recouvrant le tapis de poussière qui maculait les marches de l'escalier. Le ninja progressait à pas feutrés, promenant la lame de son katana de droite à gauche devant lui, comme s'il cherchait à éviscérer l'obscurité. Il enjamba la poutre avec un luxe inouï de précautions, décomposant chaque geste, les sens aux aguets.

Le caillou s'aplatit au milieu de son visage lorsqu'il releva la tête et découvrit le Capitaine embusqué au-dessus de lui. Les cartilages cédèrent avec un craquement de petit bois foulé aux pieds. Lartagne imagina, non sans satisfaction, les stimuli en retour qui avaient certainement étendu pour le compte le joueur connecté à *Faerie Hackers*, quelque part en Surface. Il saisit sa victime par l'épaule, avant qu'elle s'effondre, et l'attira jusqu'à lui. Il s'empara du grand sabre, dédaignant les étoiles d'acier et autres bimbeloteries de cinéma kung-fu. Puis, il rejoignit le premier niveau de la tour, poursuivi par une grêle de métal brûlant. Les compagnons du ninja n'avaient pas été longs à se ressaisir. Mais Grübel et le sorcier avaient pu prendre suffisamment de champ, cela seul comptait.

Lartagne marqua une pause devant la porte du débarras. Tendant l'oreille, il surprit le grincement d'une paire de Rangers, dont le propriétaire s'efforçait de gravir les degrés de l'escalier le plus silencieusement possible. Le Capitaine déposa le katana derrière le battant de la porte, s'arrangeant pour que la pointe de la lame dépasse ce qu'il fallait pour être remarquée. Puis, il pénétra dans le réduit, sans faire le moindre bruit, lui.

Le guerrier en tenue commando apparut dans l'encadrement, le regard rivé sur le morceau de métal affûté qui trahissait la présence d'un ennemi derrière la porte entrouverte. Il leva le canon de son fusil automatique à hauteur de poitrine. Un sourire vicieux éclaira sa face de brute. Il souriait encore quand la botte du Capitaine s'enfonça dans son bas-ventre, l'envoyant bouler dans l'escalier en couinant lamentablement. À nouveau, Lartagne eut une pensée réjouie pour le joueur aux testicules douloureux, quelque part dans Paris, qui devait se tordre sur la moquette de sa chambre, devant son écran d'ordinateur.

Un cri terrible monta de la cour, brisant le charme de l'évocation. Lartagne se précipita vers la fenêtre du débarras, le cœur battant la chamade. Plus bas, Mass'Erzelt reculait, les mains crispées autour de la lame enfoncée de biais dans son ventre. L'épée de Couleur l'avait transpercée de part en part, déchirant l'aine, fouaillant les organes apparents. Le Capitaine remarqua qu'il traînait également la jambe, le genou droit explosé.

Couleur était couvert de sang, le sien et celui du démon. Les plaies ouvertes sur son torse et dans son dos ne laissaient rien présager de bon. Le Roi tenait toujours la garde de son épée, qu'il manœuvrait comme un levier, écartant les lèvres de la blessure, cisaillant le nœud des entrailles qui palpitaient dans leur logement.

Alors Mass'Erzelt parut se ressaisir. Les poings toujours refermés autour de la lame qui le perforait, il vrilla son regard flamboyant dans celui de Couleur, et, poussant un rugissement terrible, il exerça une traction vers le haut, les muscles de ses bras gonflés à éclater, s'infligeant une nouvelle déchirure dans la poitrine.

Il parvint à faire décoller le Roi, qui se cramponnait à la garde de l'épée, d'un bon mètre. Puis il chargea, droit sur la tour déjà malmenée par les assauts précédents. Le dos du Roi heurta la muraille dans un ultime ébranlement qui mit à bas tout un pan de façade.

Couleur lâcha prise et s'effondra. Mass'Erzelt se cambra, poings et gueule levés vers le ciel fuligineux, hurlant son triomphe. Un moment, l'éclat rubescent de ses pupilles s'arrêta sur le Capitaine, penché à la fenêtre.

Puis, les crocs du démon plongèrent vers la gorge de son adversaire, définitivement vaincu.

Lartagne se rua dans l'escalier. Il n'y avait plus une seconde à perdre. Il avait à peine gravi une paire de marches qu'une rafale de balles crépitait à ses trousses. Le Capitaine accéléra l'allure. D'autres détonations claquèrent. Un coup violent dans le milieu du dos le fit trébucher. Il évita la chute de justesse et continua son ascension d'un pas moins assuré, le bassin tout engourdi, comme s'il avait porté un corset dont les lacets se resserraient impitoyablement davantage chaque nouvelle marche franchie.

Il atteignit néanmoins le sommet de la tour, tituba jusqu'à la petite porte ouverte sur le chemin de ronde des anciens remparts, prit soin de la refermer derrière lui et de rabattre le loquet extérieur. Puis, il s'effondra, ses jambes refusant de lui obéir plus longtemps.

***

Marcus avait tiré un revolver de la ceinture de son pantalon.

« Ce sera vite fait. Propre et sans bavures. Vous ne sentirez rien. Enfin, je crois. Messieurs, il est temps de mettre un terme au contrat qui nous lie. Mon cher Tselnek, je suis enchanté de l'efficacité de votre machine. Encore bravo. Vous êtes un véritable génie. Le terme est tellement usurpé de nos jours, ça me navre de devoir tuer un des rares prétendants au titre, mais que voulez-vous… Je ne peux pas courir le risque d'une trahison. Mon petit Fabien, sois assuré que je regrette d'en arriver là. Si tu avais su rester à ta place, et profiter de ta promotion, nous n'en serions pas réduits à jouer ce mélodrame minable. J'aurais même pu t'associer aux bénéfices occultes de la boîte, qui sait ?

On aurait pu te trouver un poste dans la nouvelle hiérarchie du Royaume, une fois que tu te serais dessalé ! Enfin, c'est comme ça. Finalement, tu vas crever comme tu auras brièvement vécu, sans panache, et tu ne manqueras à personne, puisque personne ne tient à toi. Alors, bye, Fabien. Sans regrets… »

Marcus pointa le canon du revolver sur la tempe du jeune homme, assis sur le futon. Dans un sursaut de fierté et d'indignation motivé davantage par le cynisme de cette oraison funèbre que par un réel courage, Fabien se rebella, pour la première fois de sa vie – et sans doute la dernière…

Il lança un pied en avant, visant l'entrejambe de Marcus. La semelle de son mocassin s'aplatit sur les parties comprimées dans le caleçon griffé. Marcus hurla, mais ne lâcha pas son arme. Il appuya sur la gâchette. Le coup partit, mais Fabien avait roulé sur le plancher et se remettait déjà d'aplomb.

Tselnek profita de l'occasion offerte par l'acte de bravoure de son collègue pour se précipiter sur la porte coulissante qui fermait le box. Mais Marcus fit volte-face et tira à nouveau, par deux fois. La première balle se ficha dans la nuque du vieil homme, la seconde dans son épaule droite. Tselnek bascula en avant et creva le grand rectangle de papier. Il mourut avant de toucher le sol.

« Salaud ! »

Fabien fulminait. Sans réfléchir, il se jeta sur son patron et se mit à le rouer de coups. Surpris par l'attaque, les testicules encore douloureux, Marcus céda du terrain, perdit l'équilibre et s'effondra sur le futon. Il laissa échapper le revolver, qui se perdit dans les plis de la housse. Il envoya alors un formidable coup de boule qui heurta Fabien au menton, l'obligeant à lâcher prise et reculer.

Comprenant qu'il n'aurait pas le dessus, Fabien préféra fuir. Il enjamba le cadavre du pauvre Tselnek, écarta les pans de papier déchirés qui barraient la sortie du box. Se figea en découvrant le nouveau décor du loft.

« Surprise ! tonitrua Marcus. Les temps changent, mon petit père. Toujours plus vite qu'on ne croit. »

En lieu et place du jardin zen, un véritable paysage à taille humaine s'étendait à perte de vue. Un paysage morbide, fait de ce que la nature avait jamais conçu de plus torturé, de plus chaotique. Une plaine désertique, comme on pouvait en imaginer sur les planètes les plus vieilles des systèmes solaires en bout de course. Un ciel plombé, encombré de nuages sombres et qui défilaient à une allure vertigineuse. Des filets de brume veinés d'un bleu intense, qui rampaient à hauteur du sol, dessinant des arabesques en perpétuel mouvement. Et sous la brume, semblable à celle qui emplissait la cuve de la machine, dans le sous-sol du Bunker, les silhouettes des créatures autochtones…

« Tu les reconnais ? demanda Marcus. Tu as déjà eu un avant-goût du Rebut, tantôt. Un jardin merveilleux. Des merveilles aux démons, il n'y a qu'un pas. Franchi aisément grâce au savoir-faire de notre cher Tselnek. Et ce n'est qu'un début. Quand le Royaume sera tombé, quand l'armée des hackers aura accompli son œuvre, la partie reprendra ici même, en Surface, et pas seulement dans cette fichue simulation. »

Fabien était paralysé par la terreur. Il ne réagit pas quand Marcus se coula à ses côtés, passa son bras autour de ses épaules, complice, paternel, comme il savait l'être avec ses employés, juste avant de leur faire connaître la pire humiliation de leur vie.

« Fabien Sorgue, souffla Kesner, je suis au regret de me passer de tes services. Il n'y aura pas d'indemnités de licenciement. »

La main de Marcus glissa vers le cou de Fabien, emprisonnant ses vertèbres dans un étau de chair et d'os qui se referma lentement, tandis que son autre main crochetait sa pomme d'Adam et lui faisait subir le même sort.

La vision du jeune homme se brouilla soudain. Le décor sinistre – le Rebut – se mit à vaciller, comme des éclairs d'une insoutenable intensité s'abattaient en une averse électrique furieuse, hachant le désert et le ciel noir en millions de fragments.

Le cri de Marcus parvint étrangement déformé par un phénomème d'écho aux oreilles de Fabien. Les démons dissimulés par la brume hurlaient en silence, leurs gueules démesurées déchiquetées par les éclats lumineux tombés du ciel en charpie, telle une immense verrière frappée par la foudre.

Un démon gigantesque émergea un moment de la brume en déroute, une créature bardée de fer, de piques et de crocs, dont la face contrefaisait odieusement les traits de Marcus Kesner, l'impossible rictus qui glaçait le sang de ses employés étiré sur toute la largeur d'une gueule de cauchemar.

Puis le Rebut retourna aux limbes d'où la machine de Tselnek l'avait brièvement tiré. La pression des doigts de Marcus sur sa nuque et sa gorge diminua. Fabien sentit alors le sol se dérober sous ses pieds.

***

Le Connoisseur empoigna d'autorité le capitaine par le fond de son pantalon et l'installa en travers des épaules du presque-dragon, tel un sac de farine. À demi étourdi, Lartagne était incapable de s'opposer à la volonté du géant. Sa blessure ne le faisait toujours pas souffrir – un constat qui n'augurait rien de bon, il le savait pertinemment, d'autant qu'il ne sentait plus ses jambes, comme s'il avait été privé de la moitié de lui-même située sous son bassin.

« Va, mon vieil ami. Emporte ce freluquet-là où on pourra le remettre sur pieds. Qu'au moins lui se sorte de ce merdier. Je crois savoir qu'une certaine damoiselle au sale caractère t'en voudrait beaucoup s'il lui arrivait malheur.

— Grübel, espèce de bourrique, je refuse de t'abandonner ici !

— Pour une fois, vas-tu obéir et fermer ta grande gueule de lézard ? Tu n'es pas assez costaud pour nous emmener tous deux, je te briserais l'échine s'il me prenait l'idée de grimper sur tes épaules ! Et je n'ai aucune envie de me livrer à ce genre de simagrées. Écoute-moi : toi et moi savons ce qui se passe dans mes tripes depuis la mort de Magra. Je pourris de l'intérieur, je suis déjà presque mort. Alors laisse-moi en finir comme je l'ai décidé. »

Grübel avait passé le manteau du Roi tandis qu'il tançait le sorcier. Puis, il s'était hissé sur une dent du parapet qui coiffait le rempart, entre deux créneaux, et s'était tourné vers le vide. En bas, sous la trame entre les mondes, les démons du Rebut se faisaient plus pressants ; ça et là, des déchirures apparaissaient, où s'enfilaient des griffes et des crocs en forme de crochet. La brume aux reflets bleutés avait envahi toute l'esplanade du Palais et se diffusait à présent dans les ruelles alentour.

Après avoir récupéré un Lartagne inconscient sur les anciens remparts, et évité le déluge d'acier qui avait réduit en petit-bois la porte de la tour, Grübel et Obrasian avaient suivi le parcours des chemins de ronde jusqu'aux fortifications les plus récentes, dans l'espoir de trouver une faille où s'immiscer pour échapper à leurs poursuivants – en vain. À présent, il était temps de les affronter. Mais ça ne signifiait pas que tous devaient mourir.

Le Connoisseur se retourna vers l'intérieur du Palais, déployant les basques de l'habit royal dans le vide derrière lui, tel un rideau tombé sur la scène d'une tragédie.

Précédé par les joueurs qui avaient dévasté la tour, Mass'Erzelt déboula sur le chemin de ronde en claudiquant, l'épée du Roi encore fichée en travers du ventre. Le démon traînait quelque chose derrière lui. Apercevant le sorcier et son compagnon, il arma son bras et lança son trophée dans leur direction. La tête du Roi décrivit une trajectoire courbe avant de rebondir sur la galerie, et s'immobiliser, coincée dans la fente d'un mâchicoulis.

« Fous le camp, vieil imbécile, grogna le Connoisseur. Envole-toi vite.

— Grübel, je…

— Dégage ! Tu auras bien le temps de faire des discours sur ma tombe, plus tard. J'espère que les feys vont réussir leur coup, là-haut.

— Lillshellyann ne m'a jamais déçu. Adieu, mon vieil ami. »

Obrasian déploya ses ailes et se lança dans le vide, Lartagne autour du cou. Le presque-dragon plongea vers la brume pour prendre de la vitesse, puis il déploya les grandes membranes de cuir écailleux et prit de l'altitude. Frustrés, les démons du Rebut redoublèrent d'excitation, arrachant de grands lambeaux à la trame entre les mondes.

Grübel reporta toute son attention sur Mass'Erzelt. Le Connoisseur ne tremblait pas, étonnamment serein. Les joueurs qui accompagnaient le démon hésitaient sur la marche à suivre. Un guerrier en tenue camouflage leva son Colt sur le géant drapé de cuir sanguinolent, impassible. Mass'Erzelt lui donna une gifle qui le précipita du haut du rempart jusque sur le pavé, vingt-cinq coudées plus bas. Les autres joueurs jugèrent plus prudents de ne pas se mêler des affaires du démon – après tout, ce niveau du jeu était assez riche pour que la partie continue ailleurs.

« Le dragon a plus de jugeote que toi, tonna Mass'Erzelt. Il a fui tant qu'il le pouvait. Tu dois avoir envie d'une fin aussi peu honorable que celle de ton Roi.

— J'aurai la fin que j'ai choisie, lança Grübel, sur un ton tout aussi menaçant. J'ai longtemps repoussé ce moment. Il a fallu que je me batte contre mon propre corps. Je ne voulais pas partir sans voir ta sale trogne au moment où tu comprendras que jamais tu ne récupéreras ta dépouille. »

Mass'Erzelt se figea à moins de dix pas du géant. Une guirlande de tripailles s'enroulait autour de la lame plantée dans son ventre. La blessure infligée par le Roi béait atrocement, prête à dégorger les organes du démon. Tassé sur lui-même, celui-ci avait perdu sa superbe. « Je ne comprends pas, fit-il. Donne le manteau et je te laisserai partir comme tu le souhaites.

— Elle s'appelait Magra et était mon épouse depuis près de sept cents ans. Nous devions nous en aller ensemble, comme nous avions vécu. Tu m'as volé sa mort. À présent, je vais voler ta vie. C'est une justice bien clémente, pas même une revanche…

— Je crois que je commence à saisir. »

Mass'Erzelt fit un pas en direction du Connoisseur. « Ton épouse, dis-tu ? Je me souviens d'elle, de sa toison cendrée, du grain de sa peau. »

Un deuxième pas. Grübel ne bronchait toujours pas. Seule sa lippe s'agitait, comme il contenait la colère accumulée depuis un demi-siècle. Mass'Erzelt poussa son avantage, s'approcha encore.

« Je me souviens de sa terreur, je me souviens de sa hargne, je me souviens de ses pleurs, quand je l'ai écorchée vive. Une vieille femme encore robuste. Elle aurait pu vivre bien des années encore, et te survivre peut-être. Quel dommage ! »

Le démon fit encore un pas. Grübel pouvait sentir son souffle, chargé des effluves nauséabonds du fiel qui coulait dans ses veines. Il attendit que Mass'Erzelt soit à sa portée avant de parler : « Magra était tout ça et bien plus encore. Elle était surtout l'épouse d'un homme dont le talent réside dans sa mémoire et les milliers d'ouvrages qu'elle contient. Un homme incapable de rien oublier, pour son plus grand malheur. Mais aussi pour le tien ! »

Les mains énormes du Connoisseur jaillirent à la vitesse de l'éclair. Ses doigts boudinés accrochèrent le réseau de muscles et de nerfs qui parcheminait le visage du démon, s'y enfonçant profondément, broyant les os de la mâchoire. Mass'Erzelt ouvrit la gueule mais seul un flot de sanie purulente s'en échappa.

« Il est temps de rentrer au bercail, pour l'éternité », fit encore Grübel. Puis le géant recula et bascula dans le vide, entraînant Mass-Erzelt avec lui.

Les pans du manteau battirent follement l'air. Un moment, on aurait pu croire qu'il allait s'envoler, comme le presque-dragon avant lui. L'illusion ne dura pas. La chute s'acheva dans la brume chargée d'Infrasombre. Grübel et sa proie crevèrent la trame entre les mondes et furent rapidement avalés par le Rebut.

Au moment de disparaître à jamais, le Connoisseur leva les yeux vers le ciel et ce qu'il vit lui insuffla un sentiment de joie malgré la perspective de la géhenne à laquelle il s'était lui-même condamné.

Perçant les nuages noirs, un rai de lumière pure tombait sur le Royaume.

L'Infrasombre enveloppa Grübel et Mass'Erzelt. Alors que son supplice commençait, le géant partit d'un rire formidable, qui ne devait jamais plus s'éteindre.

***

Fabien flottait en état d'apesanteur dans un nuage de galaxies – à moins qu'il ne s'agisse de particules élémentaires… Infiniment grand, infiniment petit, à pareilles échelles, quelle importance ?

Un moment, il crut discerner les profils de deux visages parfaitement imbriqués l'un dans l'autre, formés par les amas de galaxies / particules. L'un souriait, l'autre grimaçait, comme des masques de théâtre antique. L'illusion se dissipa le temps d'un clin d'œil.

Puis Fabien sentit qu'il chutait, tandis que le paysage reprenait sa consistance coutumière autour de lui – à ceci près que les façades aveugles du bunker n'arrêtaient plus le regard, et pour cause : le bâtiment n'existait plus.

Fabien Sorgue hurla quand il comprit qu'il allait se rompre l'échine au fond du trou creusé en lieu et place du sous-sol et des fondations du Bunker, là où gisait déjà le corps disloqué de son ex-patron, les membres repliés en des angles impossibles.

L'intervention de la fée lui sauva la mise. Une véritable fée de conte de fée, dotée d'une paire d'ailes diaphanes et qui abandonnait une traînée lumineuse dans son sillage.

La fée le saisit par le poignet et freina sa chute. Elle lui lança une œillade coquine. Elle était magnifique. Il avait l'impression de la connaître. Heureux, Fabien Sorgue sourit à la fée. Et la fée lui rendit son sourire, avant de le déposer sur le parking, au milieu de ses collègues, qui erraient le regard vide entre les rangées de voitures aux vitres éclatées, en état de choc.

Puis la fée s'envola, effectua une ultime pirouette en plein ciel, avant de disparaître. Au loin mugissaient les sirènes des véhicules de pompier et des ambulances. Il n'y avait plus qu'à attendre que le monde retrouve sa cohérence.

ÉPILOGUE

La Carmagnole, sans le canon

Lartagne entendit d'abord le bip régulier de l'appareil qui contrôlait son rythme cardiaque. Puis il ouvrit les yeux. La chambre était propre, immaculée et spacieuse. Il en occupait l'unique lit. Mais il n'était pas seul. Lillshellyann s'était assoupie sur une chaise, près de la fenêtre.

Il n'osa pas la réveiller. Il resta un long moment à la regarder dormir, troublé. Puis, seulement, il pensa à lui. À son état, après qu'il eut reçu une balle dans la colonne. Anxieux, il mobilisa sa volonté sur les muscles de ses jambes, couvertes d'un drap blanc. Avec un soupir de soulagement, il vit le drap se froisser, comme ses orteils s'agitaient au bout du lit.

« Le progrès a du bon, vous ne trouvez pas ? fit Lil, émergeant du sommeil.

— C'est aussi ce que je me disais. Je n'en ai jamais douté, d'ailleurs.

— Pas même le courage de ses opinions ! s'amusa la fey. Elle se leva, vint s'asseoir sur le bord du lit. Obrasian vous a amené ici dans des délais suffisants. Vous êtes passé sur le billard toute la nuit. Finalement, les chirurgiens ont extrait la balle et vous ont rafistolé. Ob s'est ensuite débrouillé pour qu'ils oublient l'origine de votre blessure. Officiellement, vous vous remettez d'une banale intervention : les amygdales.

— Il faudra que je remercie ce vieux lézard. Je suis censé sortir quand ?

— Normalement, pas avant une semaine. Mais vous récupérez plutôt vite, pas vrai ? Je crois que ça quelque chose à voir avec ça… »

Lartagne ne put empêcher Lil de lui ébouriffer le début de tignasse qui fleurissait sur son crâne.

« J'avais envie de le faire depuis un moment, s'excusa-t-elle. Ainsi que *ça* ! »

Elle colla ses lèvres aux siennes, avant qu'il ait pu réagir. Le Capitaine baissa définitivement les armes, incapable de se défendre contre pareil ennemi. Le baiser s'éternisa. Quand ils décollèrent leurs bouches et que leurs langues se dénouèrent, un silence gêné s'installa dans la chambre.

« Ce n'est pas si désagréable, la moustache, dit finalement Lil.

— Aucune de mes conquêtes ne s'en est jamais plaint, en tout cas.

— Mufle… Bon, je ne suis pas venue que pour assouvir mes pulsions libidinales, nous aurons tout le temps pour ça dès que vous sortirez d'ici. Il faut que je vous briefe à propos des changements survenus dans le Royaume.

— Des changements ?

— Oh, trois fois rien. D'abord, le Dauphin a succédé à son père. Mais vous deviez vous en douter. »

Lil avait baissé la voix. Tout rebelle à son autorité fut-elle, la mort du Roi ne la réjouissait pas.

« J'ai vu ce que Mass'Erzelt a fait subir à Couleur, avoua Lartagne. Mais, et le démon ?

— Il a réintégré le Rebut. »

Lil expliqua dans quelles circonstances. « J'espère que le sacrifice du Connoisseur n'aura pas été vain, fit simplement Lartagne.

— Je crois que le Rebut n'est pas près d'expulser à nouveau un démon, avec la dose de Couleur que nous y avons injectée. Mes sœurs ont asséché Paris jusqu'à la dernière goutte ! Pour ouvrir une brèche, il faudrait que la

Surface produise de l'Infrasombre en quantité telle que l'appel lancé durant Shoah paraisse en proportion dérisoire. Autrement dit, ce jour-là, la planète entière sautera !

— Ils en sont bien capables... Mais vous parliez de changements ?

— Couleur, l'ancien, m'a fait une promesse. Couleur, le nouveau, va la tenir. Des élections vont avoir lieu.

— Des élections ? Mais vous avez dit que le Dauphin avait succédé à son père ? Il est le Roi, oui ou non ?

— Affirmatif, mon capitaine. Mais on n'a jamais eu besoin de guillotiner les monarques pour établir la démocratie. Le peuple de Paris a toujours été un brin excessif...

— Une monarchie parlementaire, c'est bien ça ? s'indigna Lartagne. On aura tout vu !

— Pas encore, mais ça viendra. Allons, ne faites pas votre vilain réactionnaire. Le Roi vous accorde un congé exceptionnel – après tout, vous n'avez plus de Dauphin à protéger, il vous faudra attendre que le jeune Couleur trouve une reine et passe le cap de la puberté. D'ici là, j'aurai tout le temps de vous convertir aux bienfaits de la démocratie. Vous verrez qu'en Surface, ça ne fonctionne pas si mal ! »

Lartagne abandonna la joute. « Il faudra être patiente avec moi. Répéter les leçons plusieurs fois. Et me récompenser si je les apprends bien.

— Voilà le genre de pédagogie que j'aime, fit Lil. Je vous propose de commencer tout de suite. »

Il lui ouvrit ses bras et la fey s'y blottit. Mais on ne sut jamais lequel donna à l'autre la plus belle leçon.

FIN

ICARES FANTASY

Johan HELIOT

Johan Heliot est né en 1970, il a publié plusieurs nouvelles au sein de diverses revues et anthologies. Son écriture lumineuse et son imagination prolifique trouvent leur pleine expression dans ce premier roman, aux frontières du steampunk et du space-opera.

La Lune seule le sait

IPrintemps 1889. Un vaisseau hybride de chair et de métal fait irruption dans le ciel de Paris, stupéfiant la foule venue célébrer la clôture de l'Exposition Universelle. L'humanité entre en contact avec les extra-terrestres Ishkiss et découvre une technologie qui surpasse tout ce que les esprits les plus audacieux ont pu rêver jusque-là…

Dix ans plus tard, l'Europe s'est transformée grâce à l'alliance rendue possible entre la vie et la métallurgie. Pourtant la révolte gronde, menée par les artistes et les écrivains exilés en Amérique. La science fabuleuse apportée par les créatures d'outre-espace est devenue un redoutable instrument d'oppression entre les mains de l'Empereur français. Les droits des peuples sont bafoués, les opposants déportés grâce à la nef ishkiss vers le nouveau bagne que Louis Napoléon vient d'inaugurer dans les entrailles de la Lune... L'Enfer de Dante.

Quels sont les véritables desseins des alliés du maître de l'Empire ? La réponse offre la clé de l'éternité ; un seul homme sur Terre est peut-être capable de l'entrevoir. Celui dont les rêves à présent dépassés ont à longueur de pages fasciné les semblables…

(17 € — ISBN 2-911618-63-7)

Dans la presse :

« Avec ce roman généreux, inventif et ambitieux, Johan Heliot fait une entrée remarquée sur la scène d'une SF française décidément en pleine effervescence. »

Jacques Baudou, *Le Monde des Livres.*

« On est impressionné par une imagination si déliée, une maîtrise aussi rigoureuse des procédés du roman populaire du XIX°, un tel sens du récit. »

Stéphane Nicot, *Galaxies.*

« Johan Heliot propose un divertissement libertaire fort réjouissant (…). Le sens visionnaire d'Heliot, son inventivité quasi rousselienne, son allant, son humour nous donnent droit à des scènes d'anthologie (…). »

Philippe Curval, *Le Magazine Littéraire.*

« Une solide culture historique alliée à une écriture enlevée fait de cette *Lune*-là l'un des meilleurs romans de steampunk doublé d'un véritable manifeste pour une SF subversive et intelligente. »

Gregor Markowitz, *L'Humanité.*

« Jouez-hautbois-résonnez-musettes, voici La Lune seule le sait de Johan Heliot (…) Allons, Monsieur Heliot, vite d'autres romans où seront ainsi imaginées "d'hypothétiques et utopiques solutions". »

Pierre Stolze, *Bifrost.*

« Ce premier roman est une petite merveille. Une intrigue construite de main de maître sur un ton juste ballade, intelligemment, le lecteur de la Terre à la Lune en compagnie de Jules Verne. »

Miroslav Dragan, *SF-Mag.*

Icares Fantasy

Johan HELIOT

Un univers décalé et unique, où se croisent créatures magiques et personnages historiques, où s'entrechoquent les époques... Entre l'imaginaire inquiétant de Rosny Aîné et le sens historique d'Orson-Scott Card, Reconquérants est le deuxième roman de l'inclassable Johan Heliot, après La Lune seule le sait.

Reconquérants

An quarante-quatre avant Jésus-Christ. Une galère transportant des dizaines de colons romains s'échoue sur les rivages du continent américain, après une longue dérive au gré des caprices de l'océan Atlantique... Isolés de tout contact avec l'Europe, les descendants de ces colons se sont multipliés et ont fondé Libertas, capitale de la république du Nouveau Monde, sans jamais perdre espoir de revoir la Rome éternelle.

Quinze siècles plus tard, un jeune citoyen du nom de Geron est enrôlé de force dans la légion de Libertas. Sous les ordres du cynique légat Cneus Salveris, cinquante navires de guerre partent à la reconquête de l'Europe. Une surprise les attend, à la lisière de la Méditerranée : un gigantesque vortex barre l'accès du continent. Geron et ses compagnons découvriront-ils ce que dissimulent les portes de l'Ancien Monde ?

(18,3 € — ISBN 2-911618-70-X)

Dans la presse :

« Roman fascinant, très bien construit et conduit, empli de clins d'œil (…), *Reconquérants* est conçu, malgré le considérable bagage historique, comme un véritable roman d'aventures. »

Bruno Peeters, *SF-Mag.*

« Roman chaleureux et subtil (…). Hymne à l'amour métisse, aux valeurs de la liberté (…). A lire d'une seule traite le matin à jeun ! »

Philippe Curval, *Le Magazine Littéraire.*

« Parfaitement maîtrisé, habilement construit, pourvu d'un personnage-narrateur attachant, *Reconquérants* est une nouvelle réussite à l'actif de Johan Heliot. »

Stéphane Nicot, *Amazon.fr*

« Johan Heliot, dans un style fluide et expressif, crée un univers illuminé de trouvailles et ponctué de rencontres inattendues (…) dans ce roman empreint de stratégie militaire, d'histoires surréalistes et de rebondissements stupéfiants. »

François Marlier, *Elegy.*

« (L)es personnages possèdent cette belle épaisseur qui fait qu'on croit dur comme fer aux inventions les plus délirantes. C'est un beau voyage que vous nous offrer là, Monsieur Heliot. Merci. »

Pages des Libraires.

MNÉMOS

L'Aventure imaginaire

Achevé d'imprimer sur les presses
de l'Imprimerie France Quercy
113, rue André Breton, 46001 Cahors
d'après montages et gravure numériques
(Computer To Plates)
Dépôt légal : avril 2003
N° d'impression : 30764/